KB150149

大河小說 주역 ⑩

슬픈 운명

김승호 지음

도서출판 선영사

차례 ●●●

운명의 대결

건영이의 마음속에 방금 전 촌장의 느낌이 떠올랐다. 이어 또 다른 누군가가 자신을 찾아온 듯한 느낌이 들었다.

'아니? 촌장님이 찾아오신 걸까?'

건영이는 천천히 눈을 떴다. 그러자 그윽한 풍곡림의 풍경이 조용히 모습을 드러냈다. 풍곡림은 빽빽한 숲은 아니지만 주변에 푸른 소나무가 군락을 이루고 왼쪽으로는 절벽, 오른쪽으로는 험난한 언덕이 시원하게 펼쳐져 있다.

현재 건영이의 몸은 아래쪽, 즉 정마을을 향해 있었지만 방문자의 느낌은 뒤에서 발산되고 있었다. 눈앞에 펼쳐져 있는 숲으로는 간간이 햇살이 스며들어 그윽한 숲에 밝음을 공급하고 있었다. 건영이는 잠시 나무 사이로 쏟아지는 햇빛을 바라봤다.

지금 마음의 문을 두드린 방문자도 마치 저 햇빛처럼 고요한 느낌을 주었다. 그러나 촌장은 분명 아니었다. 촌장이란 느낌은 잠깐뿐, 지금은 낯선 느낌, 그리고 맑고 강한 느낌만 들었다. 이러한 느낌은 결코 인간에게서 찾아볼 수 없는 순수한 생명의 느낌으로, 분명 저

멀고먼 하늘에서 내려온 신선일 터였다.

건영이는 자신의 방에서 명상에 잠겨 있을 때부터 신선의 신호를 느꼈었는데 그 신호가 잠시 끊어졌다가 다시 나타난 것이다. 그렇다면 그 신선은 대단한 경지에 도달한 도인으로 깊은 평정을 이루고 있으리라. 건영이는 생각에 잠겼다.

'그분은 처음부터 나를 이곳으로 불러냈어. 아주 약한 신호를 보냈을 뿐이지만…….'

사실 신호는 너무 약했다. 방문자는 누군가 건영이 이외의 다른 사람이 눈치 챌까 봐 아주 약한 신호를 방출한 것이다. 그러나 이는 부질없는 생각일 뿐, 인간들의 능력을 너무 과대평가한 나머지 쓸데없는 걱정의 결과였다. 인간들은 고작해야 귀와 눈 등 육체의 감각에 의지할 뿐이다.

따라서 그림자보다도 더 조용한 파장인 선인들의 감정파를 잡아내기란 불가능하고, 더구나 지금처럼 미약한 신호는 도가 높은 신선들조차도 정신을 집중하지 않으면 알아낼 수 없는 것이다.

건영이를 찾아온 이 방문객은 건영이 자신과 마을에 상서로운 운명을 느끼게 해 주었다. 그러한 의미에서 이 방문객은 귀인이었고, 건영이에게는 특별한 손님이었다.

'상당히 개인적인 느낌이야. 그리고 아주 인자한 분인 것 같은데…….'

건영이는 자리에서 일어났다. 이제 방문자를 만나기 위해 산 위로 올라갈 때가 된 것이다.

주변의 숲은 한적했다. 건영이는 평소대로 풍곡대의 뒤쪽으로 내려가서 잠시 언덕 위를 올려다보았다.

'가까운 곳에 계셨으면 좋겠는데…….'

건영이는 언덕의 가파름에 대해 걱정하며 천천히 발걸음을 옮겼다. 조금 위쪽으로 올라가자 소나무 숲이 사라지고 바위벽이 나타났다. 건영이는 손쉽게 올라가는 길을 발견하려고 주위를 두리번거렸다. 그러나 왼쪽은 비스듬한 낭떠러지로 길다운 길이 없었다. 방문자의 신호는 언덕 위에서 계속 발산되고 있었는데 지금은 분명 자신의 행동을 살피고 있을 것이라고 건영이는 생각했다.

건영이의 추측대로 방문자는 언덕을 오르지 못하고 여기저기 두리번거리며 길을 찾고 있는 건영이의 모습을 숨어서 보고 있었다. 그리고 주변에 누군가 있을까 염려하여 잠시 경계를 하기도 했다. 그러나 풍곡림 자체가 마을로부터 어느 정도 떨어져 있는 데다가 마을 사람들도 건영이를 존중하여 이 근처에는 가까이 오지 않는다. 때문에 지금 이 순간 인적이라곤 전혀 없었다.

…….

건영이는 왼쪽으로 펼쳐져 있는 절벽을 보며 잠시 생각하였다. 손님을 맞이하러 위험한 절벽을 오를 것인가, 아니면 여기서 기다릴 것인가? 건영이는 절벽을 오르기로 결심했다. 자신을 기다리는 손님은 아주 의심이 많아서 풍곡림까지는 내려오지 못할 것 같기 때문이었다. 결심이 서자 건영이는 즉시 위험한 등반을 시도했다.

…….

주변은 적막한 가운데 햇볕이 바위를 따스하게 비추고 있었다. 산의 정상은 절벽에 가려 보이지 않았지만 건영이는 바위틈을 단단히 잡고 조심스럽게 정상을 향해 올라가기 시작했다. 날씨는 화창했고 멀리서 간간이 새 울음소리가 들려왔다. 한 걸음 한 걸음 올라갈수록 바람은 좌우로 방향이 자주 바뀌었다.

이때 문득 건영이의 마음속에는 멀고먼 전생의 세계가 떠올랐다. 전생에 건영이는 옥성(玉星)에서 역성(易聖)의 학문을 성취했었다. 옥성은 수많은 산들로 이루어졌는데 역성 정우가 좋아했던 산은 헐벗고 조금은 삭막한 곳이었다. 삭막한 그곳에서 정우는 심오한 주역의 극의(極義)를 터득했었다. 그때의 바위는 단단하고 움직이지 않는 사물로써 역성 정우의 연구욕을 부추기는 존재였고 지금의 건영이 역시 단단한 바위를 전혀 싫어하지 않았다. 오히려 즐거운 듯이 바위 틈을 비집고 한 발 한 발 앞으로 나아가고 있었다.

바위 자체는 절망감이나 난감함을 느끼게 한다. 하지만 그 틈새는 신비한 돌파구인 것이다. 건영이는 애써서 또 한 걸음 전진했다.

신호는 계속 이어졌다. 방문자는 건영이의 곤란한 현재의 상황을 즐기고 있는 것일까……?

아니, 건영이를 자세히 살펴보고 있는 이 방문자는 목표를 향해 끊임없이 한 걸음씩 내딛는 인간의 행동을 신기하게 바라보고 있을 뿐이다. 어쩌면 역성 정우의 노력을 존경스런 마음으로 바라보고 있는지도 모른다.

그런데 지금 건영이가 산을 오르고 있는 모습은 풍산점(風山漸:☴☶)의 괘상으로 부드러운 것이 거친 것을 극복하는 형상이다. 건영이는 최소한의 속도로 또한 최대한의 안전을 향해 발전하고 있었다. 하지만 이와 반대로 정마을의 위기는 시시각각 다가왔다.

땅벌파의 정찰조 두 명은 계속 전진하여 바로 정마을의 입구에 당도했다. 이들은 최대한 은밀하게 행동하여 마을의 동정을 살폈다.

"조용하지?"

패거리 중 한 명이 고개를 끄덕였다.

"그만 돌아가자. 여기까지는 아무 일 없다고 보고해야겠어."
"더 들어가 보지 않고?"
"안 돼. 여기가 바로 마을의 입구란 말이야. 그러니 이쯤에서 돌아가자."
"글쎄…… 마을에선 아직까지 아무것도 모르고 있는 것 같은데 좀 더 둘러보는 것이 낫지 않을까?"
"아니야. 그러다가 우리가 여기서 들키게 되면 지금까지의 일이 모두 허사란 말이야. 이제 돌아가서 회장님의 지시를 받는 게 더 좋겠어."
"좋아, 그만 돌아가자."
이들은 여전히 경계를 풀지 않은 채 소리 없이 걸어서 회장이 있는 곳으로 되돌아갔다.
"아무도 없습니다."
"어디까지 갔었나?"
"예, 입구까지 갔었습니다."
"음, 잘했군. 그런데 가만 있자……."
회장은 잠시 생각에 잠겼다.
'길목에 아무도 없다니 뭔가 낌새가 이상하군. 분명히 마을 어딘가에 숨어서 우리가 오길 기다리고 있을 거야. 주민 수가 적으니 아무래도 밀집 방어가 유리할 테지……. 그렇다면 과연 어느 쪽에 숨어 있을까?'
회장의 표정은 의심으로 가득했다. 회장은 앞으로 벌어질 일에 대한 여러 가지 가능성을 치밀히 검토하였다.
'우리가 특별히 맞서 싸울 만한 인물은 강변의 도인밖에 없나 본데……. 남씨는 무엇을 하고 있을까? 그는 분명히 무슨 대비책을 마련해 놓았을 거야. 그리고 마을에 있다는 신통한 청년은 지금 무엇을 하고 있을까? 그 청년도 무덕처럼 신통력을 가지고 있을까? 남씨처럼 총명한 사람이 존경한다면 그는 분명 무덕 이상의 능력을 소유하고 있을지도 몰라……. 그렇다면 왜 이렇게 조용한 거야?'

회장은 막연한 생각에 고개를 들어 하늘을 응시했다. 회장의 이 동작은 무엇을 보는 것이 아니라 생각이 깊어지자 무심히 이루어진 것이었다. 부하들은 회장의 생각을 방해하지 않기 위해 숨소리조차 죽인 채 조용히 기다렸다.

주변의 아름답고 평화로운 정경에도 불구하고 왠지 으스스한 느낌만 들었다. 지금 땅벌파는 최대의 위기를 맞이하고 있었다. 정마을의 습격은 치밀한 계획 아래 실행되었지만 생각지도 않았던 일이 계속 일어남에 따라 현재에는 커다란 난관에 봉착한 것이다. 회장은 눈을 가늘게 뜨고 더욱 깊은 생각에 잠기는 듯했다.

…….

부하들의 초조한 기다림 속에 이윽고 회장이 눈을 떴다. 무엇인가 결론을 내린 모양이었다.

"자네, 이리 좀 와 보게."

회장은 조용한 음성으로 칠성을 불렀다.

…….

"자네 부상은 괜찮나?"

회장은 강변에서 도인을 만나 상처를 입었던 칠성에게 물었다. 여태껏 잘 걷는 것을 보면 별 상처는 없는 듯 보였다. 칠성은 편안히 대답했다.

"다리가 약간 결릴 뿐 별지장은 없습니다."

"좋아, 자네에게 임무를 주겠네. 저기 보이지?"
회장이 가리킨 곳은 마을의 왼쪽에 있는 밭이었다. 그곳은 남씨가 일구던 밭으로 그 위쪽으로는 숲과 언덕으로 막혀 있었다. 칠성은 회장이 가리킨 곳을 바라보며 대답했다.
"예, 숲으로 막혀 있군요."
"그래. 하지만 언덕이 그리 높지 않은 것 같아."
"……."
"저 숲은 어디로 통할까?"
"글쎄요. 숲이 빽빽하게 깊지 않다면 마을 근방이겠지요."
"바로 그거야. 이 지도를 보라고……."
"……."
"여기는 밭이고, 여기는 우물, 그리고 이쪽으로 올라가는 길이 있어. 숲은 별로 깊지 않을 거야."
"그런 것 같습니다."
"자네, 이곳을 돌파해 보게."
"그 다음에는 어떻게 합니까?"
"음, 지금으로서는 어디가 나올지 잘 몰라. 어쩌면 마을로 통하는 언덕길이 나오겠지. 만약 내 생각이 맞는다면 저들은 아마 이 지역을 지키고 있을 거야. 여기가 길목이니까!"
회장은 지도에 그려진 우물가 옆길을 가리켰다. 이곳은 마을의 요충지로 숙영이 집, 임씨, 건영이와 인규의 집도 이 길을 통과해야 한다. 그리고 박씨의 집과 남씨의 집으로 가는 길과도 연결되어 있고, 멀리는 강노인의 집도 보인다. 이처럼 마을로 통하는 모든 길이 이곳과 연결되므로 정마을 측에서도 그 중요성을 인식하여 현재 박씨가 이곳을 지키고 있다.

회장이 얼굴을 들어 칠성을 보며 다시 말했다.

"아무튼 자네는 내 지시대로 가 보게. 이 지도대로라면 숲이 그리 험난하지는 않을 거야."

"예, 무조건 돌파해 보겠습니다. 그리고 인질을 확보하라는 말씀이지요?"

"음, 그 사이 우리는 정면 돌파를 시도하겠네. 자네는 일질을 확보한 후 이 길을 따라 내려오게."

"예, 출발하겠습니다."

칠성은 굳은 결의로 힘차게 대답하고는 재빨리 남씨의 밭 한가운데로 뛰어들었다.

회장은 칠성이 시야에서 사라지길 잠시 기다렸다가 움직이기로 했다. 이제 모든 것은 운명에 달려 있는 셈이다. 강변에서 펼쳐지는 강리 선생과 도인의 대결도, 방금 숲으로 떠난 칠성의 인질 확보 문제도, 그리고 마지막으로 회장의 정마을 정면 돌파의 관건도 모두 운명이라는 한 손에 맡겨진 것이다.

하지만 회장은 오히려 편안한 표정을 지었다. 이젠 정마을 정복이 자신의 손을 떠나 운명에 맡겨진 것이 홀가분하게 느껴졌기 때문이다. 부하들은 회장과 목숨을 함께하기로 결심하고 기운을 다졌다.

이즈음, 건영이는 험난한 바위 언덕을 막 통과하고 있었다. 언덕 위로는 평탄한 숲이 전개되어 있었다. 건영이는 이곳에 처음 올라와 본다. 아마 정마을 사람 그 누구도 이곳에 올라온 적이 없을 것이다. 이곳에서 다시 험난한 절벽 하나를 건너면 한때 촌장이 기거했던 동굴이 나온다.

그러나 그곳은 인간으로서는 감히 엄두도 못 낼 만큼 매우 험한 곳이었다. 건영이는 천진한 미소를 지으며 자신이 올라온 절벽을 내려다봤다. 그러고는 다시 사방을 둘러봤다. 방문자의 신호는 이제 가까운 숲에서 느껴졌다. 건영이는 신호를 따라 그쪽으로 다시 발걸음을 옮겼다. 그러자 숲 속에서 한 사람이 걸어 나왔다.

…….

건영이는 걸음을 멈추고 방문자의 모습을 살폈다. 방문자는 한눈에 보기에도 범상치 않은 도인임을 알 수 있었다. 이 도인은 분명히 멀고먼 천상에서 내려온 선인으로서 중요한 용건을 가지고 속세에 나타났으리라! 건영이는 그 용건이 자신과 밀접한 관계가 있을 것이라고 생각하였다.

방문자는 가벼운 걸음으로 다가와 부드러운 미소를 지었다. 건영이는 급히 한쪽 무릎을 꿇고 인사를 올렸다.

"인사드리겠습니다. 저는 최건영입니다."

"아니, 어서 일어나시오. 역성께서 왜 이리 겸손하십니까?"

오히려 도인이 건영이에게 정중한 예로 대하였다. 건영이는 민망함마저 느끼면서 천천히 일어났다. 도인은 건영이의 모습을 자세히 살피면서 자신의 이름을 밝히고 정식으로 인사를 건넸다.

"내 이름은 좌명이오. 역성께서는 나를 잘 모르겠지요!"

"예, 저는 어른을 잘 모릅니다. 그런데 무슨 일로 이 도탄의 세계에 내려오셨습니까?"

건영이는 친절한 미소를 지으며 정중하게 용건을 물었다.

"속세도 무척 아름답군요. 나는 풍곡선의 부탁을 받고 이곳에 왔소만……."

"예? 촌장님이요?"

"촌장님이라니…… 누구 말씀이오?"

좌명선은 의아스러운 표정을 지었다. 촌장이라는 호칭이 생소했기 때문이었다.

"아, 예……. 촌장의 뜻을 모르시겠군요. 저……."

건영이는 멋쩍어하며 설명했다.

"풍곡선이 바로 촌장님입니다."

"무슨 뜻인가요?"

좌명선은 매우 흥미로운 표정을 지었다. 좌명선은 풍곡선이 옥황부 특사로서 신분이 아주 높은 선인으로만 알고 있었다. 그런데 이런 속세에서까지 직책을 갖고 있다니 놀라운 일이었다. 건영이가 밝은 목소리로 설명했다.

"풍곡선께서는 정마을의 촌장이셨습니다. 저는 이 마을의 주민이고요."

"오, 그래요. 정말 기이한 인연이군요. 그건 그렇고……."

"……."

"자, 이것을 받으세요. 촌장님이 보내신 선물입니다."

좌명선은 흡족한 미소를 지으며 말했다. 좌명선에게는 촌장이란 호칭이 특사라는 호칭보다 좋았기 때문이었다. 건영이는 가볍게 무릎을 꿇으며 좌명선이 건네는 책을 받았다. 그리고 다시 일어나며 정중히 말했다.

"이 책은 천상의 책인 것 같은데 제가 감히 받아도 되는 것인지요?"

"허허. 그 책이 무엇인지 아시오?"

“모르겠습니다.”

“바로 《반고역》이라는 책이오. 아시겠소?”

“예? 《반고역》이라니요?”

“아니, 저런! 《반고역》도 모른단 말씀이오?”

“…….”

건영이는 수줍은 미소를 지으며 눈을 깜빡였다. 그러자 좌명선이 인자하게 웃으며 설명했다.

“허, 자기가 지은 책도 모르다니…….”

“예? 무슨 말씀이신지요?”

“그건 바로 역성 정우가 지은 책이오. 바로 당신이지요.”

“…….”

건영이는 적이 놀라며 잠깐 생각에 잠기는 듯했다. 세상의 인연은 참으로 기이했다. 전생에 지은 자신의 책을 다시 속세에서 받아보다니!

《반고역》은 실로 멀고먼 옛날에 정우가 지은 책이었다. 하지만 현재의 건영이에게는 생각조차 할 수 없는 일이 아닐 수 없었다. 건영이는 옥성에서의 일이 간간이 떠오를 뿐, 다른 일은 전혀 기억이 없었다. 좌명선이 잠시 건영이의 생각을 중지시키며 말했다.

“이 책은 당신이 지은 것이니 이제 임자를 바로 찾아온 셈이오. 촌장님께서는 전생에 쌓은 당신의 공부를 회복시키기 위해 이 책을 보낸 것이지요.”

“아, 예. 감사합니다. 제가 큰 은혜를 입었군요.”

“허허, 나는 다만 촌장님의 명대로 책을 전달했을 뿐이오. 감사는 촌장님께 해야 할 것이오. 그럼, 나는 이만…….”

좌명선은 말끝을 맺었다. 그러자 건영이는 무척 아쉬운 듯이 말했다.

"벌써 돌아가시려고요? 며칠만이라도 머물다 가시지요."

좌명선도 미소를 지으며 아쉽게 말했다.

"나도 이곳에 머물며 역성의 가르침을 받고 싶소. 하지만 기한이 정해져 있는 일이라서……."

사실, 좌명선은 인연의 늪을 통과할 때 천상의 규칙에 따라 속세에 체류할 수 있는 기한이 정해졌었다. 더구나 천상과 모든 환경이 다른 속세에 오래 머무르는 것도 선인의 도리가 아니었다.

"자, 그럼……."

좌명선은 인사를 하고는 절벽 쪽으로 걸음을 옮겼다. 건영이는 배웅을 하듯 선인의 뒤를 일정한 보폭으로 따라갔다. 이렇게 몇 걸음을 걷자 좌명선은 뒤로 돌아보며 다정한 눈빛으로 무언의 인사를 보냈다. 그러고는 절벽을 향해 한 걸음 내디디며 허공으로 사라졌다.

…….

건영이는 드넓은 우주의 섭리를 생각하며 잠시 좌명선이 사라진 절벽을 바라보았다.

'가고 오는 것, 이것이 바로 천지의 큰 순환이로군. 내가 천상에서 지은 책이 지상의 내게로 다시 돌아오다니……!'

건영이는 허탈한 미소를 짓고는 이내 주위를 둘러보았다. 책의 내용이 무척 궁금했기 때문에 당장 편히 앉아 책을 볼 수 있는 자리를 찾는 것이었다. 건영이는 마침 전망 좋은 바위를 발견하고는 얼른 그 자리에 걸터앉았다. 그러고는 깊은 숨을 한번 내쉬고 천천히 책장을 넘겼다. 이즈음 마을의 위기는 계속해서 진행되고 있었다.

땅벌파 회장은 한동안 시간을 가늠한 뒤에 드디어 행동을 개시했다.

"얘들아, 가자."

회장의 명령이 떨어지자 부하들은 신속히 움직였다. 그리고 어느 정도 전진한 뒤 다시 멈춰서 주변의 동정을 살폈다. 이제 개울만 건너면 바로 정마을이었다. 그런데 아직까지 인적이 나타나지 않는 것을 보면 정마을 쪽에도 약점이 있다는 뜻이리라. 회장은 이렇게 생각하고 다시 부하들에게 명령했다.

"모두들 잘 듣게. 싸움은 칠성이 하는 거야. 우리에게 맞서는 강적은 오직 박씨 한 사람뿐일 테니 그리 큰 문제는 없을 걸세. 자네들 자신 있나?"

회장은 칠성들을 돌아보며 물었다. 그러자 칠성은 자신 있다는 듯 결의를 나타내며 단호하게 대답했다.

"물론입니다. 우리는 예전보다 실력이 상당히 향상되었습니다. 이번에는 본때를 보여 주겠습니다."

"좋아, 그리고 자네들은……."

회장은 나머지 부하들을 향해서 말했다.

"……기회를 봐서 가능한 한 빨리 마을 사람들을 붙잡아야 돼. 누구든 한 명만 잡으면 싸움은 끝나는 거야. 알겠나?"

"예, 식은 죽 먹기입니다."

"결코 생각만큼 쉽지는 않을 거야. 모두들 단단히 숨어 있겠지. 아무튼 그 점을 유의하고……. 자, 이제는 들어가자."

회장은 최후의 결단을 내리고 거리낌 없이 마을에 진입했다. 두 명의 칠성을 선두로 여러 명의 부하들이 따라붙었다. 나머지 두 명의 칠성은 회장을 호위하면서 그때그때 지시를 받아 행동할 터였다.

회장은 계속해서 자신들의 뒤쪽도 살피며 천천히 걸었다. 뒤쪽은 아직까지 잠잠했다. 강변의 결투는 아직 끝나지 않은 모양이었다.

'누가 이겼을까?'

회장은 잠시 이런 생각을 했지만 다 부질없는 일이었다. 지금은 강리 선생이 결투에서 졌을 경우를 대비해서 급히 다음 행동에 옮길 때인 것이다.

칠성을 선두로 한 패거리들은 개울을 건너고 있었다.

…….

마을은 여전히 조용했다. 칠성은 강노인 집 쪽을 잠깐 응시하고는 방향을 잡았다. 목표는 여러 집으로 통하는 우물가. 칠성은 거침없이 전진했다. 자신이 목표로 하고 있는 길목은 지도로 충분히 익혀두었기 때문에 두리번거릴 일이 전혀 없었다.

'이즈음에서 우물이 나타날 텐데…….'

칠성은 지형을 살피며 잠시 생각에 빠졌다. 그런데 바로 그 순간 한 사람이 나타났다.

…….

그는 바로 박씨였는데 간편한 옷차림으로 당당히 칠성의 앞을 가로막고 서 있었다. 말없이 서 있는 박씨의 모습은 지난날에 비해 다소 엄숙해 보였고, 자세도 상당히 세련돼 보였다. 그동안 무술을 공부한 탓일까?

칠성도 달라진 박씨의 모습을 금방 알아차릴 수 있었다. 하지만 언제나 자신이 넘치는 칠성이 이만한 일로 위축될 리는 없었다. 칠성은 오히려 박씨를 만난 것을 다행으로 여겼다.

"음, 여기 있었군……."

칠성은 나지막하게 혼잣말을 내뱉었다. 그러고는 어느새 자세를 낮추어 비약하기 전의 자세를 취했다. 칠성은 순간적으로 뛰어올랐다.

'휙 ——'

칠성의 공격은 박씨의 안면을 발로 차는 것으로부터 시작되었다. 이는 상당히 위협적인 공격이지만, 몸을 높게 솟구침으로써 기세를 올리고 상대방의 태세를 살펴보려는 뜻도 포함되어 있었다.

"얍 ——"

또 한 명의 칠성이 이단옆차기를 날렸다. 목표는 역시 안면으로 박씨가 워낙 강하기 때문에 안면이나 급소가 아니면 무너뜨릴 수가 없기 때문이다. 그러나 박씨는 고개를 돌려 가볍게 이를 피하고는 곧바로 주먹을 내질렀다.

'휭 ——'

박씨의 주먹은 아주 위력적으로 보였다. 만일 칠성이 이를 정통으로 맞았다면 상황은 그것으로 끝장이 날 터였다. 그러나 몸이 날쌘 칠성을 맞추기란 여간 힘든 일이 아니었다. 칠성은 이미 박씨의 변화된 모습을 단번에 알아차렸고, 강변에서의 수련도 살핀 바 있기 때문에 박씨의 공격 방식을 잘 알고 있었다. 게다가 그동안 박씨가 정식 무술을 연마해 동작에 변화가 있듯이 칠성도 예전에 박씨와 겨룬 이후 강리 선생으로부터 특별 지도를 받아 그들의 약점이었던 공력을 상당히 향상시켜 놓았다.

그런데 여기서 특기할 만한 일은 지난날 인왕산에서의 결투에서 칠성 세 명과 겨루어 박씨가 패했다는 사실이다. 지금은 칠성 두 명, 그들은 이미 공격을 한 번씩 날렸고, 박씨도 주먹을 한 번 휘둘렀다. 그들은 다시 접전의 자세를 가다듬었다.

박씨는 그동안 인규와 열심히 수련해 왔던 무술의 한 자세를 취하였다. 칠성도 그런 박씨의 모습에 경계하는 듯 보였다. 예전에는 무술에 대해 아무것도 모르는 박씨였지만, 지금은 여간 신경 쓰이는 것이 아니었다. 그러나 무술에 있어서 몇 년 동안 꾸준히 단련해 온 칠성과 비교하면 박씨는 아직 걸음마 단계에 불과했다.

칠성은 양쪽으로 갈라섰다. 박씨는 두 칠성을 동시에 살피며 호흡을 가다듬었다. 칠성도 신중을 기하는 듯 자세를 낮추고 미동도 하지 않았다. 박씨는 잠시 호흡을 가다듬은 후 먼저 공격을 시도했다. 박씨가 오른쪽으로 발을 내뻗었는데 이 때 왼쪽에서 주먹이 날아왔다. 매우 위험한 순간이었다. 오른쪽으로 발을 뻗으면 자연히 몸이 왼쪽으로 기울어지는데 칠성은 기다렸다는 듯이 이때 공격을 해 온 것이다.

'이크, 위험하군!'

박씨는 깜짝 놀라면서 급히 피했다. 그리고 처음과 같은 대치 상대로 상대방의 행동을 주시했다. 잠시 후 박씨는 좌우를 살피다가 이번에는 수도(手刀)로 왼쪽에 있는 칠성을 파고들었다. 그러자 바로 그 순간 오른쪽에 있던 칠성이 발을 내질러 박씨에게 공격을 퍼부었다.

"……."

박씨는 이번에도 놀라서 공격을 급히 거두었다. 상황이 이상하게 돌아가고 있었다. 칠성은 약간의 거리를 두고 좌우에 서 있는데, 박씨가 어느 한쪽을 공격하려고 하면 반대쪽에 위치해 있는 칠성이 박씨에게 공격을 퍼붓는 것이다. 왼쪽에는 오른쪽, 오른쪽에는 왼쪽, 그리고 발에는 손, 손에는 발. 새로운 수법인 것 같았다. 사실 칠성은 예전에 박씨한테 당한 이후 이러한 방식을 습득해 두었었다. 이는 강리 선생에게서 배운 수법으로 당시 강리 선생은 이렇게 말했었다.

"무술이란 첫째가 수련일세. 그러나 결투란 무술을 쓰는 것이기 때문에 따로 병법이 필요하다네."

"……."

"무릇 싸움이란 결코 지지 않을 상대에게서 이길 수 있는 때를 기다리는 것이지. 먼저 승부를 내기 위해 초조해하지 말고 최선을 다하며, 적이 실수할 때를 기다리는 것이야. 이것은 손자병법에도 나오지만, 여럿이 하나를 상대할 때는 또 다른 방법이 있다네."

"……."

"솔연(率然)처럼 싸우게. 솔연은 머리를 치면 꼬리가 공격에 나서고, 꼬리를 치면 머리가 공격에 나서지. 그리고 가운데를 치면 머리와 꼬리가 동시에 공격하는 것일세……."

이 가르침은 칠성의 뇌리에 깊이 새겨져 있었다. 지금은 2대 1로 겨루고 있지만 칠성은 바로 강리의 말대로 솔연처럼 싸우고 있다. 현재 칠성은 승부를 서두를 아무런 이유가 없었다. 좀 있으면 두 명의 칠성이 더 나타나므로 싸움에서 더욱 유리한 고지를 점령할 수 있기 때문이다.

박씨는 무척 난감했다. 두 차례의 공격을 받고 위험을 느낀 박씨는 이러지도 저러지도 못 한 채 시간만 흘려보내고 있었다. 박씨는 몇 가지 방법을 더 시도했으나 칠성은 그때마다 재빨리 간격을 유지하며 솔연의 태세를 지켰다. 그 사이 땅벌파의 패거리들이 그들의 결투장에 도착했다.

…….

박씨는 이들을 보고 잠시 긴장했으나, 이들이 칠성에게 가세해 전력을 높여 주는 것은 아니었다. 그들은 박씨를 본 척도 하지 않고 그대로 우물가를 지나쳐 위쪽 길로 향하였다. 박씨는 그들의 행동을 즉시 알아채고는 몸을 날려 손과 발로 두 명을 처치했다. 그러나 그뿐이었다. 재빨리 다가온 칠성에게 곧바로 덜미를 잡혔기 때문이었다.

잠시 후 나머지 칠성마저 도착하여 이제는 박씨도 수비에 급급한 형편이 되었다. 뒤늦게 도착한 칠성 중 한 명이 박씨와의 결투에 끼어들었다. 이제 박씨는 3대 1의 위기에 몰렸다. 나머지 칠성 한 명은 우물가를 벗어나 앞서 가고 있는 부하들과 합류했다. 이들은 인질을 확보하기 위해 전진을 계속하였다. 회장도 박씨의 싸움을 잠깐 구경하다가 위쪽 길로 손쉽게 사라졌다.

'큰일 났군. 이들을 빨리 물리쳐야겠는데…….'

이 생각은 박씨를 매우 초조하게 만들었다. 게다가 이를 간파한 칠성이 더욱 매섭게 공격을 시작했다. 먼저 한 명의 칠성이 날아올라 박씨의 안면을 차며 키를 뛰어넘었다. 박씨는 머리를 숙여서 이를 피할 수밖에 없었다.

이때 또 다른 한 명의 칠성이 아랫도리를 걷어찼다. 처음과 두 번째 공격은 거의 동시에 이루어졌다. 나머지 한 명은 박씨의 반격을 기다렸다가 약점을 공격했다. 결국 박씨는 공격은커녕 수비조차 다급한 입장에 몰리게 된 것이다.

'어떻게 한다……? 한 놈을 잡아야겠는데 달려들어 승부를 낼까……? 재빨리 처치하고 피해야겠지…….'

박씨의 생각은 적절했다. 그러나 칠성 역시 박씨의 생각을 금방 눈치 챘다. 박씨가 한쪽으로 달려들 듯하자 또 한 명은 굳건한 수비 태세를 취하고 다른 한 명은 위협해 왔다.

"엽 ——"

칠성은 기합을 지르며 가볍게 몇 번인가 팔을 뻗어왔다. 이때 만일 박씨가 칠성들 중 한 명에게 육탄 돌격으로 나가면 어떻게 될까……? 어쩌면 한 명의 칠성은 잡을 수 있을지 모른다. 하지만 그 순간 다른 칠성의 공격은 확실히 박씨의 몸을 강타할 것이다.

만일 그런 상황마저도 각오한다면……? 즉, 박씨가 한 명을 처치하면서 또 다른 칠성의 공격을 아무런 방어 없이 그대로 받는다면 어떻게 될까……? 만약 그런 상황이 벌어진다 해도 박씨가 칠성의 공격을 받고 무사할 수 있는지가 문제였다.

또 그 충격을 간신히 모면한다 하더라도 이로써 방어 자세가 무너진다면 다음 공격에는 더욱 위험에 처할 것이다. 이런 방식은 예전에 칠성이 시도하여 박씨가 당한 적도 있었다.

"야압 ——"

이번 공격은 칠성이 시도하였다. 이렇듯 박씨가 고전을 하고 있는 사이 위쪽으로 올라간 패거리는 전진을 계속하여 드디어 숙영이 집으로 통하는 개울가에 당도했다. 인질 확보 작전은 점점 성공 쪽으로 기울고 있는 듯 보였다.

그런데 이때 그들의 앞에 뜻밖의 사람이 나타났다. 패거리들 앞에 나타난 사람은 바로 남씨였다. 남씨는 탁월한 지휘로 정평이 나 있는 인물이었지만 싸움에 직접 나선다는 것은 역시 무리한 일처럼 보였다. 더군다나 땅벌파 부하들은 칠성만큼은 아니더라도 싸움에는 어느 정도 이골이 나 있는 사람들이었다. 이들은 남씨를 보자 적수가 안 된다는 듯이 미소를 지었다. 남씨가 비록 제갈공명처럼 지혜롭다 해도 그의 앞에 그를 보호해 줄 장수가 없다면 무엇이 두렵겠는가!

땅벌파 부하들 중 누군가가 소리쳤다.

"드디어 인질이 나타났군!"

이들에게는 박씨 외에 정마을 사람들은 모두 인질 대상밖에 안 됐다. 그 중에서도 남씨는 지휘자이기 때문에 인질의 가치가 더욱 높았다. 패거리 중 하나가 무작정 남씨에게 달려들었다. 그는 아무런 준비도 없이 무슨 물건을 낚아채려는 것처럼 거리낌 없이 남씨에게 다가선 것이다. 그러나 이때 이변이 일어났다.

'짝 ——'

남씨는 눈앞으로 달려드는 녀석에게 다짜고짜 따귀를 올려붙였다.

"억 ——"

이와 동시에 녀석은 주춤거리다 그대로 땅바닥에 쓰러졌다.

"아니, 저놈이!"

패거리들은 남씨의 날쌘 동작에 깜짝 놀랐으나 금방 별일 아닌 것으로 생각했다. 방심하다가 따귀를 심하게 맞은 정도로……. 그래서 이번에는 두 명이 조심스럽게 달려들었다. 그런데 이게 웬일인가? 전혀 싸움과는 거리가 먼 것 같던 남씨가 갑자기 허공으로 뛰어오르면서 그들의 얼굴을 발로 걷어찬 것이다. 그것도 동시에 두 명을…….

"악 —— 윽!"

그들은 순식간에 만신창이가 되어 땅으로 뒹굴었다.

"아니, 저런!"

뒤에 서 있던 패거리들이 너무 놀라 잠시 주춤거렸다. 바로 이때 뒤에 따라오던 칠성이 도착했다. 칠성은 차분히 모든 상황을 파악했다. 땅벌파의 패거리들은 칠성을 보자마자 반가워하면서 보고했다.

"형님, 이놈이 제법 하는데요."

"……."

칠성은 대꾸를 하지 않았지만 이미 자세를 취하고 있었다. 순간 칠성이 기합을 토하면서 날아올랐다.

"얍 ——"

칠성은 공중으로 날아오르면서 남씨의 가슴을 향해 발을 내질렀다. 이러한 공격은 안면을 공격하는 것보다 신속한 것으로, 다만 공격자가 상대방의 반격 위치에 선다는 약점이 있다. 얼굴을 공격할 때는 공격자의 위치가 높아서 반격이 어렵다. 높게 날아가 버리기 때문이다. 하지만 당하는 쪽에서도 그만큼 피하기 쉬운 면이 있다. 고개만 숙이면 그만이다. 그러나 지금 칠성이 공격한 방식은 아주 가까이서 자신의 위험을 무릅쓰고 결사적으로 공격한 것이다. 이는 남씨의 실력을 대수롭게 보지 않는 태도이다. 칠성은 순간적으로 생각했다.

'이젠 끝장이야. 헤어날 수 없겠지.'

칠성은 자신의 발이 남씨의 명치에 적중하리라는 것을 의심하지 않았다. 그러나 놀라운 일이 일어났다. 남씨는 그 자리에서 몸을 약간 비틀어 칠성의 발을 피했던 것이다. 어디 그뿐이랴. 남씨는 살짝 피하면서 한 손으로는 칠성의 발목을 잡아챘다.

'획 ——'

남씨는 칠성의 발목을 잡은 채 허공에 한 번 휘두르고는 땅바닥에 패대기쳤다.

"뻑 ——"

칠성은 비명을 지르며 뻗어버렸다.

"어? 저거……."

패거리들은 그 광경을 보자마자 뒤로 한두 걸음씩 슬슬 물러섰다. 이때 회장이 나타났다.

"무슨 일인가?"

'아니? 저런! 웬일이지?'

회장은 부하의 대답을 듣기도 전에 상황을 파악했다. 부하 세 명은 물론, 칠성마저도 남씨에게 당해 허우적거리는 모습이 자신의 눈앞에 펼쳐져 있는 것이다.

"피해라."

회장은 결국 상황의 불리함을 깨닫고 재빨리 명령했다.

…….

회장과 패거리들은 서로 앞을 다투어 피신했다. 패거리들은 도망을 계속하여 결국 칠성과 박씨가 대결을 벌이고 있는 우물가까지 후퇴하고 말았다. 곧이어 남씨도 도착했다.

"형님!"

박씨는 깜짝 놀라며 남씨를 흘끗 돌아봤다. 그러자 남씨가 엄히 꾸짖었다.

"조심하게!"

남씨는 박씨의 조그마한 부주의도 칠성에게 좋은 허점으로 보일 수 있다는 것을 일깨워 주었다. 그러고는 어느새 자신도 싸움터에 뛰어들었다.

"얍 ——"

남씨는 날카로운 기합 소리를 토해냈다. 이와 동시에 무서운 공격이 칠성을 향해 날아들었다. 남씨는 엄청난 위력으로 두 번이나 팔을 휘둘렀다.

'휙 —— 휙 ——'

"억 ——"

칠성 하나가 비명을 지르며 주저앉았다. 남씨의 주먹이 옆구리를 강타했던 것이다.

…….

남씨가 싸움에 뛰어들자마자 가볍게 한 명의 칠성을 해치우는 것을 보고 나머지 칠성들이 주춤했다. 그 사이 이번에는 박씨가 재빨리 공격을 감행했다. 또 한 명의 칠성이 박씨의 주먹에 안면이 박살났다.

"악 ——"

칠성은 얼굴을 감싸면서 무릎을 꿇고 그 자리에 쓰러졌다. 이로써 땅벌파의 전력은 칠성 하나만 남고 궤멸된 것이다.

…….

잠시 숨 막히는 긴장이 흘렀다. 하나 남은 칠성은 아직까지 싸울 태세를 갖추고 있으나 이미 전의(戰意)를 상실하였고 마지막까지 칠성에게 기대하고 있던 회장도 두려움에 몸이 굳어있었다.

박씨는 마지막 하나 남은 칠성까지 몰아붙일 기세였다. 그러자 남씨가 조용히 나섰다.

"박씨! 그만 해 두게. 이제 모든 상황은 끝났어."

"예? 아, 예."

박씨는 고개를 끄덕이며 물러서서 남씨 옆에 섰다.

"회장님, 여긴 웬일이오?"

"……."

회장은 남씨의 물음에 민망한 표정을 지으며 잠시 말문이 막혔다. 남씨가 이어서 말했다.

"한 번 더 겨루어 보시겠소?"

"아, 저……. 그만합시다. 미안하외다."

회장은 쩔쩔매며 기어들어가는 목소리로 겨우 대답했다. 남씨는 고개를 저으며 미소를 지었다.

"이게 무슨 짓이오? 우리는 화평 계약을 맺지 않았소!"

남씨는 서울에서의 일을 환기시켰다.

"……."

회장은 더욱 난감해할 뿐, 대답을 못 했다. 그러자 남씨가 회장을 측은하다는 듯이 바라보며 부드럽게 말했다.

"이렇게 먼 곳까지 찾아왔으니 얘기나 좀 합시다. 저쪽에 앉을까요?"

"……."

"자자, 이리 와요."

남씨는 우물가에 걸터앉으며 회장을 청했다. 회장은 민망하지만 어쩔 수 없는 듯 남씨와 좀 떨어진 자리에 앉았다. 이때 박씨는 그 자리를 피해 마을로 올라가는 길목에 서서 주위를 경계했다.

지금이라도 이들 패거리가 마을 사람들을 인질로 붙잡으면 상황은 뒤바뀌게 된다. 물론 패거리들은 싸울 의욕을 상실한 채 멀리 물러가서 서성거리고 있었다. 이로써 모든 상황은 끝난 듯 보였다.

그러나 잠시 후 뜻밖의 상황이 발생했다. 갑자기 제3의 인물이 나타났던 것이다. 위쪽에서 인기척이 났다. 누군가 걸어 내려오는 모양이었다. 박씨가 급히 돌아보니 숙영이였다. 그런데 숙영이는 혼자가 아니었다. 숙영이 바로 옆에는 마을 사람이 아닌 누군가가 바싹 붙어 있었는데 바로 칠성이었다.

"어? 이놈이!"

박씨는 놀라며 남씨 쪽을 돌아봤다. 남씨는 이미 상황을 파악하고 얼굴빛이 변했다. 숙영이는 칠성에게 팔이 잡혀 있었으며, 칠성은 한 손에 칼을 쥐고 있었다.

이것을 본 회장은 재빨리 일어나 숙영이 쪽으로 다가갔다. 그러나 박씨와 남씨는 회장의 행동을 막을 방법이 없었다.

…….

잠시 긴장과 침묵이 흘렀다. 남씨는 조심스럽게 회장을 쳐다봤다. 이제부터는 상황이 역전되어 회장의 지시에 따라야 한다. 남씨의 얼굴빛은 창백하게 변해 있었다. 회장이 말했다.

"남선생, 조용히 말로 합시다."

"……."

"상황이 변했구려! 안 그렇소?"

회장은 빈정거리는 투로 말했다. 그러자 남씨가 회장을 노려보며 항의하듯 말을 꺼냈다.

"이 무슨 비겁한 짓이오? 그 여자를 놔 주시오."

회장은 싸늘한 미소를 지으며 냉엄하게 대답했다.

"비겁이라니? 싸움이 무슨 경기인 줄 아시오? 이것은 작전이오. 처음부터 계획했던 것이란 말이오."

"……."

"남선생, 먼저 경고해 두겠소. 우리는 죽을 각오로 이곳에 왔소. 만일……."

"……."

"당신이나 박씨가 경거망동한다면 이 여자는 그 즉시 죽을 것이오……. 이봐, 칠성!"

회장이 고개를 돌려 칠성을 불렀다. 칠성은 숙영이를 더욱 바싹 당기며 대답했다.

"예, 회장님."

"자네, 만일 저들이 허튼 수작하면 그 여자를 죽여 버리게. 더 이상 내 명령을 기다리지 말고. 알겠나?"

"예, 반드시 그렇게 하겠습니다."

"좋아……. 남선생, 이 말을 들었겠지요?"

"……."

남씨는 절망스럽게 고개를 끄덕였다. 회장은 만족한 듯 회심의 미소를 짓고 부하들에게 눈짓했다. 뒤로 물러서 있던 부하들은 급히 회장 주변으로 몰려들었다. 회장은 작은 목소리로 무엇인가 지시했다. 그러자 부하들은 고개를 끄덕이고 재빨리 행동에 옮겼다.

칠성 한 명은 앞에 나서고, 그 뒤에 인질을 잡고 있는 칠성이 버티고 섰으며, 나머지 부하들은 회장의 뒤쪽에 나란히 섰다. 주위가 다 정리되자 회장이 다시 말을 이었다.

"남선생! 다시 말하지만 행동을 조심하시오. 당신이 달려들면 저 여자는 죽을 것이오. 이제부터 내 말을 잘 들으시오."

"……."

"당신과 박씨가 달려들면 칠성은 저 여자를 죽이고 당신에게 대항할 것이오. 그렇게 된다면 시간이 좀 걸리지 않겠소?"

"뭐요? 무슨 말을 하려는 거요?"

남씨는 잔뜩 의심하며 물었다. 회장은 박씨와 남씨를 번갈아 노려보며 대답했다.

"우리의 위치를 보시오. 현재 마을 사람들은 위쪽에 있소! 안 그렇소?"

"무슨 말이오?"

"자, 보시오. 지금 이 순간, 당신들이 달려들면 이 여자는 죽는 것이오. 그러고는 칠성이 당신들을 막아서겠지요……."

"……."

"그리 되면 당신들이 아무리 강하다 해도 시간이 좀 걸리지 않겠소? 그 사이에 우리는 저 위쪽으로 달려가 숨어 있는 마을 사람들을 찾아서 다 죽일 것이오. 그 시간은 충분하지 않겠소?"

"뭐요? 무슨 짓을 하려는 것이오?"

"지금의 상황을 충분히 설명해 두려는 것뿐이오. 다시 말하면 이제부터 우리의 움직임에 대해 방해 말라는 뜻이오! 알겠소? 대화는 나중에 합시다."

"……."

회장은 이렇게 말하고는 부하들에게 눈짓을 했다. 그러자 부하들이 일제히 마을로 올라가기 시작했다.

"아니! ……무슨 짓이오?"

"가만, 가만. 진정하시오. 그러다 칠성이 놀라서 여자를 죽이면 어떻게 하려고 그러시오!"

회장은 숙영이를 흘끗 쳐다보고는 말을 이었다.

"이제 이미 늦었소. 당신들이 칠성과 나를 죽이는 동안 마을 사람들도 다 죽을 것이오. 물론 그 전에 이 여자부터 죽겠지만……."

"……."

"그러니 잠시 기다리시오. 대화로 풀어봅시다."

"좋아요, 대화로 해결합시다. 제안을 해 보시오."

남씨는 별수 없다는 듯이 부드럽게 말했다. 그러나 회장은 다시 냉엄하게 말했다.

"기다려 봅시다. 대화할 시간은 충분하오. 우선 마을 사람들을 다 모아놓읍시다."

회장의 말은 인질을 더 확보하겠다는 뜻이 분명했다. 남씨도 이를 알고 있었지만 현재로서는 어쩔 수 없었다. 남씨는 숙영이가 인질이 되어 나타난 순간부터 지금까지 줄곧 골똘히 생각해 봤지만 이렇다 할 묘안이 떠오르지 않았다.

만일 이쪽에서도 회장을 인질로 삼아 칠성과 흥정을 벌였다면 어떻게 되었을까? 남씨는 이런 가정도 해 보았지만 결과는 뻔했다. 이들은 평생을 폭력배로 살아온 자들이다. 이들을 상대로 배짱을 시험할 수도 없는 노릇이다. 이들은 자신의 목숨을 생각하지 않고 숙영이부터 죽이고 볼 것이다. 결국 남씨는 굴복했다. 이제부터는 회장의 처분에 맡길 수밖에 없는 일이다.

남씨는 저들이 인질을 확보한 뒤 서울 일로 무슨 제안을 하리라 생각하고 있었다. 그렇게만 된다면 그나마 다행한 일이다. 서울에서의 일은 폭력배들의 이권 다툼으로 일시적인 피해가 있다 해도 나중에 복구할 수도 있다. 그러나 마을 사람들이 다치는 것은 절대로 있을 수 없는 일이다.

초조한 가운데 시간은 아주 더디게 흘러갔다. 남씨는 마을로 올라간 땅벌파를 기다리는 동안 필사적으로 대책을 강구했다.

혼마 강리의 절명

강리와 도인의 결투는 아직도 진행 중에 있었다. 그러나 오랜 결투에도 불구하고 승부의 향방은 아직 미지수였다. 다만 도인의 공세가 시간이 갈수록 두드러질 뿐이었다. 계속 이런 추세라면 강리가 패할 가능성은 점점 높아진다고 봐야 한다.

두 고수의 대결을 외롭게 지켜보고 있는 무덕의 눈에도 그렇게 느껴졌다. 무덕은 초조한 나머지 회장 일행이 사라진 숲 속을 자꾸만 쳐다봤다. 강리 선생을 구할 수 있는 길은 오직 인질을 데려오는 일뿐이었다.

'인질을 구했을까? 왜 이렇게 지체되고 있는지, 빨리 좀 왔으면…….'

무덕이 애를 태우고 있을 때 갑자기 강리의 음성이 들려왔다.

"잠깐, 제안을 하겠소."

강리는 자세를 가다듬다가 도인에게 말을 걸었다.

"제안? 말해 보시오."

도인은 너그럽게 대답했다. 강리가 고개를 끄덕이고 천천히 말했다.

"우리의 결투는 사생결단을 내야 끝날 것 아니오?"

"당연한 일. 왜, 겁이 나시오?"
"그렇지는 않소. 다만……."
"다만 무엇이오?"
도인은 의아스럽다는 듯이 물었다. 그러자 강리가 무덕을 흘끗 보면서 말을 이었다.
"내가 죽을지도 모르기 때문이오."
"그게 무슨 문제요? 결투란 누군가 이기는 쪽이 있으면 패하는 쪽도 있기 마련이지요."
"그야 그렇겠지요. 어쩌면 내가 이길지도 모르고……."
"뭐요? 지금 무슨 말을 하자는 거요?"
"별일은 아니오. 다만 서로의 이름을 모른다는 것이 좀 이상해서……."
"이름? 그게 그렇게 중요한 거요?"
"내게는 중요한 일이오. 내가 죽든 아니면 당신이 죽든 상대가 누군지 알고나 결말이 나야 되지 않겠소?"
"글쎄……. 그럼 당신은 누구요?"
"나는 강리라고 합니다만……."
"좋소, 나는 수치(水峙)라고 하오."
"오, 수치선(水峙仙)이로군요. 그럼 당신은 상계(上界)에서 오셨소?"
"그렇소! 하지만 당신이 나쁜 짓을 하기 때문에 내가 이 일에 끼어든 것이오. 알겠소?"
도인은 강리를 경멸하듯 말했다. 강리는 고개를 끄덕이며 정중히 말을 이었다.
"수치선, 결투 장소를 다른 곳으로 옮겼으면 하는데 당신 생각은 어떻소?"

"아니, 무슨 말이오?"

"저 강물 말이외다. 저 위에서 싸우면 승부가 더 빨리 나지 않겠소?"

강리의 말은 강물 위에서 싸우면 공력 소모가 많아 그만큼 둘 다 빨리 지칠 것이고, 또한 물속에서도 싸울 수 있으니 아주 입체적이라는 뜻이었다. 그 결과 결투는 다양해지고, 승부는 앞당겨지게 될 것이다. 어차피 둘 중에 하나가 죽어야 결투가 끝난다면 그 방법도 좋으리라!

수치선은 잠시 생각에 잠겼다가 흔쾌히 승낙했다.

"좋소, 장소를 강물 위로 옮깁시다."

"잠깐만!"

"또 무엇이오?"

"나의 내자(內子)에게 할 얘기가 있소!"

"유언이오?"

"아직 누가 이길지 단언할 수는 없으니 유언이라고는 말할 수 없지 않겠소. 다만 만약을 위해서일 뿐이오."

"좋소, 빨리 끝내시오."

"……."

강리 선생은 무덕에게 가까이 갔다.

"선생님, 괜찮으세요?"

무덕이 애처롭게 묻자 강리 선생은 측은한 표정을 지으며 말했다.

"무덕, 중요한 얘기이니 잘 듣게."

"……."

"내게 무슨 일이 생겨도 놀라지 말고, 바닷가 집으로 가 있어야 하네. 상황에 따라 정마을도 괜찮지만……. 알겠나?"

"예? 도대체 무슨 일인데요? 무서워요, 선생님!"

"자, 조용히 하고 시간이 없으니 내가 시키는 대로만 하게. 그럼……."

강리 선생은 이 말만을 남긴 채 강 위로 몸을 날렸다. 이어 도인도 몸을 날려 강 위로 날아갔다.

결투는 다시 시작되었다. 두 사람의 간격은 일정했는데, 이는 상당히 어려운 일로써 강물을 딛고 서 있으면서 또한 강의 흐름을 이겨야 했다. 이렇게 되면 공력의 소모가 많은 것은 물론이고 공격과 수비의 자세를 취하기도 매우 어려워진다.

강리는 조금씩 앞으로 접근해 왔다. 수치선도 이에 맞서 접근을 시도했다.

'휭 ——'

강리가 수도(手刀)와 주먹을 동시에 휘둘렀다. 수도는 상단, 주먹은 중단으로 파고들었다. 수치선도 고개를 숙여 피하면서 주먹을 맞받아쳤다.

'탁 ——'

이어서 수치선은 강리의 목을 찌르려 시도했다. 이때, 강리는 물속으로 빠져들면서 피하고, 세 차례나 연거푸 주먹을 뻗었다. 수치선은 등 뒤로 넘어지면서 물속으로 들어섰다.

'첨벙 ——'

이제 두 사람은 물속에서 싸움을 하게 된 것이다. 싸움은 좀 더 어렵게 되었다. 하지만 결투의 원리는 크게 다르지 않다. 다만 물속에서의 공격은 지상에서보다 파괴력이 약해질 뿐이다. 그런데 두 사람이 물속에 들어서면서부터 기묘한 일이 벌어졌다.

강리는 곧장 다리부터 물속으로 빠져들었지만 수치선은 등 뒤로 넘어지면서 몸을 한 번 회전시켰다. 그러고는 물속으로 급히 잠기면서 재빨리 무망의 기운을 발출했다.

'번쩍 —— 출렁.'

무망의 기운은 강물을 출렁이게 함과 동시에 물속에 섬광을 뿌렸다.

'퍽 ——'

무망의 기운은 곧장 강리의 안면을 강타했다.

"헉 ——"

기묘한 비명 소리를 내지른 강리는 순식간에 자세가 흩어졌다. 이 기회를 수치선은 놓치지 않았다. 제2의 공격으로 강리의 어깻죽지에 강한 일격이 내리꽂혔다.

'우직 ——'

수치선의 손끝에는 강리의 어깨뼈가 부서지는 감각이 전달되어 왔다. 이로써 강리는 치명적인 손상을 입었고, 사실상 결투는 끝이 났다. 그러나 수치선은 공격을 늦추지 않았다. 이번에는 강리의 등줄기에 바싹 붙어서 장심(掌心)을 뻗어냈다.

'뻑 ——'

강리는 이미 기절한 상태에서 등뼈가 박살났다. 이와 함께 강리의 명도 끊어졌다. 그토록 강하고 위험했던 존재인 혼마 강리는 이렇게 덧없이 한 생애를 마감한 것이다.

수치선은 강리의 시체를 이끌고 물 위로 불쑥 솟아올랐다. 그러고는 강 위를 달려 둑으로 올라갔다.

…….

무덕은 이 광경을 보고 경악했다.

"어머! 선생님……."

수치선은 강리의 시체를 무덕의 앞에 공손히 내려놓았다. 그러고는 급히 몸을 날려 정마을로 향했다.

"선생님, 선생님. 일어나세요."

…….

강리의 시체는 아무 말이 없었다. 이미 생명이 끊어진 강리 선생의 몸은 무덕의 손길을 느끼지 못하고 있었다.

"흑 —— 흑, 선생님!"

무덕의 흐느낌은 너무도 애절했다. 하지만 이제 모든 것이 끝났다.

…….

무덕은 한동안 눈물을 흘린 후 마침내 냉정을 되찾았다. 이제 자신이 할 수 있는 일은 오직 강리 선생의 시신을 묻어주는 일밖에 없었다. 무덕은 강리 선생의 시신을 들어올렸다. 그런데 이게 웬일인가! 강리 선생의 시신이 갑자기 바람처럼 사라져 버리는 게 아닌가! 마치 바람과 섞이듯이…….

무덕은 깜짝 놀라고 말았다. 강리 선생의 시신은 순식간에 없어지고, 어느덧 그가 입었던 옷만 자신의 팔에 남아 있었다.

"아니? 선생님……. 어머."

무덕은 옷을 끌어안은 채 사방을 둘러봤다. 그러나 주변에는 바람만 맴돌 뿐, 강리 선생의 모습은 어디에서도 찾아볼 수 없었다.

이때 무덕은 강리 선생이 마지막으로 자신에게 남긴 말을 떠올렸다.

'내게 무슨 일이 생겨도 놀라지 말고, 바닷가 집으로 가 있어야 하네. 상황에 따라 정마을도 괜찮지만……. 알겠나?'

"……."

무덕은 눈을 가늘게 뜨고 고개를 끄덕였다.

'선생님은 결코 죽은 게 아니야……. 반드시 돌아오실 거야. 나에게 기다리라고 했지…….'

무덕은 강리 선생의 옷을 소중히 챙기고 정마을 쪽으로 걸어갔다.

이즈음 건영이는 마을에서의 위급한 상황을 전혀 모른 채 한가하게 책장을 넘기고 있었다.

'그렇군! 호, 이제야 알겠어. 거참…….'

건영이의 마음속에는 오직 주역의 논리로 가득 차 있었다. 지금 이 순간 세상의 모든 일은 그의 곁에서 멀리 떠나 있는 것이다.

'아니! 이거 이상한데……. 음, 그렇지…….'

건영이는 자신이 먼 옛날 지어 놓은 책에서 수많은 것을 깨닫고 있었다. 이것은 사실 전생에의 회복이라고 해야 맞을 것이다.

…….

건영이는 가끔씩 알 수 없다는 듯이 얼굴을 찡그렸고, 때로는 하늘을 올려다보았다. 그러나 시간이 흘러갈수록 표정은 점점 밝아졌다. 이는 깨달음이 깊어지고 있다는 뜻일 것이다. 이윽고 건영이는 책을 덮고 눈을 감았다. 이제 모든 공부를 마친 것이다.

《반고역》! 반고는 우주를 떠받들고 있다는 신화적 인물이지만, 《반고역》은 온 우주의 모든 섭리를 설명하고 있는 책이다. 이것은 바로 역성 정우의 모든 것이라고 할 만한 주역의 심오한 이론을 담고 있다.

방금 건영이는 자신이 천상에서 지은 책을 만남으로써 전생의 능력을 모두 회복하기에 이른 것이다.

'모두 찾았어! ……하지만 아직도 문제가 남았군.'

이제 건영이는 전생에 자신이 궁리하던 의문 지점에 도달한 것이다. 먼 옛날 당시 정우는 주역의 극의를 넘어서 더욱더 광대한 이론을 모색하고 있었던 것이다.

'이 문제는 내가 전생에서 궁리했던 것이야. 앞으로 나의 모든 생애를 여기에 집중해야겠지. 그런데…… 아니!'

건영이는 깜짝 놀라 자리에서 벌떡 일어났다. 그동안 정마을을 까맣게 잊고 있었던 것이다. 그런데 지금 이 순간, 불길한 신호가 마음속에 잡힌 것이다.

'무슨 일이 생겼구나……! 살기가 감돌고 있어. 웬일일까?'

건영이는 재빨리 가파른 언덕을 내려가기 시작했다.

이즈음 수치선은 정마을에 당도하였다.

…….

수치선은 강변에서부터 단숨에 정마을로 와서 잠시 기색을 살폈다. 이때 여러 사람이 웅성거리는 소란한 소리가 왼쪽에서 들려왔다. 수치선은 우물가 쪽으로 방향을 틀어 급히 움직였다. 그러나 몇 걸음 가지 않아 많은 사람들이 모여 있는 것이 보였다. 그 중에서도 지난날 자신의 도반이었던 연행선(然行仙), 즉 남씨의 모습이 제일 먼저 눈에 띄었다.

"연행! ……아니?"

수치선은 우물가에 모여 있는 사람들을 살피는 순간 현재의 위급한 상황을 깨달았다. 선악의 무리들, 그 중에서도 악한 무리들이 선한 사람들을 인질로 잡고 있는 것이다. 이런 상황이라면 신선이라도 대책이 없다.

회장은 수치선이 다가온 것을 보고 날카롭게 소리쳤다.

"멈추시오!"

"……."

수치선은 주춤했다. 이것을 보고 회장이 다시 말했다.

"이 사람들을 보고 행동하시오."

회장의 말에 따라 수치선이 주변을 자세히 살펴보자 인질로 잡혀 있는 마을 사람들 곁에는 악인들이 바싹 붙어 서서 목에 칼을 대고 위협하고 있었다. 수치선은 속으로 생각했다.

'내가 공격하면 두 명 정도는 구할 수 있겠지만 그동안 나머지 사람들이 다치겠군…….'

수치선의 판단은 아주 비관적이었다. 그러나 그런 내색 없이 당당히 앞으로 나서며 엄포를 놓기 시작했다.

"이놈들…… 너희 두목은 이미 죽었다. 어서 그 사람들을 풀어주지 못할까!"

"……."

"어서 풀어줘. 우물거리면 다 죽여 버릴 테다."

수치선은 태산을 흔들어 버릴 듯한 기세로 소리쳤다. 그러자 회장이 나섰다.

"잠깐 조용하시오. 나도 말 좀 해야겠소."

"……."

수치선이 주춤하자, 회장은 자신의 부하들을 향해 말했다.

"얘들아, 인질을 단단히 잡고 내 명령이 떨어지는 즉시 죽일 수 있도록 철저히 준비를 해 둬라. 그리고 당신……."

회장은 먼저 기선을 제압하기 위해 수치선을 향해 말했다.

"이곳 상황을 잘 파악하시오. 우리는 죽을 각오가 되어 있소. 하지만 우리가 죽기 전에 마을 사람들이 먼저 죽을 것이오. 얘들아…….”
회장은 다시 부하들에게 말했다.
“여차하면 다 죽여 버려. 알겠나?”
“예!”
부하들은 회장의 말에 충실하게 대답을 하면서 인질을 더욱 단단히 붙잡았다. 회장이 다짐을 하듯 다시 말했다.
“너희들 내가 어떻게 되든 상관하지 말고 일이 잘못되면 모두 죽여 버리라고. 알겠나?”
“예, 걱정 마십시오.”
부하들은 든든하게 대답했다. 그러자 회장은 수치선을 향해 과감하게 한 발 나섰다. 그러고는 거리낌 없이 말했다.
“당신이 용기 있으면 먼저 나를 죽여 보시오. 그러면 내 부하들이 그 즉시 인질들을 죽여 버릴 것이오. 자, 어떡하시겠소?”
“허, 비겁한 인간이로군!”
“뭐요? 그따위 소릴 하면 우리도 기분이 상할 것이오. 그렇게 되면 인질이 다칠지도 모르지……. 안 그렇소?”
“…….”
수치선은 난감해하고 있었다. 그러자 남씨가 다가왔다.
“이보게, 수치. 진정하게. 마을 사람들이 위험하지 않은가!”
“…….”
수치선은 남씨를 바라보며 얼굴을 찡그렸다. 그러나 당당하던 기세는 완전히 꺾여 있었다. 수치선을 대신해 남씨가 회장에게 말했다.
“회장님, 우리는 가만히 있을 것이오. 그러니 이제 요구 조건이 무엇인지 말하시오.”

이 말에 회장은 냉소를 지으며 부드럽게 말했다.

"역시, 말이 통하는 사람은 남선생 밖에 없구려. 그럼 첫째 조건을 말하겠소."

"……"

"보아하니 저분은 마을과 관계가 없는 사람 같으니 물러가게 해 주시오."

회장은 수치선을 가리키며 말했다. 그러자 남씨는 고개를 끄덕이며 수치선 옆으로 다가갔다.

"이보게, 우리 저쪽으로 가세."

"……"

수치선은 남씨를 따라 우물가 근처에서 물러나왔다. 땅벌파의 무리들과 조금 떨어지게 되자 남씨가 먼저 심각하게 말을 꺼냈다.

"수치, 보다시피 우리 마을은 심각한 위기에 몰려 있네. 그건 그렇고 자넨 언제 왔나?"

"좀 전에 왔다네. 자네를 만나러 왔지."

"우리, 얘기는 나중에 하세. 지금은 인질이 문제야."

"그래, 난감하군. 앞으로 어떻게 할 생각인가?"

"나도 모르겠네. 우선 협상을 시도해 봐야지."

"협상? 저들은 사악한 무리라서 생각대로는 잘 안 될 것 같군. 내가 기습을 해 볼까?"

"뭐? 안 돼! 저들을 동시에 다 물리칠 수는 없네. 그리고 말일세, 저들은 아무 거리낌 없이 인질을 죽일 걸세. 나는 저들을 잘 알아."

"……"

수치선은 잠시 생각해 봤지만 뾰족한 수가 나오지 않았다. 남씨가 말했다.

"수치, 어쨌건 자네는 물러가 있게. 그리고, 참……."

"……."

"저 위쪽으로 가 보게. 그곳에 이 마을의 촌장이 있을 걸세."

"촌장?"

"음, 건영이라는 청년일세. 가서 이 사태를 알리게."

"그러지. 하지만 무슨 도움이 되겠나?"

"이보게, 수치. 그 청년은 온 세상을 통틀어서 가장 총명하다네. 자네나 나 같은 미천한 사람과는 수준이 달라."

"뭐……? 그럴 리가."

수치선은 상당히 놀라는 기색이었다.

"자자, 어서 가게. 지금까지의 상황을 얘기하고 대책을 물어보게."

"나보고 그의 의견을 알아오라는 뜻인가?"

"아닐세. 자네는 여기서 멀리 떠나 있게. 이번 일이 무사히 끝나면 우리끼리 다시 만나세."

"음, 자네 말대로 하지……. 저쪽이라고 했지?"

수치선은 허공을 박차고 뛰어올랐다. 그러고는 바람처럼 사라졌다.

남씨는 다시 우물가로 돌아왔다. 그러나 상황은 여전히 모든 마을 사람들이 인질로 잡혀 있는 급박한 상태 그대로였다. 처음부터 인질이 아니었던 사람은 남씨와 박씨뿐 그 외에 모든 사람, 즉 강씨 내외, 임씨 내외, 숙영이, 숙영이 어머니, 정섭이, 임씨의 아들, 인규 등은 완강하게 저항 한번 하지 못한 채 인질로 잡히고 말았다. 이 중에서 인규는 숙영이와 함께 있다가 칠성을 만나 최선을 다해 달려들었으나 역부족으로 기절을 하고 숙영이를 빼앗겼던 것이다. 마을 사람들은 모두 결박되어 있었다. 남씨는 그 모습을 보고 울분을 느꼈으나 최대한 자제하며 말했다.

"회장님, 당신이 원한 대로 그 사람은 떠나갔소. 우리 이 정도에서 협상을 합시다."

"물론, 이제 두 번째 조건을 말하겠소!"

"무엇입니까?"

"저 사람, 박씨 말이오. 저 사람을 묶어야겠소."

"뭐요? 그건 비겁한 일이 아니오? 그는 처음부터 인질도 아니었는데……."

"……."

회장은 고개를 저었다. 그러고는 잔인한 미소를 지으며 말했다.

"저 사람은 위험인물이오. 저 사람이 결박되지 않은 채 자유로이 행동할 수 있다면 편안히 대화가 잘 이루어지지 않을 것 같군요."

"아니, 회장님은 나까지 인질로 하렵니까?"

"허허, 당신마저 묶으면 나는 누구와 협상하겠소? 다만 저 박씨는 잡아두어야겠소."

박씨는 어이없다는 듯이 앞으로 나서며 말했다.

"여보시오, 당신은 참으로 비겁하오. 자, 순순히 있을 테니 나를 묶으시오."

"허, 말 좀 곱게 하시오. 나는 당신을 묶는 대신 한 사람을 풀어줄까 생각 중이오."

"그래요? 그렇다면……."

박씨는 다소 안심이 된 듯 남씨를 돌아보고는 다시 회장을 향해 말했다.

"저 여자, 숙영이를 풀어주시오."

"음? 좋아요. 얘들아, 그 여자를 풀어줘라."

"잠깐……."

갑자기 숙영이가 패거리들의 행동을 제지하였다. 박씨가 숙영이를 지목한 것은 젊은 여자는 자칫하면 욕망의 대상이 될 수도 있는 취약점을 지녔기 때문이었다. 그 외에도 자신이 안전을 책임져야 하는 건영이의 연인으로서 어떤 사명감을 느꼈던 것이다. 그러나 숙영이는 박씨의 이 마음을 헤아리지 못하는 것인지 그 일을 반대하며 나섰다.

"난 이대로 있을 거예요. 저 대신 아기와 아기 엄마를 풀어 주세요."

"오, 그게 좋겠군. 얘들아……."

"……."

회장은 만족한 듯 고개를 끄덕이고 다시 지시했다.

"아기와 아기 엄마를 풀어줘라. 아니 박씨부터 묶어라."

…….

잠시 후 박씨는 단단히 묶여지고, 임씨 부인과 아기는 풀려났다. 아기는 영문도 모르고 눈만 깜빡거렸다.

"자, 이제 협상을 진행합시다. 먼저 요구 조건을 말하시오."

남씨가 부드러운 어조로 말하고 있는데, 이 순간 뒤쪽에서 인기척이 났다. 돌아보니 무덕이었다.

"아니, 사모님……. 선생님은?"

회장도 무덕을 발견하고는 반갑게 물었다.

"회장님, 잠깐 저쪽으로 가시죠."

무덕은 우물가를 한번 둘러보고는 회장을 한쪽으로 이끌었다.

…….

사람들과 거리가 좀 떨어지자 무덕이 말했다.
"회장님, 선생님이 당했어요."
"예? 돌아가셨습니까?"
"아니요. 이상한 일이 있었어요. 선생님은 사라지셨어요."
"사라지다니요?"
"모르겠어요. 다시 오신다고는 했는데……. 저보고 바닷가 집이나 정마을에서 기다리라고 당부하셨어요."
"음, 이상한 일이군요. 아무튼 지금 상황은 우리에게 유리하게 전개되고 있습니다."
"그렇군요. 이제 어떡하시려고요?"
"글쎄요. 생각 중입니다. 다 죽여 버리자니 약간 안쓰러운 생각이 드는군요."
"아니, 회장님. 이제 와서 그렇게 약해지면 어떡해요. 계획대로 다 죽여 버리세요."
"글쎄…… 내 생각으로는 남씨와 박씨만 없애버리면 정마을은 우리 차지가 될 것 같은데……."
"하긴, 그래도 좋을 것 같네요. 아니, 이 마을의 지도자라는 청년도 함께 죽여 버려야 해요."
"그렇지, 그러고 보니 그 자가 안 보이는데……."
"그럼, 그 청년부터 찾아오라고 하세요. 그리고 협상하는 척하면서 세 명 다 죽여 버려요."
"음, 나머지는 나중에 천천히 생각해 봐야겠군."
"예. 결국에는 마을 사람 모두를 없애버리는 것이 속 편할 거예요. 그런 계획으로 여기까지 온 것이 아닌가요?"

"물론 처음엔 그럴 생각이었지요."

"그럼 뭘 망설이세요. 더군다나 이제는 선생님의 원수도 갚아야 하지 않아요!"

"……."

회장은 말없이 고개를 끄덕였다.

"좋아요. 모두 다 죽여 버립시다. 그러자면 우선 건영이라는 청년부터 찾아야겠군요."

"예, 빨리 처리하세요."

"……."

회장과 무덕은 다시 우물가로 내려왔다.

"남선생, 이제 세 번째 조건을 말하겠소."

"예, 말씀하시죠."

"건영이란 청년은 어디 갔소?"

"예? 건영이요?"

남씨는 적이 놀랐다. 남씨는 건영이마저 이 사태에 끼어들어 다치는 것을 원치 않았다. 다만 현재의 사태에 대해 함께 의논해 보고 싶은 심정일 뿐이다.

회장이 단호하게 말을 이었다.

"지금 당장 그 청년을 찾아오시오."

"……."

"어서요. 그래야 협상이 되겠소."

"내가 갈까요?"

남씨는 마지못해 물었다.

"글쎄…… 당신이 간다……?"

"아, 잠깐."

남씨는 방금 생각이 났다는 듯이 한쪽에 묶여 있는 정섭이를 가리키며 말했다.

"나 대신 저 아이를 풀어주시오."

"저 아이를 풀어 달라고요…… 글쎄."

회장은 잠시 망설였다. 인질의 효과가 큰 어린아이를 풀어 준다는 것이 아깝기 때문이었다. 그러자 남씨가 다시 말했다.

"저 아이만이 건영이를 찾을 수 있습니다."

"오, 그래요……. 그렇다면."

…….

땅벌파의 패거리들이 결박되어 있는 정섭이에게 달려들어 줄을 풀어주었다. 정섭이는 회장을 한번 노려보고는 남씨의 지시를 기다렸다.

"정섭아, 저 위쪽으로 올라가 봐."

남씨는 이렇게 말하면서 눈을 찡긋했다.

돌아오지 말라는 뜻인지, 아니면 건영이를 피신시키라는 뜻인지, 혹은 상황을 보고하고 대책을 알아오라는 뜻인지 생각할 겨를도 없이 정섭이는 남씨가 손으로 가리킨 쪽을 향해 달려가기 시작했다. 그러자 회장이 말했다.

"우리는 잠시 쉽시다. 물을 마시고 싶은 사람이 있으면 마시도록……."

…….

사태는 잠시 아무런 진전 없이 정지 상태가 되었다. 이즈음 수치선은 건영이를 발견했다. 건영이는 험준한 언덕을 조심스레 내려오는 중이었다. 수치선은 잠시 그 모습을 지켜보다가 안쓰러운 마음이 들어 건영이를 안아서 언덕 아래로 데려다주었다.

"……."

"당신이 정마을의 촌장이오?"

"예? 글쎄요."

"촌장이군요. 마을에 심각한 일이 벌어졌소."

"……."

"마을 사람들이 모두 인질로 잡혀 있소. 연행선, 아니 남씨가 당신에게 알리라고 부탁했소."

"그런데 당신은 누구신지요?"

"나는 남씨의 친구요. 그건 별로 중요하지 않소."

"아, 예. 그럼 저는 이만 내려가 보겠어요."

"……."

수치선은 고개를 끄덕하고는 절벽 위로 사라졌다. 건영이도 빠른 걸음으로 산길을 내려왔다. 얼마 후 자신을 찾아 허둥지둥 급히 산을 올라오는 정섭이를 만났다.

"아저씨……."

정섭이는 숨을 헐떡이며 말을 맺지 못했다.

역성 정우의 고심과 신통력

당초 건영이의 생각에는 약간의 착오가 있었다. 건영이는 앞으로 다가올 정마을과 자신의 운수에 관해서 좋은 일이 있을 것으로 생각했었다. 그것은 자신이 《반고역》을 얻는 일로부터 남씨의 벗인 수치선의 방문, 그리고 그로부터 일어나는 일련의 경사 등을 일찍이 감지하고 마음을 편히 가졌던 것이다. 그런데 자신의 생각과는 달리 예상외의 사건이 발생하여 정마을은 지금 땅벌파의 무리들에게 정복당할 위기에 봉착하게 된 것이다.

건영이의 결정적인 실수는 바로 혼마 강리가 이미 마을에 와 있다는 것을 감지하지 못한 일이었다. 이상하게도 건영이는 강변에 모인 땅벌파 무리들의 신호를 느꼈음에도 강리의 정신 파장만은 잡아내지 못했다. 이로 인해 그들에 대한 위험을 제대로 인식하지 못했던 것이다. 왜냐하면 강변에는 이미 수치선이 당도해 있었으므로 그들과 맞선다 하더라도 별로 걱정할 일이 없으리라 생각했기 때문이다.

게다가 또 하나의 중요한 사실은 남씨의 실력으로써, 건영이는 칠성들을 충분히 제압할 수 있다고 진작부터 알고 있었다. 말하자면 수치선·남씨·박씨·인규 등이 있어서 마을이 충분히 방어될 수 있을 것으로 보았고, 이번 기회에 땅벌파의 궤멸을 생각하고 있었다.

그런데 예상하지 않았던 강리의 출현과 수치선의 결투로 상황은 처음부터 급변했다. 강리는 원래 혼마로서 영혼 자체가 없으며, 뇌에 깃들어 있는 임시 혼령도 그 신호가 미약하여 여간해서는 감지하기가 힘들다. 이는 마치 금석(金石)이나 초목 같아서 신통한 건영이로서도 강리의 방문을 알아채지 못하고 만 것이다.

물론 이즈음 건영이가 차분하지 못한 상태에 있었던 것 또한 사실이다. 건영이는 자신을 찾아온 방문객이 무엇인가 커다란 소식을 갖고 올 것을 기대했었다. 아닌 게 아니라 좌명선은 《반고역》이라는 천상의 책을 가지고 나타났고, 건영이는 이를 단숨에 독파함으로써 전생의 능력을 완전히 회복하기에 이른 것이다.

《반고역》은 주역의 기초 원리로써 역성 정우가 심혈을 기울여서 완성한, 온 우주의 선인들이 공부하는 비서(秘書)이다.

건영이는 천상에서 자신이 연구했던 모든 문제점까지 확연히 깨달았으며, 이제는 전생의 역성 정우가 누렸던 능력의 회복이 아니라 그 단계를 뛰어넘어 발전의 방향으로 나갈 수 있게 되었다. 그러나 지금은 자신에게 일어난 그 경사스런 일도 마냥 기뻐할 수만은 없었다. 마을이 절대 위기에 직면한 것에 대해서 자신에게도 얼마간 책임이 있다고 생각되었기 때문이다.

만일 자신이 방심하지만 않았다면, 예전처럼 마을 사람들을 피신시켜 지금처럼 인질로 잡히는 상황에까지는 이르지 않았을지 모를 일이었다. 하지만 지금에 와서는 이 모든 일이 운명이라고 체념할 수밖에 없었다. 건영이는 좋은 운명 속에 가려진 나쁜 운명을 알아채지 못했던 것이다.

다만 건영이가 남씨에게 말했던 대로 땅벌파의 운명은 시기가 나빴던 것이 사실이다. 현재 그들의 수호신인 강리 선생이 죽지 않았는가! 이것은 장차 땅벌파의 궤멸과 이어질 것이 틀림없었다. 그러나 그것은 차후의 문제이고 지금은 정마을의 위기를 해결하는 것이 더욱 시급한 문제였다.

건영이는 허둥지둥 자신을 찾아 달려온 정섭이를 걱정스레 바라봤다.

"아저씨……."

정섭이는 울음 섞인 목소리로 얘기를 꺼냈다.

"마을 사람들이 잡혀 있어요."

"……."

"누나랑, 할아버지, 아줌마들 모두 말이에요……!"

"……."

건영이는 잠시 하늘을 보며 고개를 끄덕였다. 상황은 좀 전에 수치선이 알려준 그대로였다. 정섭이가 건영이의 표정을 살피며 다시 말했다.

"남씨 아저씨가 협상을 하고 있어요……."

"……."

"하지만 그놈들이 말을 들어먹어야지요."

"……."

"어떻게 좀 해 보세요, 아저씨."

정섭이는 건영이를 재촉했지만 건영이도 어떤 묘안이 떠오르지 않았다.

"우선 내려가 보자……."

건영이는 암담한 마음을 느끼면서 정섭이의 어깨를 따뜻하게 감싸

안았다. 지금으로서는 아무런 대책이 없었다. 다만 건영이는 인질로 잡혀 있는 마을 사람들이 빨리 보고 싶을 뿐이었다. 건영이는 정섭이와 함께 서둘러 풍곡림을 내려오기 시작했다.

이 시각, 우물가에서는 무덕과 회장이 은밀히 말을 나누고 있었다.

"회장님, 이번 기회에 끝장을 봐야 해요."

"……."

회장은 잠시 허공을 응시하였다. 회장이 계속해서 망설이는 것 같자 무덕이 채근하듯 말했다.

"이대로 물러서면 땅벌파는 전멸이에요."

"음? 그래, 그렇겠지……!"

"그러니 이번 기회에 다 없애버려야 돼요."

"글쎄, 그래야겠지요. 그런데 여자들까지……?"

회장은 점점 생각을 굳히고 있었지만 무력한 여자들까지 몰살시킨다는 것은 왠지 꺼림칙한 기분이 들었다. 회장의 그런 기분을 눈치챈 무덕이 말했다.

"회장님, 정 내키지 않으신다면 이렇게 하시지요!"

"……."

"지금 이 마을에서 중요한 사람은 세 사람뿐이에요. 남씨와 박씨, 그리고 지도자 청년이지요."

"음, 그야 그렇지."

"바로 그거예요. 그들만 없애버리면 다른 사람들은 별게 아니에요."

"음, 하지만 정마을은 어떡하지?"

"예? 무슨 말씀이세요?"

"우리가 정마을을 차지하려고 했잖아!"

"아, 그거요? 이젠 틀렸어요. 선생님이 안 계시면 이 마을을 지킬 수가 없어요."
"그래, 그럼 그냥 떠나가자고?"
"지금은 그럴 수밖에 달리 방법이 없잖아요."
"좋아, 세 사람만 없애버리고 떠나지. 그런데……."
"……."
"그들을 죽이면 능인과 좌설이 복수하러 오지 않을까?"
"그들이 서울까지 찾아온단 말이에요?"
"그럼, 그것도 가능한 일이지!"
"걱정 마세요. 그분들은 세속의 일에 별 관심이 없어요. 정마을의 피해를 막으려고 노력은 하겠지만 선인들이 인간을 상대로 복수까지 하겠어요?"
"글쎄, 그래도 걱정이 좀 되는데……."
"아니에요, 그 점은 걱정 마세요. 그리고 선생님이 인천 바닷가로 오신다고 했으니 그때 의논해요."
"그럼, 돌아가신 게 아닌가?"
"그렇지는 않아요. 다만 선생님이 일부러 죽음을 택하신 것 같아요. 전 확신해요……."
무덕은 강리 선생과 나누었던 비밀한 대화 내용과 시체가 갑자기 사라진 것을 얘기했다. 모든 얘기를 다 듣고 난 회장은 잠시 생각한 후에 강리 선생이 살아 있다고 확신했다. 다만 이유가 있어서 마을을 떠난 것이리라! 회장은 현실적으로 생각을 더 진행시켰다.
'그분의 행적은 결코 인간의 일이 아니야. 다만 신비할 뿐이지. 좌설이나 능인 같은 분들도 결국 인간사에는 관여하지 않을 거야…….

그렇다면 남씨와 박씨, 건영이라는 청년, 그 세 사람을 죽여 버리고, 서울 일이나 안전하게 해 두어야지……. 이제 조합장을 처리하는 것은 문제도 아니지……'

회장은 한동안 이해득실을 따져보았다. 일을 깨끗이 마무리하려면 아무래도 마을 사람들을 모두 다 죽이는 것이 좋다. 하지만 한편으로는 조그마한 인정이나마 베풀고 싶은 것이 현재 회장의 심정이었다. 그리고 한 가지 걱정되는 것은 좌설과 능인의 보복인데, 그것도 그들이 세속을 떠난 도인이어서 인간의 일에 그다지 깊이 관여하지 않을 것으로 보이기 때문에 별문제 없을 것 같았다. 다만 남씨와 박씨, 그리고 건영이만큼은 반드시 없애야 할 인물이었다. 이들은 항상 조합장 세력을 후원하는 인물로서, 서울에서의 일이 잘 풀리지 않는 것은 다 이들 때문이라고 회장은 생각했다.

마침내 회장은 결심을 굳혔다. 첫째, 정마을의 지도자인 건영이를 비롯하여, 남씨·박씨, 그리고 인규를 살해하기로 했다. 처음 마음먹었던 것과 달리 인규를 추가한 것은 그가 예상외로 무술을 수련하여 상당한 경지에 이르렀기 때문이다. 물론 지금은 칠성의 상대가 못 되지만 장차 실력을 쌓고 복수를 하겠다고 칼을 갈면 무척 귀찮을 것 같기 때문이었다.

둘째, 회장은 네 사람을 제거한 후의 일을 아직 결정하지 못했다. 인정상 일부를 살려둘 것인지, 아니면 내친 김에 모두 제거할 것인지 그때의 상황에 따라 회장은 자신의 마음이 이끄는 대로 행동할 예정이었다. 그리고 인질을 일부 살려두는 데에는 중요한 또 다른 이유가 있었다. 만약 눈엣가시처럼 여겨지는 네 명의 인질을 제거하고 정마을을 떠나려고 할 때 생각지도 못한 강적이 다시 나타나면 무언가 대책이 필요하다. 결국 인질을 남겨두어서 자신들의 안전한 탈출용으로 써야 하는 것이다.

현재의 상황은 한치 앞도 모르게 전개되고 있었다. 여기서 가장 문제가 되는 것은 강리 선생의 행방이었다. 강리 선생은 수치선과의 결투에서 패한 것으로 알려졌지만 거기에는 무덕의 말대로 미묘한 문제가 숨어 있는 것 같았다. 어쩌면 강리 선생은 일부러 패한 척하고 수치선이 떠난 후에 다시 나타날지도 모를 일이라고 회장은 생각했다.

만약 강리 선생이 다시 나타난다면 앞뒤 생각할 것도 없이 마을 사람들을 모두 없애버린 후 정마을을 차지하면 그만이었다. 회장은 조급하게 건영이가 나타나기를 기다렸다. 이때 건영이는 풍곡림을 지나 마을 가까이 내려오는 중이었다.

건영이의 표정은 잔뜩 흐렸다. 아직 아무런 대책도 세우지 못한 건영이는 오직 운명에 맡긴 채 발걸음을 재촉할 뿐이었다. 이런 상황에서 무기력하게 산 위로 쫓겨 간 수치선도 깊은 번민에 싸여 있었다. 마을을 지키는 것이 수치선의 임무는 아니었지만 그 마을에는 자신의 벗인 연행선, 즉 막중한 임무가 맡겨진 남씨가 있는 것이다.

막중한 임무란 곧 천부의 명령에 따라 《황정경》을 쓰는 것으로 이는 우주의 중대사가 아닐 수 없었다. 게다가 이는 수치선의 목숨과도 연관이 있었다. 남씨가 《황정경》을 제대로 쓰지 못하면 수치선은 지난날 위작(僞作)을 쓴 죄에 대한 벌을 받게 되는 것이다.

이런 이유로 인해 수치선은 정마을 근방에 자주 출현했지만 지금은 신선의 힘으로도 어쩔 수 없는 위기에 처하고 말았다.

"……."

수치선은 하늘을 쳐다보며 잠시 후회했다. 강변에서의 결투 때 좀 더 잔인하게 인간을 많이 죽였어야 했다. 괴인, 즉 강리와의 결투 중에도 인정사정없이 살수를 전개했다면 주변에 있던 그 사악한 인간들을 모두 없애버릴 수 있었을 것이다. 아니면 강변에 모습을 드러내지 않고 숲 속에 숨어서 인간이 나타나는 대로 죽여 버렸다면 사태가 이 지경에 이르지는 않았을 것이다. 그러나 당시 수치선은 엄포를 놓아서 쫓아버릴 생각이었다. 그런데 뜻밖의 강적을 만나 사생 결투를 하게 된 것이다.

'그놈의 정체는 도대체 뭘까……? 인간도 결코 얕볼 존재가 아니야. 그나저나 연행선이 다치면 어쩌나……?'

수치선은 이런 생각을 하면서 망연하게 정마을 쪽을 내려다보았다. 그런데 이때 등 뒤에서 기척이 느껴졌다.

"……."

수치선은 급히 뒤를 돌아봤다. 그러자 허공에서 그림자가 어른거렸다. 이어 그 그림자는 순식간에 형체를 띠더니 한 선인이 나타났다. 나타난 선인은 옥황부 정식 관리로서 수치선도 이미 알고 있는, 천상에서는 아주 유명한 선인이었다.

"아니, 어인 행차이십니까?"

수치선은 그 선인을 보자마자 고개를 숙여 정중하게 인사를 했다.

"일어나게, 자네는 수치가 아닌가?"

"예, 그렇습니다. 묵정선께서는 어인 일로 이 하계까지 내려오셨습니까?"

수치선은 다소 놀라고 있었다. 묵정선은 옥황부에서도 존경해 마지않는 고매한 인격자로서 현재 중대한 임무에 종사하고 있었다. 이러한 선인이 하계에까지 내려왔다는 것은 매우 특이한 일이 아닐 수 없었다.

묵정선은 자비로운 미소를 지으며 대답했다.

"나도 정마을 사람을 만나러 왔다네……. 자네는 연행선을 만나러 왔나?"

"예, 그렇습니다만……."

"음, 우린 처지가 비슷하군. 나는 역성 정우를 만나러 왔네만 마을은 지금 위기에 빠져 있으렷다?"

"알고 계셨습니까?"

"물론, 그런데 자네가 큰 실수를 했더군……."

"예?"

수치선은 좀 전까지 자신의 실수를 되씹으며 후회하고 있었으나 묵정선이 지적한 큰 실수란 게 도대체 무엇인지 알 수가 없었다. 묵정선은 존경스런 표정으로 자신을 올려다보고 있는 수치선을 잠깐 응시하다가 다시 말했다.

"자네와 강변에서 결투한 그 자가 누군지 아는가?"

"글쎄요, 대단한 인간이더군요."

"인간? 그것을 어떻게 알 수 있나?"

묵정선은 무엇으로 강리가 인간인지 선인인지 구분할 수 있는가를 물었다. 사실 무술 실력으로만 따진다면 인간과 선인은 별 차이가 없다. 묵정선의 물음에 대해 수치선은 자신 있게 대답했다.

"그 자는 결코 선인이 아닙니다. 그만한 인격도 없을뿐더러 오로지 사악함으로만 가득 차 있더군요."

"음, 옳게 봤군. 하지만 자네는 한 가지 중대한 사실을 놓치고 있어!"

"예?"

"이보게, 그 자는 자네 말대로 선인이 아니네. 하지만 인간도 아닐세."

"그러하오면?"

"인비인(人非人), 즉 혼마라네."

"아니, 혼마라면 천상을 뒤흔들고 있는 그 마귀 말입니까?"

"아무렇게나 말해도 상관없네. 그 자는 단지 혼마일 뿐일세. 그런데 문제는……."

"……."

"자네가 그 혼마를 죽였다는 것일세!"

"예? 그것이 왜 문제가 되는지요?"

수치선은 의아스러운 표정을 지었다. 악마를 없애는 것이 왜 문제가 되는지 그는 알 수가 없었다. 묵정선은 고개를 저으며 심각하게 대답했다.

"문제가 크지. 혼마란 원래 그 지역의 인간이나 선인만이 죽일 수가 있어……."

"……."

"타천(他天)의 간섭이 있어서는 절대 안 된다는 말일세. 그런데……."

"……."

"자네는 상계의 선인으로서 하계의 혼마를 죽인 것이야. 그래서 큰 일이라는 것이지!"

"무슨 뜻인지 저는 잘……."

"말해 주겠네. 일은 이미 벌어졌지만……."

"……."

"이제 혼마는 다시 살아나게 되지. 게다가 혼마는 하나가 아니라 둘이 된다네."

"예? 다시 살아나다니요? 둘이라니 그건 또 무슨 말씀인지요?"

"허, 아직까지 그것을 모르고 있다니……. 혼마는 타천의 힘에 의해 죽게 되면 다시 소생할 뿐 아니라 둘로 늘어나게 되어 있다네."

"정말 그런 일이 가능합니까?"

"음, 그게 바로 혼마의 섭리라네!"

"아니, 혼마의 능력이 그토록 뛰어나다니!"

"그래서 혼마 아닌가! 이제 더 이상 혼마를 건드리지 말게."

"예. 하지만 그토록 악독한 존재를 그대로 방치해 둔다면 세상에 해가 크지 않겠습니까?"

"그래도 할 수 없지, 이 세상에 존재하는 혼마의 퇴치는 인간의 문제일 뿐이야. 우리는 단지 하늘의 혼마만 퇴치하면 그만일세……."

"알겠습니다. 제가 정말 큰 잘못을 저질렀군요."

"그렇다고 할 수 있지. 그런데 자넨 왜 사사건건 잘못을 저지르고 다니나?"

"예? 아, 예. 죄송합니다."

예전에 《황정경》의 위작을 썼었다는 것을 지적한 묵정선의 책망에 수치선은 고개를 숙일 뿐이었다. 현재 수치선은 그 죄과를 벗어나기 위해 남씨를 독려하는 중이었지만 이번 사태를 맞아 공연히 혼마를 건드려 사건만 확대시킨 셈이 되었다.

둘로 늘어난 혼마가 앞으로 정마을에 더 큰 위협이 될 것은 뻔한 이치이다. 물론 그보다 먼저 현재의 위기가 정마을의 존망을 위태롭게 하고 있었다. 걱정스런 얼굴로 묵정선이 말을 꺼냈다.

"속수무책일세. 우리는 숨어서 관망해야겠지."

"……."

수치선은 어두운 얼굴로 고개만 끄덕였다.

이즈음, 건영이는 우물가에 당도하였다.

"오, 건영이!"

남씨는 건영이를 발견하고는 황급히 맞이했지만 상황은 최악의 상태였다.

"……"

건영이는 남씨에게 가볍게 고개를 숙여 보이고는 마을 사람들을 천천히 돌아봤다.

"오빠!"

숙영이가 애처롭게 소리쳤다. 건영이가 그쪽으로 걸음을 옮기려 하자 회장이 막아섰다.

"잠깐, 면회는 허락할 수 없소."

"……"

건영이는 창백한 얼굴로 물러설 수밖에 없었다. 그러자 남씨가 소리쳤다.

"여보시오, 이제 다 모였으니 협상을 시작합시다."

"좋소, 하지만 협상은 저 청년과 하겠소!"

회장은 잔인한 미소를 지으며 건영이를 가리켰다. 남씨가 힘없는 목소리로 대답했다.

"그건 마음대로 하시오. 자, 이제 조건이 무엇이오?"

"아, 잠깐. 협상을 진행하기 전에 먼저 당신과 아이를 묶어야겠소."

"……"

남씨는 얼굴을 찡그리면서 몇 걸음 앞으로 나왔다. 정섭이도 회장을 노려보며 남씨 옆에 나란히 섰다. 두 사람은 달려든 땅벌파의 무리들에게 묶여서 인질 상태가 되었고 이제 결박되지 않은 사람은 건영이뿐이었다. 건영이는 회장을 향해 애처롭게 말했다.

"할 얘기는 무엇입니까? 저하고 협상한다고 하셨지요?"

"허, 그래야겠지. 당신이 마을의 지도자라고?"

회장은 건영이를 비웃는 듯한 웃음을 머금으며 말했다. 건영이는 허탈한 표정으로 대답했다.

"마을에 지도자는 없습니다. 당신께서 저를 지목하셨으니 무슨 말이든 해 보세요."

"음……."

"……."

회장이 날카로운 눈초리로 건영이를 천천히 훑어보았지만 건영이는 꼼짝하지 않은 채 그의 시선을 그대로 받으며 서 있었다. 회장은 건영이의 인간됨을 평가하고 싶었다. 마을의 지도자라고 하니 더더욱 궁금했기 때문이다.

하지만 현재 건영이의 모습은 나약하게 떨고 있을 뿐 당당한 지도자의 모습은 어디에도 나타나지 않았다. 회장이 실망했다는 듯이 고개를 젓고는 부하들에게 명령했다.

"얘들아, 이 지도자를 묶어라."

회장이 비아냥거리자 부하들도 비웃으며 건영이를 묶었다.

"……."

건영이는 전혀 반항하지 않고 순순히 그들의 행동에 따랐다. 이윽고 건영이마저 묶이자 정마을의 모든 사람은 인질, 아니 포로가 되었다. 회장이 다시 명령했다.

"얘들아, 네 사람을 끌어내!"

회장의 명령대로 남씨와 박씨, 건영이와 인규는 마을 사람들과 따로 분류되었다. 회장의 목소리가 다시 들려왔다.

"너희들은 마을 사람들을 잘 지키고 네 사람을 이쪽으로 끌고 오게."

회장은 앞장서서 네 사람을 우물가 아래쪽으로 끌어냈다. 어디로 가려는 것일까……? 분명 살해할 장소로 데려가는 것이리라! 회장은 그 장소를 강가로 정해 두었다.

"자, 가자."

회장은 인정사정없이 말하고 막 한 발 앞서려는 순간 갑자기 누군가 그들 앞을 막아섰다. 두 명이었다.

"……."

회장은 깜짝 놀라서 주춤했다. 그러자 뒤쪽에서 그 모습을 바라보고 있던 무덕이 재빨리 달려 나왔다.

"어머, 선생님!"

무덕은 반갑게 강리 선생의 품에 안겼다.

"오, 무덕. 잘 있었나!"

강리 선생은 무덕을 어루만지며 회장을 바라봤다.

"아니, 선생님."

회장도 그제야 강리 선생을 알아보고는 굳어졌던 얼굴색이 환해졌다.

"회장님, 모든 게 다 잘됐군요."

강리 선생은 미소를 지으며 말했다.

"예, 선생님. 그런데 어찌 된 일입니까? 이분은……?"

회장은 강리 선생 옆에 서 있는 사람을 공손히 가리켰다. 그러자 강리 선생은 정색을 하며 대답했다.

"나의 분신이오. 자세한 얘기는 나중에 조용히 합시다. 그보다는……."

"……."

"지금 상황은 어떻소?"

"예, 인질을 확보했습니다. 강변에서 선생님과 싸웠던 그 도인도 물러갔고요!"

"오, 그리 되었소? 그럼 다 끝났군요!"

"그런 셈이지요!"

"이자들은?"

강리 선생은 회장 옆에 서 있는 네 사람의 인질을 가리키며 물었다. 회장은 단호하게 대답했다.

"예, 우선 네 명을 처치하려던 중이었습니다. 선생님이 돌아오셨으니 이제부터는 선생님의 지시를 받겠습니다."

"음, 뻔한 일 아니오……."

"……."

"회장님, 이자들을 전부 없애버립시다."

"아, 예. 선생님의 지시라면 당장에 그대로 시행하지요……. 얘들아!"

"……."

"모두 끌고 강가로 가자."

회장은 좀 전보다 더욱 냉정해졌다. 이제는 강리 선생마저 나타났기 때문에 전혀 꺼릴 것이 없기 때문이다.

"……."

마을 사람들은 한 줄로 끌려가기 시작했다. 회장과 강리 선생은 그 뒤를 바짝 뒤쫓으며 한가히 그동안 일어났던 일에 대해 얘기를 나눴다.

마을 사람들의 죽음의 행진은 계속되었다. 건영이는 반쯤 눈을 감은 채 이리저리 떠밀리며 걸어갔다.

"이쪽으로!"

패거리들은 건영이를 거칠게 잡아당겼다. 이를 본 숙영이가 안타깝게 소리쳤다.

"오빠!"

숙영이의 목소리는 울음이 섞여 있었다. 하지만 패거리들의 웃음소리에 숙영이의 울음소리는 이내 감춰졌다.

"하하하, 굉장히 애처롭게 구는군."

"둘이 무슨 사이 아니야?"

"함께 죽여줄 테니 염려 마."

패거리들은 히죽거리며 줄을 더욱 거세게 잡아당겼다. 숙영이는 휘청거리다가 간신히 자세를 바로잡았다. 마을 사람들은 속수무책인 상황에서 더 이상 몸부림친다 해도 전혀 소용없다는 것을 절감한 듯 잠잠히 걸을 뿐이었다. 순순히 운명을 받아들일 뿐이었다.

앞서 끌려가던 네 명의 인질이 왼쪽 길로 들어서자 마을 사람들도 속속 그 뒤를 따랐다. 죽음의 현장인 강변은 점점 다가왔다. 회장은 시체를 깨끗이 처리하기 위해 일부러 강가를 택했다. 이윽고 숲이 끝나고 드넓은 강변이 나타났다.

"이쪽으로!"

회장의 명령대로 밧줄에 묶인 포로들은 강의 하류 쪽으로 끌려갔다.

"정지!"

회장은 포로들을 정지시키고 강리 선생 곁으로 다가갔다.

"선생님, 모두 처치할까요?"

회장은 최종적으로 강리 선생의 결단을 확인하려 하였다. 강리 선생은 고개를 끄덕이며 쉽게 대답했다.

"물론이오. 확실히 죽여서 강가에 처넣으시오."

"음…… 얘들아!"

회장은 입을 꾹 다물고 고개를 끄덕인 다음 부하들에게 명령했다.

"남씨부터 끌어내……."

회장은 제일 먼저 남씨를 선택했다. 마을 사람들 중 가장 막강한 실력자라고 판단되었기 때문일까……? 어차피 모든 사람이 죽어야 한다면 순서는 아무 상관이 없을 것이다. 현재 포로들은 단단히 묶여 있기 때문에 어떠한 저항도 불가능한 상태였다. 이윽고 남씨가 끌려 나갔다. 그러자 회장이 냉소적으로 말했다.

"남선생, 안됐구려. 하지만 나를 원망 마시오. 우리의 정당한 대결에서 단지 내가 이겼을 뿐, 패배한 사람은 당연히 벌을 받아야 하는 것 아니오."

"……."

남씨는 고개를 끄덕였다. 그러고는 조용히 말을 꺼냈다.

"회장님, 당신 말이 맞아요. 하지만 한 가지 부탁이 있으니 들어주시오."

"부탁? 유언이오?"

"그렇소."

"말해 보시오."

"마을 사람들을 살려주시오."

"허, 그건 안 될 일이오. 후환이 있어서는 안 되지……."

회장은 고개를 저으며 들어주지 않았다. 그러나 남씨는 실망하지 않고 다시 한 번 애원하듯 말했다.

"마을 사람들은 죄가 없어요. 당신도 알지 않소?"

"글쎄요, 내가 볼 땐 그렇지 않아요. 어쨌건 이 마을 사람들은 모두

나의 적이니 한 명도 남김없이 없애야겠소."

"……."

회장이 단호하게 말하자 남씨는 더 이상 할 말이 없는 듯 힘없이 고개를 숙였다.

"데려가!"

회장도 더 이상 논쟁을 하고 싶지 않은지 옆에 서 있던 부하에게 엄격하게 명령했다.

"……."

남씨는 체념한 듯 아무 저항 없이 땅벌파의 무리들에게 끌려갔다. 그러자 이번에는 건영이가 막아섰다.

"잠깐!"

"……."

건영이가 앞으로 나서자 회장은 관심을 갖고 바라봤다.

"할 얘기가 있어요……."

회장은 손짓으로 남씨를 끌고 가던 부하들의 행동을 제지시킨 뒤에 건영이의 말을 기다렸다.

"회장님!"

건영이가 말을 꺼내기 시작했다.

"이 사람들을 모두 죽일 건가요?"

"그렇소."

"좋아요. 그렇다면 내 말 한마디만 듣고 죽이세요."

"무슨 말인가?"

"회장님한테만 말하겠어요."

"음? 비밀인가?"

"예, 그렇다고 할 수 있지요."

"그래? 허허, 비밀한 유언이라……. 마을의 지도자의 마지막 부탁인데 안 들어줄 수 없지."

"고맙습니다. 저쪽에서 조용히 말하고 싶은데요."

건영이는 턱으로 왼쪽 방향을 가리켰다.

"……."

회장은 고개를 끄덕였다. 그러고는 밧줄을 잡고 건영이가 가리킨 방향으로 이동했다.

"……."

모든 사람들은 숨을 죽인 채 두 사람의 행동을 바라보았다. 비밀한 유언을 남기겠다는 건영이의 걸음걸이는 매우 처량하게 보였다. 이윽고 걸음을 멈춘 두 사람은 조용히 말을 나누기 시작했다.

"……."

건영이는 무슨 말인가를 꺼냈고 회장은 건영이의 말을 정중히 듣고 있는 듯 보였다. 그리고 마침내 건영이의 비밀한 유언이 끝났는지 회장은 옷깃을 여미며 자세를 단정히 하고 인질들이 묶여 있는 장소로 걸어왔다. 건영이는 아직 그 자리에 서서 마을 사람들을 바라보고 있었다.

"……."

모든 사람들은 다소 의아스럽게 회장을 바라보았다. 인질들에게 가까이 다가가자마자 회장이 부하들을 향해 엄숙하게 말했다.

"자네들, 이제 내가 명령을 내리겠네."

"……."

부하들은 회장이 너무나 엄숙하게 나오는 바람에 잔뜩 긴장하고 귀를 기울였다.

"마을 사람들을 모두 풀어주게, 어서!"

회장의 명령은 엉뚱했지만 목소리는 평소보다 오히려 크고 분명했다.

"풀어주라고요?"

칠성이 나서며 반문했다.

"이봐, 명령이야. 어서 풀어줘, 모두."

"아, 예……."

칠성은 회장의 단호한 목소리에 눌려 한 명의 포로를 급히 풀어주었다. 그러자 다른 패거리들도 앞을 다투어 나머지 포로들을 풀어주었다.

"……."

무덕은 회장의 뜻밖의 행동에 너무 놀라 그저 바라보고 있을 뿐이었다. 강리 선생도 다소 놀란 듯 보였으나 침묵을 지킨 채 바라보고만 있었다. 이윽고 포로는 모두 풀려났다.

"저쪽으로 가!"

회장은 건영이가 서 있는 방향을 가리키며 포로들을 향해 소리쳤다. 건영이는 아직 묶인 채 그대로 서 있었다. 마을 사람들은 급히 건영이 쪽으로 움직였다. 박씨는 재빨리 건영이 몸에 감긴 밧줄부터 풀어주었다.

이로써 일단 위급한 위기는 모면한 듯 보였다. 마을 사람들과 땅벌파 패거리들은 영문을 모른 채 물끄러미 회장을 바라보았다. 그런데 또 한 번 뜻밖의 일이 일어났다.

"뭐야……? 저들을 어서 잡아들여!"

회장은 별안간 꿈에서 깨어난 듯 소리 높여 명령하였다.

"……."

부하들은 갑작스럽게 돌변한 회장의 행동에 잠시 어리둥절했다. 그러자 회장이 다시 한 번 소리쳤다.

"뭣들 해, 저들을 처치하지 않고……."

그제야 정신을 차린 패거리들은 행동을 개시했다. 칠성이하 땅벌파 패거리들은 재빨리 마을 사람들을 포위하였다. 이에 맞서 남씨와 박씨, 그리고 인규가 나섰다. 회장이 이들을 풀어준 후 다시 죽이려는 이유는 아직 알 수 없었지만 마을 사람들은 또다시 위기에 봉착했다.

강리 선생은 말없이 이들의 행동을 바라보고만 있었다. 아직은 자기편이 유리하기 때문에 나설 필요가 없다고 여긴 것일까? 현재의 대치 상태는 인질 확보가 목표가 아닌 정식으로 대결을 벌이고 있는 것처럼 보였다.

혹시 건영이가 회장에게 비겁함을 크게 꾸짖은 것이 아닐까? 회장도 인질에 대해서는 별말이 없고 오로지 결투에만 관심이 있는 것 같았다. 물론 결투의 상태는 남씨·박씨, 그리고 인규뿐 그 외의 마을 사람들은 한곳으로 물러나 있었다.

그런데 강리 선생이 대결에 관심을 기울이지 않는 현재의 상황은 정마을 측이 다소 유리해 보였다. 남씨가 박씨 못지않게 힘을 발휘하고 있기 때문이었다. 인규도 칠성을 제외한 땅벌파의 무리 정도는 충분히 싸워 이길 승산이 있었다.

"……."

한동안 긴장된 상태가 유지되었다. 그러자 그동안 이를 답답하게 지켜보던 무덕이 나섰다. 무덕은 남씨를 목표로 행동을 개시했다. 무덕의 능력에 대해서는 당초 강리 선생이 인정한 바도 있었지만 지금 무덕의 공격은 결코 얕잡아 볼 수 없는 것이었다.

'휙 —— 휙 ——'

무덕은 주먹을 연거푸 두 번 날렸다. 그러나 남씨는 이를 가볍게 피한 후 오히려 무덕에게 가까이 달려들었다. 무덕은 황급히 피했다. 남씨는 다른 사람들은 신경 쓰지 않고 무덕에게만 집중적으로 공격하기 시작했다.

'퍽 ——'

무덕의 어깨에 남씨의 주먹이 스쳤다. 아슬아슬한 순간이었다. 조금만 늦게 피했어도 무덕은 큰 타격을 입었을 것이다. 그러자 이를 보고 있던 강리 선생이 한 발 나섰다.

"물러서게!"

드디어 강리 선생이 직접 나서자 패거리들은 안심하고 즉시 행동을 정지했다. 결투장에는 갑자기 긴장이 감돌았다. 이제 찰나 후면 강리 선생이 행동을 개시할 것이고 마을 사람들의 운명은 이로써 결정이 날 터였다.

그러나 이 순간 갑작스런 일이 발생했다. 수치선이 다시 나타난 것이다. 그뿐이 아니었다. 그 뒤에 서서히 걸어 나오고 있는 또 다른 인물, 이 인물은 누가 보기에도 굉장한 위력이 있어 보였다. 언뜻 보기에는 온화하게 보였는데 왠지 모를 강인함이 서려 있었다.

그는 바로 묵정선이었다. 결투를 위해 한 걸음 나섰던 강리 선생도 그의 모습을 발견한 뒤 온 몸이 굳어 버렸다. 강리 선생은 자신의 분신과 함께 기가 질린 듯 꼼짝하지 못한 채 제자리에 서 있었다. 그러자 묵정선이 그 앞으로 다가갔다.

"……."

강리 선생은 두려움에 떨며 결투의 자세를 풀 수밖에 없었다. 겉으로만 보고도 상대가 위험인물이란 것을 파악했기 때문일까? 묵정선이 근엄하게 강리를 향해 말했다.

"자네들…… 대항을 할 텐가?"
"아닙니다. 보내만 주신다면 물러가겠습니다."
강리가 공손히 대답했다. 묵정선은 만족한 듯 고개를 끄덕이며 말했다.
"음, 좋아. 하지만 저 사람의 말을 듣고 가게."
묵정선이 가리킨 사람은 건영이였다. 그러자 건영이가 앞으로 나섰다.
"당신네들……."
건영이는 강리 선생과 회장을 가리키며 서두를 꺼냈다.
"만일 이곳에 다시 돌아온다면 그때는 반드시 목숨을 잃게 될 것이오. 이번 일은 용서할 테니 돌아가세요. 그리고 서울일은……."
"……."
"서로 사이좋게 지내세요!"
서울 일이란 조합장과의 일을 말하는 것이다. 회장은 말없이 고개를 끄덕이고는 부하들에게 손짓했다. 강리 선생도 묵정선에게 고개를 숙여 보이고는 발길을 돌렸다.
"……."
적들은 물러갔다. 그러자 묵정선이 건영이를 향해 부드럽게 말했다.
"정우, 우리는 나중에 따로 만나세. 우선 마을로 돌아가서 쉬는 게 어떤가?"
"예, 은혜에 감사드립니다."
건영이는 한쪽 무릎을 꿇고 정중히 예의를 표했다.
"……."
묵정선과 수치선은 순식간에 사라졌다.
"문제가 해결됐군……. 자, 마을로 돌아가세."

할머니가 먼저 기운을 차리고 이렇게 말하자 모두들 마을을 향해 한가롭게 걷기 시작했다. 잠시 후 남씨가 건영이 옆으로 다가와 물었다.

"어떻게 된 거야?"

남씨는 강변에서 회장이 엉뚱하게 행동한 것에 대해 물었다. 마을 사람들도 매우 궁금한지 모두들 걸음을 멈추고 귀를 기울였다. 건영이가 고개를 저으며 대답했다.

"무척 힘들었어요. 제가 그 사람의 영혼을 강제로 움직였거든요……."

"……."

"마음을 억지로 지배했던 것이지요. 그 사람은 자신의 행동을 전혀 느끼지 못한 채 내가 지시하는 대로 움직였을 뿐이에요……."

"오, 그렇군……."

남씨는 감탄하듯 고개를 여러 번 끄덕였다. 생각해 보면 무서운 일이었다. 상대의 마음을 강제로 움직이다니! 세상에 이보다 강한 힘이 어디 있겠는가……! 건영이는 위기의 순간 신비한 힘을 발출했던 것이다.

당시 그들의 주변에는 묵정선과 수치선이 와 있었지만 인질 때문에 어쩔 수 없이 보고만 있었던 것이다. 그런데 건영이가 회장의 마음을 움직여 인질을 풀어주자 모든 위기는 일순간에 사라졌다.

묵정선은 잠시 상황을 지켜보다가 직접 행동에 나섰다. 만일 자신이 나서지 않고도 사태가 원만히 해결되었을 것이라면 묵정은 그렇게 했을 것이다. 하지만 강리가 나서자 묵정선도 나설 수밖에 없었으므로 일은 무사히 끝나게 되었다. 이로써 상황은 사실상 완전히 끝났다.

절대 위기는 사라졌다. 마을에는 다시 평화가 찾아왔다. 아니, 건영이가 말했던 대로 마을의 운명이 좋아지고 있는 것이다. 마을 사람들은 무한한 행복을 느끼며 마을로 향했다.

못다 이룬 남씨의 한

땅벌파와의 대결 이후에 며칠의 시간이 흘렀다. 마을 사람들은 자신들의 경험에 대해 놀라면서도 한편으로는 재미있었던 점도 기억해냈다. 특히 남씨는 정마을의 운수가 좋아지고 있다는 데에 상당히 기대를 갖게 되었다.

인규는 그동안 수련을 통해 익힌 자신의 무술에 대해 이제 충분한 자신감이 생겼다. 숙영이 어머니는 남씨가 괴력을 소유하고 있었던 것에 감명을 받았고, 임씨는 오랜만에 마을에 돌아와서 기이한 경험을 한 것에 대해 매우 만족해했다.

이씨는 세상 일이 그저 놀라울 뿐이었다. 건영이의 신비한 능력, 상계에서 찾아드는 선인들, 스승인 남씨의 괴력, 마을 사람들의 침착성, 이 모든 것이 그에게는 배울 점이었다.

할머니는 자신이 죽고 사는 문제에 대해서는 처음부터 관심이 없었다면서 그 당시 벌어졌던 상황에 몹시 재미있어 했다.

숙영이는 건영이가 무사한 것에 대해 천지신명께 감사한다고 말했다. 임씨 부인은 이번 사태가 무사히 끝날 것을 처음부터 굳게 믿고 있었다고 한다. 그러나 죽음을 느낀 것은 마을 사람들 중 유일하게 정섭이 하나뿐이었다. 정섭이는 죽은 후의 세계가 무척 궁금했다. 그리고 아버지와 헤어지는 것이 슬펐었다고 말했다.

이제 한 차례 거센 운명의 태풍이 지나갔다. 죽음에 직면했던 경험은 마을 사람들에게 생의 즐거움을 새삼 일깨워 주었다. 봄은 더욱 무르익어 갔다. 그러던 어느 날 밤, 남씨의 처소에는 수치선이 찾아들었다.

"연행, 충분히 쉬었나?"

"음, 난 별로 피곤하지 않았네. 그나저나 자네는 우리 마을에 오래 머물러 있군……."

"그래, 나는 자네를 기다릴 뿐이야."

"나를?"

"그래, 자네의 글 말일세. 어느 정도 되어 가나?"

수치선은 남씨가 써야 하는 《황정경》을 일깨워 주었다. 남씨는 이 말을 듣자마자 허탈한 표정을 지었다. 그러고는 고개를 저으며 풀 죽은 목소리로 말했다.

"수치, 글은 전혀 써지지 않았어. 솔직히 말해서 이번 일은 포기하고 싶다네."

"뭐라고? 이 일은 자네가 그만둔다고 해서 포기될 수 있는 것이 아닐세. 천부의 명령이고 또한 태상노군의 일 아닌가?"

"알고 있네. 하지만 내 능력이 안 되는 걸 어쩌겠나!"

"무슨 소릴……. 써놓은 글이나 보여 주게."

"보나마나일세……. 글이 틀려먹었어."

"잔말 말고 어서 꺼내 보게."

수치선의 짜증 섞인 독촉에 남씨는 자신이 그동안 써놓았던 글을 내보였다.

"……."

수치선의 얼굴은 점점 어두워졌다. 남씨가 말한 대로 글씨는 예전 연행선의 그것이 아니었다.

"아니, 대체……. 연행, 글씨가 왜 이 모양인가?"

수치선은 애처롭게 꾸짖었다. 남씨는 슬픈 표정을 지으며 대답했다.

"수치, 나로서는 최선을 다했네. 다만 문제가 있어……."

"음? 문제라니?"

"뿌리가 막혀 있다네. 나는 온 몸으로 글을 쓰고 있지만 전생의 힘이 나오지 않아……. 글씨란 영원의 힘으로 써야 하지 않겠나?"

"시간의 힘이 막혀 있는 것이군! 도대체 자네가 왜 그렇게 되었나?"

"음, 자넨 그걸 모르나? 나에겐 한이 맺혀 있어. 글이란 자발적으로 써야지 명령에 의해 벌 받듯 써서야 뭐가 되겠나!"

"한? 전생의 일 말이군. 그건 이미 지난 일인데 이제 와서 어쩌겠다는 건가?"

"나도 잊고 싶다네. 다만 뜻대로 되지 않을 뿐이야."

"그거 큰일이군. 무슨 방법이 없겠나?"

"방법? 없는 것은 아니지……."

"음? 그게 뭔가? 내가 도와주면 되지 않겠나."

"글쎄, 자네 힘으로도 안 될지 몰라."

"말해 보게. 자네가 한을 풀어 글을 쓸 수 있다면 무슨 일인들 못하겠나!"

"……."

남씨는 망설이듯 잠시 눈을 감았다. 그러자 수치선이 재촉했다.

"이보게, 어서 말하게나. 방법이 있다면 무엇 때문에 이렇게 손 놓고 앉아 있나?"

"음, 얘기하겠네. 하지만 그것으로써 내 글씨가 회복된다는 장담은 못 해……."

"그럼 가능성은 있나?"

"음, 그런 것 같네."

"좋아, 그럼 말해 보게."

남씨는 다시 한 번 눈을 감았다 뜨고는 천천히 말을 꺼냈다.

"소화공주에 관한 일일세. 현재 이 마을에 살고 있지……."

"……."

"모든 것이 운명이겠지만 그녀에게는 너무나 기구하다네. 그녀의 운명을 보상해 주게."

"뭐? 지나간 운명을 어떻게 보상한단 말인가? 앞으로 좋은 운명을 맞이하면 되는 거지!"

"앞날은 상관없네. 난 그녀의 지난 과거를 회복시켜 주고 싶을 뿐이야."

"그래? 자넨 천상으로 되돌려 보내주고 싶나?"

"아닐세."

"그렇다면?"

"이번 생의 한일세. 젊음을 회복시켜 주게."

"음? 젊음이라니?"

"말 그대로일세. 그녀는 지금 늙었다네. 젊음을 다시 회복시켜 주고 싶어."

"그게 그녀의 소원인가?"
"아니, 내 소원일세."
"뭐? 허 참, 자네……. 어려운 일을 시키는군……. 좋아, 자네의 얘기나 들어보자고. 젊음이라면 그녀가 어떻게 되길 바란다는 거야?"
"병 없는 깨끗한 몸, 그리고 20년 전으로 돌아간 젊음!"
남씨는 단호히 대답했다. 수치선은 잠시 생각하다가 고개를 끄덕였다. 그러고는 허탈하게 웃으며 말을 이었다.
"연행, 자네의 부탁은 내 능력 밖의 일일세."
"그럴 테지. 나도 자네에게 부탁한 것은 아니야."
"그럼?"
"옥황부에 부탁하는 것일세."
"조건부인가?"
"천만에, 태상노군의 책을 쓰는 일에 조건부라니 그런 무례가 어디 있나? 단지 내 한을 풀고 싶을 뿐이야!"
"알겠네. 옥황부에 보고하겠네. 아니, 우선 묵정선과 의논해 봐야겠어."
"고맙네……. 나는 이만 들어가 쉬어야겠네."
남씨는 수치선에게 일을 떠맡기다시피 하고 방으로 들어갔다. 수치선은 잠시 어처구니없다는 표정을 짓고는 산 위로 사라졌다.
수치선은 산 위로 돌아오자마자 묵정선을 만났다. 묵정선은 건영이를 만나기 위해 아직 정마을 근처에 머물고 있었다.
"안에 계십니까?"
수치선은 동굴 앞에 서서 정중히 고했다. 이 동굴은 예전에 풍곡선이 머물던 곳으로 묵정선은 이곳에서 여러 날 동안 명상에 잠겨 있었다. 묵정선은 수치선의 말을 듣고 밖으로 나왔다. 동굴은 워낙 좁아서 두 사람이 들어서기도 비좁기 때문이었다.

한때 이 동굴에도 특사가 내려왔었으나 그 빈약함에 놀라 혀를 내두른 바 있는 선동(仙洞)이다. 다만 근처의 경관이 아주 뛰어나고 인간계를 멀리 떠나 있어서 도인의 처소가 되기에는 알맞은 곳이다.

묵정선은 하계에 머무는 동안 이곳을 임시 거처로 삼았다. 묵정선이 밖으로 나오자 마침 하늘에서는 달빛이 교교히 내리고 있었다.

"좋은 밤이군. 그런데 이 밤에 웬일인가?"

묵정선은 한가하게 말했다.

"긴히 의논드릴 일이 있습니다."

"연행선의 일인가?"

"그렇습니다만……."

"얘기해 보게."

"예, 연행선은 현재 시간의 기운이 막혀 있습니다. 그래서 글씨에도 한계가 있습니다."

"전생의 글씨가 회복되지 않는다는 말인가?"

"그렇습니다. 글씨는 더 이상 기대할 수 없는 상황입니다."

"그래? 걱정이군. 시간의 기운이 막혀 있다니!"

"예, 전생의 한 때문입니다. 그것을 시급히 풀어줘야 할 것 같습니다."

"어떻게?"

"방법은 딱 한가지 밖에 없습니다. 연행선 자신이 제안했습니다만……."

"말해 보게!"

"예, 소화공주에 관한 일입니다. 그녀는 지금 속인으로 정마을에서 살고 있으나, 지치고 나이 들어 보기에도 딱한 처지입니다."
"……."
"……연행선은 그녀의 건강과 나이를 회복하길 바랍니다. 20년 이전의 젊음, 그리고 청정한 몸으로 다시 되돌려 주길 원합니다."
"그래? 그렇게 된다면 한이 풀린다고 하던가?"
"그렇습니다."
"그렇다면 다행이군. 알겠네."
"예?"
"그 일이라면 이미 준비되고 있다네. 자넨 걱정하지 말게."
"준비되다니요?"
"이미 옥황부에서 그 일을 결정했단 말일세. 나는 이번에 정우를 만나러 왔지만 그 외에 연행의 일도 추진하러 내려왔다네……."
"그렇습니까? 아주 잘되었군요!"
수치선은 기쁜 표정을 지었다. 묵정선은 고개를 끄덕이고는 다시 말했다.
"가서 연행선에게 이르게. 소화공주는 49일간의 목욕재계를 시작해야 하니 준비하라고……. 곧 하늘의 사자(使者)가 내려올 거야."
"아, 예. 감사합니다. 지금 바로 연행선에게 전하겠습니다."
"음……."
묵정선은 다시 동굴로 들어갔다. 수치선은 묵정선이 동굴로 들어가는 것을 기다리고 있다가 그 자리에서 사라졌다.

우주의 혼란을 잠재우는 방법

천지자연의 이치란 음양의 이치이며, 이것의 운행으로 인해 여러 현상이 나타난다. 시간의 순환에 있어서는 자시(子時 : 밤 11시 30분~오전 0시 30분까지)에 한 가닥 양의 기운이 깃들고, 축시(丑時 : 오전 1시 30분~2시 30분까지)에 그 기운이 자라나 마침내 인시(寅時 : 오전 3시 30분~4시 30분까지)에는 큰 기운이 쌓이게 된다. 묘시(卯時 : 오전 5시 30분~6시 30분까지)가 되면 이 기운은 겉으로 드러나게 되는데 건영이는 아직 이 단계까지는 이르지 못했다.

다만 건영이의 정신은 이제 기운을 충분히 함유하여 무한한 발전의 시기로 접어들었다. 특히 자신의 저서인 《반고역》을 접함으로써 오랜 세월 흩어져 있던 마음이 가지런해지고 다른 사람의 정신에도 영향력을 미칠 수 있는 경지에까지 이르렀다.

한편 땅벌파의 회장은 정마을을 떠나면서 좀 전에 자신에게 일어났던 불가사의한 일에 대해 생각했다.

'그때 내 마음속에 이상한 음성이 들려왔었지. 거역할 수 없는 어떤 힘이 나의 정신을 밀어내는 것 같아서 내 의지와는 상관없이 그

명령대로 움직일 수밖에 없었어. 건영이라는 그 청년은 정말 무서운 사람이야…….'

회장은 건영이에 대한 공포심과 존경심을 간직한 채 조용히 정마을을 떠나갔다.

땅벌파의 패거리들이 떠나자 정마을에는 원래의 평화로움과 함께 상서로운 기운이 감돌았다. 드디어 건영이가 말했던 행운의 운수가 전개되는 것이다. 건영이는 며칠간 한가롭게 지내다가 방금 자신을 부르는 듯한 어떤 신호를 감지했다.

시간은 인시(寅時), 분명 산 위에서 묵정선이 부르고 있는 것이리라! 건영이는 방에서 조용히 앉아 있다가 급히 밖으로 나섰다. 정마을은 하늘에 무수히 떠 있는 별들과 맑은 공기로 인해 생동감이 가득했다. 건영이는 천지의 기운을 온 몸으로 느끼면서 천천히 산으로 향했다.

산 위에 있던 묵정선은 정마을을 내려다보면서 그 주변의 지세(地勢)를 감상하고 있었다. 잠시 후 소리 없이 건영이가 나타났다. 건영이는 묵정선 앞에 이르자 한쪽 무릎을 꿇고 정중하게 인사를 올렸다.

"일어나시게……."

묵정선은 인자한 미소를 지으며 건영이를 일으켜 세웠다. 그러고는 천천히 풍곡대를 향해 걸었다. 두 사람은 잠시 후 풍곡대의 평평한 바위 위에 걸터앉았다. 짧은 침묵이 흐른 뒤에 묵정선이 먼저 말을 꺼냈다.

"나는 풍곡선과 잘 아는 사이라네."

"아, 예. 그분이 바로 이 마을의 촌장님이십니다."

"오, 그렇군. 그런데 지금은 멀리 떨어져 있어서 무척 아쉽다네."

묵정선은 애틋한 미소를 지었다. 건영이가 말했다.

"저, 우리 촌장님은 지금 어디 계신지요?"

"아주 먼 곳에 있다네. 상당히 어려운 임무를 수행하고 있지……. 그건 그렇고……."

"……."

"나는 공무가 있어 이곳까지 내려왔다네. 우리 옥황부의 모든 선인들은 자네의 도움을 받고자 하네."

"무슨 분부이신지요?"

"음, 옥황부에서는 현재 혼란한 우주의 사태에 대해 자네의 의견을 듣기로 했네. 아무 거리낌 없이 자네의 고견을 들려주기 바라네……."

"고견이라니요! 당치 않습니다. 그저 제가 생각한 바를 말씀 드릴 수 있을 뿐입니다."

"허허, 그게 바로 우리가 원하는 것이야. 나는 온 우주를 통해 자네의 견해가 가장 높은 것으로 믿고 있다네."

"과찬이십니다. 그런데 문제가 무엇인지요?"

"문제는 많지……. 그 많은 문제를 의논하기 위해서 우선 자네를 상계로 초청하고 싶네만……."

"하늘로 말입니까?"

"그렇다네. 자네가 그곳에 가서 우리의 당면한 문제를 해결해 주면 매우 고맙겠네."

묵정선은 건영이를 직접 옥황부로 데려갈 생각이었다. 건영이가 옥황부 중앙집정회의에 나아가 직접 의견을 피력한다면 그만큼 자문의 효과가 커지기 때문이다. 그러나 건영이는 이를 정중히 사양했다.

"죄송합니다만 저는 정마을을 떠나고 싶지 않습니다."

"마을을 떠나지 못할 무슨 중요한 이유라도 있는가?"
묵정선은 무척 아쉬운 표정을 지으며 물었다.
"예, 전 지금 제 자신의 숙명과 싸우는 중입니다."
"오, 그런 깊은 이유가 있었군. 그렇다면 할 수 없이 이곳에서 내가 직접 자문을 구하겠네."
"죄송합니다만 그렇게 해 주시지요."
건영이는 거듭 사과하고 정중한 자세를 취했다. 묵정선은 심각한 표정으로 얘기를 시작했다.
"문제가 아주 복잡하다네. 물론 간단하게 한마디로 말할 수는 있지만……."
"……."
"그것은 바로 천명이 어긋나는 일이네. 시간의 법칙이 어긋나고 있는 거지. 따라서 미래의 예측도 불가능하고, 자연 자체의 앞날도 불투명하게 되는 거네."
"……."
"그런데 왜 이 같은 현상이 일어나는지 그 이유를 전혀 모르겠단 말이야. 그에 대한 뚜렷한 해결책도 없고……. 앞으로 우리가 어떡하면 좋겠나?"
"예? 저도 잘 모르겠습니다. 다만 자연의 법칙이 어긋난다면 거기에는 반드시 이유가 있을 겁니다."
"그렇겠지. 우리도 바로 그 이유를 알고 싶은 거네."
묵정선은 건영이를 똑바로 바라보면서 진지하게 물었다. 건영이는 잠시 생각에 잠겼다가 대답했다.
"제 생각을 말씀 드리지요. 만일 현재 우주가 일정한 법칙에서 벗어나고 있다면 분명히 이상한 현상들이 많이 일어날 것입니다. 저는 그러한 현상을 직접 접해 보지 못했기 때문에 이번 일을 판단할 만한 자료가 전혀 없습니다. 그렇기 때문에 묵정선님의 도움이 필요합니다. 우선 제 물음에 자세히 답해 주십시오. 먼저 요즘 일어나는 현상에 대해 얘기해 주시겠습니까?"

건영이는 예리하게 파고들 듯 물어왔다. 묵정선은 잠시 눈을 감았다 뜨고는 천천히 대답했다.

"옳은 말일세. 그럼 지금부터 요즘 일어나는 현상을 대강 얘기해 주겠네……."

"……."

"우선 문제가 되는 것은 시간율(時間律)의 파괴일세. 현재 온 우주에서 일어나고 있는 천명 이탈 현상은 수천수만에 이르고 있네. 그리고 공간에 이상이 발생한 곳도 여러 건 보고되었지……."

"……."

"이밖에도 천상에서는 대대적으로 정신병이 만연되고 있고, 혼마도 다수 출현하고 있다네."

"혼마가 무엇인지요?"

"인비인(人非人)을 뜻하네. 한마디로 영혼이 없는 허수아비 같은 존재인데 막강한 힘을 지니고 있지. 이 혼마는 현재 우주 곳곳에 나타나 온갖 악행을 저지르며 천지를 혼란에 빠뜨리고 있다네. 얼마 전 이 마을에도 나타났었지."

"예? 정마을에도요?"

"음, 지난번 강가에 나타났던 그 사람 말일세. 겉으로는 인간과 똑같아 보여도 그 자는 분명 혼마일세."

"아, 예, 어쩐지……. 그래서 영혼이 없었군요!"

건영이는 고개를 끄덕이며 강가에서 땅벌파와 벌였던 대결 상황을 생각했다. 그때 강리를 보고 건영이는 무척 답답함을 느꼈었는데 그것은 바로 상대가 영혼이 없기 때문이었다. 건영이가 말을 이었다.

"기이한 존재이군요! 그런데 혼마가 천상에도 나타납니까?"

"그렇다네. 게다가 혼마는 잘못 건드리면 증식(增殖)이 되는 아주 무서운 존재일세."

"증식이라니요?"

"타천(他天)인이 혼마를 죽이면 곧 되살아날 뿐만 아니라 그 혼마가 배로 늘어나는 것이지!"

"정말 무서운 존재군요. 그럼 정신병은 무엇인지요?"

"음, 그것은 영혼 자체의 병으로서 겉으로 잘 드러나지 않을 뿐만 아니라 전염성이 아주 강하네. 이 때문에 옥황부도 위험에 직면해 있다네……."

"정말 문제가 많군요. 그밖에 다른 일은 없습니까?"

건영이는 생각에 잠기는 한편 더 많은 것을 알기 위해 질문을 계속했다. 건영이는 모든 문제를 총체적으로 판단하기 위해 지금까지 일어난 사건들을 전부 나열해 보자는 생각이었다. 오늘날 우주에서 이상한 사건이 끊임없이 발생한다면 그것은 분명 어떤 연관성이 있을 것이라 직감되었기 때문에 전체를 하나로 묶으려는 것이다. 그렇게 되면 모든 사건이 연장선상에 존재하고, 따라서 사건의 원인을 규명할 수 있게 된다. 물론 그것은 모든 사건이 연관성이 있을 때에만 가능한 일이다.

묵정선이 경건하게 말했다.

"우주에는 아주 높은 어른들이 계시네. 그런데 이 어른들이 어느

날 갑자기 행방을 감추었지. 현재 옥황부에서는 이분들을 찾으려고 애를 쓰고 있는데 전혀 단서가 잡히지 않고 있네. 그래서 자네에게 그분들을 찾아달라고 부탁하는 것일세."

"예? 제가 어떻게 찾을 수 있겠습니까! 옥황부의 신선들도 찾지 못하는 분들을……."

건영이는 난감한 표정을 지었다. 그러자 묵정선이 인자하게 말했다.

"나는 자네를 믿네. 게다가 자네는 사람을 숨기는 데 명수가 아닌가!"

"예? 제가 사람을 숨기다니요?"

"소지선 말일세. 옥황부 전체가 그를 찾으려 했는데도 못 찾았네. 뿐만 아니라 평허선공이나 염라대왕도 아직까지 찾아내지 못하고 있지 않나! 다 자네가 잘 숨겨서 그렇지."

"죄송합니다."

"자네가 미안해할 것은 없네. 오히려 잘한 일이지. 다만 우주의 어른들도 그런 방식으로 숨은 것 같으니 자네라면 능히 찾을 수 있지 않겠나?"

"글쎄요……, 그분들은 제 생각과는 다른 방식으로 자취를 감추신 것 같은데요."

"그런가? 어쨌건 소지선을 비상하게 숨겼듯이 자네라면 이 어른들을 반드시 찾을 수 있을 걸세."

"그분들이 누구신데요?"

"세상에서 가장 귀한 분들이지. 바로 태상노군·연진인·난진인일세."

"아, 예, 그렇군요……. 그분들은 지금쯤 어디에 계실까요?"

"허허, 그걸 몰라서 자네한테 묻는 게 아닌가!"

"글쎄요, 제가 무슨 능력으로……. 아무튼 생각은 해 보겠습니다."

"고맙네. 그리고 또 한 가지, 자네 촌장님의 일일세."
"예? 우리 촌장님 말씀인가요?"
"그렇다네. 지금 촌장님께서는 위험에 빠져 있다네!"
"예? 어떻게요?"
건영이는 깜짝 놀라서 목소리를 높였다. 건영이가 세상에서 가장 존경하는 사람은 바로 풍곡선이였으므로 당연히 놀랄 수밖에 없으리라. 묵정선은 너무 걱정 말라는 듯한 미소를 지으며 말했다.
"풍곡선이 당장 어떻게 된다는 것은 아니네. 다만 앞일이 걱정이지."
"무슨 일인데요?"
"음, 지금 풍곡선은 서왕모를 배견하기 위해 단정궁으로 가고 있네. 그곳은 무척 위험한 곳이야……."
"……."
"하지만 좀 어려움을 겪더라도 결국에는 극복하겠지. 풍곡선은 워낙 강하신 분이니까. 다만……."
묵정선의 얼굴에는 잠시 근심하는 빛이 서렸다. 그러고는 건영이를 똑바로 쳐다보며 말을 이었다.
"문제는 다른 데 있네. 풍곡선은 지금 쫓기는 입장이라네."
"……."
"아주 대단한 어른이 그 뒤를 쫓고 있어. 자칫하면 단정궁에 가지 못할 수도 있지!"
"……."
"풍곡선을 쫓는 어른은 바로 평허선공이라네."
"평허선공이요?"
"오, 자네도 그분을 알고 있나?"

"예, 아주 잘 압니다. 저와는 고향이 같습니다."

"음, 옥성 말이군!"

옥성은 건영이가 전생에 살던 곳으로 옥황 천계를 떠나 멀고먼 우주 밖에 있었다. 건영이가 물었다.

"그런데 평허선공께서 왜 촌장님을 쫓고 있지요?"

"그건, 풍곡선이 그 어른의 일을 방해했기 때문이라네. 바로 소지선의 일이지."

"저를 찾아왔던 소지선 말인가요?"

"그렇다네. 자네가 소지선을 숨기기 바로 직전이었지. 풍곡선은 평허선공을 유인해서 자네에게 소지선을 숨길 시간을 마련해 준 셈이네."

"아, 그렇게 된 것이군요. 그럼 촌장님께서는 평허선공에게 벌을 받게 되나요?"

"그럴 것 같아. 분명히 단정궁으로 가는 도중에 붙잡힐 거야! 어떻게든 단정궁까지만 가면 될 것 같은데……."

묵정선은 깊은 근심을 나타내면서 고개를 저었다. 건영이가 다시 말했다.

"지금 평허선공이 추적 중인가요?"

"아니. 하지만 곧 추적에 나설 거야. 평허선공은 워낙 빠른 분이라서 풍곡선은 당하지 못하네."

"아, 예, 그렇군요. 그렇다면 촌장님은 지금 어디쯤 가고 있는데요?"

"글쎄, 여덟 번째 관문쯤 통과했을 것 같아. 단정궁까지는 열세 개의 관문이 있네."

"얼마 안 남았군요!"

건영이는 그나마 다행이라는 듯이 말했다. 그러자 묵정선은 고개를 저으며 씁쓸한 미소를 지었다.

"앞으로 다섯 개의 관문이 남아 있어서 아직 마음 놓기는 이르다네. 게다가 아주 험난한 곳이기 때문에 분명히 열 번째 관문을 넘는 도중에 잡히고 말 거야."

"그럼 어떡하면 좋지요?"

건영이는 걱정스러운 표정으로 묵정선을 쳐다보며 물었다. 묵정선은 허탈한 미소를 지으며 말했다.

"자네가 대책을 세워주게."

"예? 제가요? 어떡한다……?"

건영이는 잠깐 놀라고는 곧 깊은 생각에 잠겼다. 촌장과 관계된 일이라면 어떻게 해서든지 도움을 주고 싶은 심정이었다.

"……."

깊은 생각에 잠겨 있는 건영이의 주변은 팽팽한 긴장감이 감돌았다. 묵정선은 건영이의 명상이 끝날 때까지 조용히 기다렸다. 시간은 아주 더디게 흘러갔다. 하지만 건영이의 정신은 온 우주를 집어삼킬 만큼 수많은 생각들로 가득했다.

평허선공에 대한 방비책, 그리고 천상에서 모습을 감춘 어른들의 행방, 우주의 이상한 현상들, 이러한 모든 것들이 건영이의 마음속에서 한데 어우러져 단 하나의 의미를 향해 흘러가고 있었다.

이것은 어떤 문제에 대한 최선의 해결책을 얻는 방법으로써 결코 인위적이 아닌 자연스럽게 해답을 찾는 것이다. 건영이의 마음속에 나타나는 내용들은 마치 스스로 움직여 어떤 일정한 모양을 형성하는 것 같았다. 건영이 자신은 단지 깊은 의문 속에서 정신이 막히지 않고 자연스럽게 흐를 수 있도록 보장해 줄 뿐이었다.

묵정선은 건영이의 생각을 방해하지 않기 위해 몸의 고요는 물론 그 마음의 활동마저도 정지한 채 하나의 생명이 없는 물체처럼 존재하고 있었다.

이윽고 건영이의 얼굴에 허탈한 휴식의 표정이 나타났다. 마음속으로 어떤 결론이 맺어진 것이다.

"……."

묵정선은 건영이의 명상이 끝났음을 알고 있었지만 재촉하지 않고 조용히 기다렸다. 드디어 건영이가 말을 꺼냈다.

"문제가 상당히 어렵군요……. 겨우 풀어냈어요!"

"그래, 좋은 방법이 있나?"

"글쎄요. 아무튼 앞으로는 엄청난 일이 벌어질 거예요."

"음?"

"저, 죄송합니다만 거기에 대해서는 아직 얘기할 단계가 아닌 것 같습니다. 좀 더 생각해 봐야겠어요. 다만……."

"……."

"촌장님부터 우선 구해야겠지요."

"……."

"부탁 하나 드리고 싶은데요……."

"부탁? 어려워 말고 말해 보게."

"예. 촌장님을 위기에서 구할 단 하나의 방법이 있습니다. 그건 바로 평허선공을 또 한 번 유인하는 것입니다."

"뭐? 또 한 번……? 그건 안 될 말이네. 전에도 그런 일을 도모했다가 지금 풍곡선이 쫓기는 몸이 된 게 아닌가?"

"알고 있습니다. 하지만 이번 일은 평허선공께도 이익을 주는 일입니다. 말하자면 조건부입니다."
"아니, 그게 무슨 뜻인가?"
"평허선공을 한번 만나게만 해 주십시오. 제가 타협을 해보겠습니다."
"허, 글쎄, 그 어른을 과연 자네가 움직일 수 있을까?"
묵정선은 눈을 지그시 감고 고개를 저었다. 그러자 건영이가 단호하게 말을 이었다.
"어른께서는 전달만 해 주십시오. 평허선공께서는 반드시 제 말에 귀를 기울일 것입니다."
"좋아, 자네를 믿겠네. 그럼 내가 무슨 말을 전해 주면 되겠는가?"
"소지선의 행방에 관한 일입니다. 그리고 오늘날 우주가 당면하고 있는 모든 문제의 해결책입니다."
"음? 해결 방법이 있나?"
"확신할 수는 없습니다. 다만 저는 그렇게 믿고 있을 따름입니다."
"아무튼 자네의 생각을 얘기 좀 해 보게."
"여기서 모든 얘기를 할 수는 없습니다. 옥황부와 관련된 비밀도 있기 때문입니다."
"그런가? 그렇다면……."
"예, 소지선의 행방을 가지고 흥정을 해 주십시오. 평허선공께서는 소지선의 행방을 무척 알고 싶을 것입니다. 그분께서는 소지선에게 어떤 용무가 있어서라기보다는 제가 소지선을 숨긴 방법을 궁금해하지 않겠어요!"
"허허, 그럴 테지. 우리도 무척 궁금한데……."
"그게 왜 궁금하지요?"
"나 개인적으로는 그저 소지선이 보고 싶을 따름이네. 하지만 옥황부에서는 소지선이 숨은 방식을 보고 어른들의 행방을 찾는데 실마리를 얻고자 하는 것이지."

"바로 그것입니다. 옥황부의 선인들과 마찬가지로 평허선공께서도 그와 같은 방법으로 어른들을 찾고자 할 것입니다. 그러므로 제가 소지선의 행방을 알려주면 반드시 어떤 깨달음을 얻을 겁니다."

"물론, 그럴 테지……. 알겠네, 그럼 내가 한시라도 빨리 천상으로 올라가서 전해야겠군……. 평허선공을 이곳으로 모셔오란 말이지?"

"예, 그렇게 하셔야만 촌장님이 지금의 위기에서 벗어날 수 있습니다."

"허, 참, 일종의 유인 작전이군. 이번에는 내가 목숨을 바쳐야겠는데……."

묵정선은 허탈한 미소를 지었다. 지난번에도 묵정선은 평허선공을 유인하기 위해 직접 행동에 나섰었다. 그런데 이번에도 그런 임무를 맡게 된 것이다. 그 당시에는 평허선공을 옥황부로 유인했었는데 지금은 속세로 유인해야 할 상황이다.

두 번씩이나 속았다는 것을 알아챈다면 평허선공이 얼마나 괘씸하게 생각할 것이냐! 지난번 평허선공을 기만했던 일은 겨우 용서받았는데 또다시 그런 죄를 짓다니! 게다가 이번 일은 평허선공이 거부할 경우 제안 자체가 큰 화를 불러일으킬 수 있었다.

하지만 묵정선은 각오를 단단히 굳혔다. 설사 자신의 목숨이 위태로워진다 해도 건영이의 말에 따라 최선을 다해 평허선공을 유인할 생각이었다. 또 만약에 평허선공이 건영이의 제안을 흔쾌히 받아들인다면 소지선의 행방을 알 수 있으므로 묵정선은 공을 세우는 것이 될 수 있다. 그리고 또한 풍곡선은 무사히 단정궁에 당도할 수 있다.

묵정선의 생각을 깨뜨리며 건영이가 다시 말했다.

“현재 우리 우주는 아주 위태로운 상황에 있습니다. 앞으로 더 큰 혼란이 다가올 것입니다.”

“뭐? 도대체 무슨 일이 일어난다는 말인가?”

“아직은 밝힐 때가 아닙니다. 다만 옥황부를 위해 제 생각을 말씀드릴 수는 있습니다.”

“어서 말해 보게. 옥황부는 자네의 의견을 듣고자 나를 보내지 않았나!”

“그럼, 말씀 드리겠습니다. 우선 정신병에 관한 일입니다만 한 가지 치료 방법이 있습니다.”

“음? 그거 잘됐군, 아무 대책이 없어 무척 난감한 지경이었는데…….”

묵정선은 천진스럽게 잔뜩 기대를 나타냈다.

“사물은 총체적인 뜻이 중요합니다. 현재 우주에서 나타나는 현상은 서로 긴밀한 연관이 있지요.”

“…….”

“먼저 혼마의 문제입니다. 혼마는 도대체 무엇이며 왜 나타났을까요?”

“…….”

“제 생각을 말씀 드리지요. 제가 확신하건대 혼마는 우주에 상당히 이로운 존재입니다.”

“뭐? 혼마가 이롭다니!”

묵정선은 건영이의 말에 무척 놀랐다. 혼마는 매우 잔인한 인비인으로서 세상을 혼란에 빠뜨리고 수없이 많은 인명을 해치고 있지 않은가! 건영이가 말을 이었다.

“혼마는 우주를 지켜주는 자연 기구입니다. 즉, 현재 우주가 혼란하기 때문에 나타난 것입니다."

"무슨 뜻인가? 잘 이해가 안 되는데……."

"자, 이제 순서대로 생각해 보십시오. 혼마가 나타나서 우주가 혼란스러운지, 아니면 우주가 혼란스럽기 때문에 혼마가 나타났는지를!"

"허, 그런……. 음, 우주가 먼저 혼란스러웠지. 그 다음에 혼마마저 나타난 것이야. 그렇군! 그런데 그게 무슨 연관이 있단 말인가?"

"분명히 나름대로 연관이 있습니다. 우주가 평온해지면 혼마는 사라집니다. 다시 말하자면 우주가 평화로울 때는 혼마가 필요 없습니다."

"호, 알 듯 말 듯하군!"

묵정선이 잘 모르겠다는 듯이 고개를 갸우뚱거리자 건영이가 설명을 계속했다.

"우주는 하나의 생명체입니다. 그렇기 때문에 그 안에는 스스로를 지키려는 비밀한 힘이 존재합니다. 혼마는 그 중의 한 형태일 뿐입니다. 현재 우주는 병들어 있습니다. 그래서 그것을 치료하기 위해 혼마가 출현한 것입니다."

"저런! 그렇다면 혼마가 의사라는 말인가?"

"글쎄요, 의사라기보다는 우주 자체의 면역 기구라고 해야겠지요."

"음, 우리의 몸에 병균이 들어오면 면역체가 생기는 것처럼 우주에도 그런 것이 있단 말이군!"

"그렇습니다. 혼마는 병든 우주를 살리기 위해 나타난 것입니다."

"음, 잘 알겠네. 그런데 혼마와 정신병 사이에는 무슨 관계가 있나?"

"정신병은 그 자체로 우주의 혼란을 반영하고 있습니다. 자연이 파괴되고 있다는 뜻이지요."

"그러니 어쩌면 좋겠나?"

"방법이 있습니다. 바로 혼마가 정신병의 치료제입니다."
"혼마가 치료제라고? 그러면 혼마를 잡아먹으란 말인가?"
"아닙니다. 혼마의 정신, 준영혼(準靈魂)이라고 해야겠지만, 아무튼 혼마와 정신병자가 서로 만나면 그 순간 정신병은 치료될 것입니다."
"호, 그게 사실이라면 여간 다행한 일이 아니군!"
"틀림없습니다. 혼마를 체포하십시오. 가급적 많은 혼마를 한 곳에 잡아놓고 정신병자와 접촉시키십시오."
"음, 잘 알겠네. 그렇지 않아도 그 문제로 옥황부는 상당한 위기에 처해 있다네. 그런데……."
"……."
"혼마는 오직 정신병을 치료하기 위해 나타난 건가?"
"아닙니다, 혼마는 우주의 병을 치료하기 위해 나타났습니다. 정신병은 우주의 병 중에 극히 일부분일 뿐입니다."
"그런가? 그럼 우주의 병은 무엇이지?"
"오늘날 나타나는 모든 이상한 자연 현상을 말합니다. 천명이 어긋나고 공간이 파괴되는 것도 바로 우주의 병입니다."
"음, 대단한 일이군. 그런데 자넨 그것을 어떻게 알아냈나?"
"예, 저는 먼 옛날에 공부를 한 적이 있습니다. 우주 자체의 원리를 공부한 것이지요."
"허, 우리의 공부가 부족하군. 가르침을 주어 고맙네."
"아, 아닙니다. 제가 아는 대로 말씀 드렸을 뿐입니다."
건영이는 겸허한 자세를 취했다. 그러자 묵정선은 가볍게 머리를 숙여 보이고는 다시 물었다.
"그런데 말일세, 우주의 병은 왜 생겼나?"

"그것은 말할 수 없습니다. 다만 천상에서 모습을 감춘 우주의 어른께서는 그것을 알고 있습니다."

"자네도?"

"예, 저도 알고 있습니다."

"말해 줄 수 없다니 무척 아쉽군. 그러면 그 어른들이 어디에 계신지도 알고 있나?"

"예, 생각해 둔 바가 있습니다. 평허선공과 함께 그분들을 찾아보겠습니다."

"호, 그래 주면 고맙겠네. 평허선공께서도 흥미를 가지실 것 같군! 그리고……."

"……."

"혼마가 우주의 병을 치료하기 위해 나타났다고 했지?"

"예."

"그럼 혼마만으로 우주의 병이 다 치료가 되나?"

"어림없습니다. 혼마는 단지 우주 자체가 자신의 병을 고치기 위해 자연적으로 생성해 낸 하나의 면역체일 뿐입니다. 그 외에 현재 천상의 어른들이 우주를 회복시키기 위해 노력 중입니다."

"그래서 그 어른들이 행방을 감추신 건가?"

"그렇습니다."

"저런! 어른들께서 애를 쓰시는군!"

묵정선은 눈을 감고 잠시 경건한 자세를 취했다. 그리고 다시 말을 이었다.

"이제야 모든 것이 명료해졌군. 앞으로 우리가 해야 할 일은 무엇인가?"

"글쎄요, 제가 말씀 드릴 일이 아닌 것 같군요."

"음, 알겠네. 그럼 마지막으로 한 가지만 더 부탁하겠네."

"예, 무엇인지요?"

"앞으로 벌어질 우주의 운명에 대해 점을 쳐주게."

"점을 칠 필요가 없습니다."

"어째서 그런가?"

"현재의 상황을 잘 알고 있기 때문입니다. 점은 불분명할 때 치는 것입니다."

"그렇군. 자네가 보기에 현재 우주의 상황은 어떤가?"

"더 말할 나위가 없습니다. 바로 산지박(山地剝:☶☷)의 상태가 아니겠습니까?"

"그래, 그래. 지극히 위험한 상태로군."

"그렇습니다. 우주는 산산조각나기 일보 직전입니다. 단지 한 가닥 작은 희망만이 남아 있을 뿐이지요."

건영이는 무심히 하늘을 바라봤다. 산지박 괘를 생각하고 있는 것일까? 산지박 괘는 아래로부터 음기가 가득 차서 마지막 하나 남은 양기를 궤멸시키려는 상태이다. 이는 사물 자체를 파괴하려는 괘상으로 지극히 위험한 상태를 나타낸다. 오늘날 우주에서 일어나는 수많은 혼란이 산지박 중의 음기라면 한 가닥 남은 양기는 과연 무엇일까?

"……"

묵정선은 괘상을 깊이 음미한 뒤에 말을 꺼냈다.

"정우, 자네의 가르침이 현 우주의 상태를 이해하는데 상당히 도움이 되었네. 이 은혜는 결코 잊지 않겠네."

"아, 아닙니다. 오히려 제게 우주의 현상에 대해 말씀해 주셔서 고맙습니다."

"이제 가 봐야겠네. 더 늦기 전에 평허선공을 배견하러 가야겠어."

"예, 부디 제가 평허선공을 만날 수 있게 해 주십시오."

"……."

묵정선은 말없이 일어났다. 건영이도 뒤따라 일어나자 묵정선은 건영이의 어깨를 가볍게 감싸며 인자하게 말했다.

"마을이 아주 상서롭군. 다음에 다시 보기로 하세."

"예, 안녕히 가십시오."

"……."

묵정선은 풍곡림 속으로 홀연히 자취를 감췄다. 어느덧 날이 서서히 밝아왔다.

묵정, 평허선공을 유인하다

천하의 일이란 때로는 지난 사건을 뒤돌아봐야 하고 그로 인해 일부분이 전체와 통하고 순간이 영원과 통하는 법이다. 묵정선은 속세의 작은 장소인 정마을을 다녀가면서 크나큰 감명을 받았을 뿐만 아니라 당장 자신이 해야 할 일도 분명하게 느꼈다.

묵정선이 처음 천상에서 속세로 내려올 때 계획했던 일정은 정마을을 방문한 뒤에 곧장 옥황부로 향하게 되어 있었다. 그러나 지금은 부득이 그 일정을 바꿀 수밖에 없었다. 묵정선에게는 옥황부에 보고를 하는 일보다 평허선공을 먼저 만나야 할 이유가 생겼기 때문이다.

묵정선은 건영이를 만난 이후 옥황부에 보고를 한다든가 의논을 할 사이도 없이 급히 동화궁으로 향할 수밖에 없었다. 당장 시급한 것은 평허선공이 풍곡선을 뒤쫓기 전에 붙잡아두는 일이었다.

만약 평허선공이 풍곡선을 뒤쫓기 위해 행동을 시작했다면 묵정선이 이를 말릴 방법은 전혀 없다. 그렇기 때문에 묵정선은 가장 빠른 속도로 동화궁을 향해 내달렸다.

묵정선이 알기로 평허선공은 현재 동화궁에 머물고 있었다. 그러나 평허선공이 동화궁에 얼마나 오랫동안 머물지는 알 수 없었다. 하지만 묵정선이 평허선공을 만날 수 있는 방법은 오직 동화궁 밖에 없었다. 그래서 묵정선은 마음속으로 평허선공이 동화궁에 아직 머물러 있기를 바라면서 동화궁으로 향한 것이다.

이 무렵 평허선공은 동화궁에 막 도착하였다. 그동안 염라대왕과의 결투 등 많은 일들로 인해 생각보다 시간이 많이 지체되었지만 평허선공은 이 모든 과정을 필연적으로 여기고 순순히 따를 뿐이었다.

평허선공이 동화궁에 오게 된 것은 그동안 찾아보지 못한 동화궁주를 만나고자 하는 것과 자신에게 보내진 녹석을 직접 살펴보고 싶기 때문이었다. 녹석은 속세에서 발견된 것으로 원래 고휴선이 천계로 반입시킨 것이었다.

녹석은 남선부를 거쳐 이미 동화궁에 도착해 있었다. 고휴선은 녹석을 옥황부에 전달했는데 옥황부에서는 일부러 동화궁에 보내 놓았다. 여기에는 평허선공을 멀리 옥황부 밖으로 내보내려는 뜻과 함께 단정궁으로 떠난 풍곡선을 뒤쫓지 못하도록 동화궁에 잡아두려는 뜻도 포함되어 있었다.

아무튼 평허선공에게 있어 녹석은 아주 중요한 물건이었다. 어쩌면 난진인의 뜻이 담겨 있을지도 모르기 때문이었다. 다만 녹석이 태상노군의 동자에 의해 일부러 속세에 출현한 것으로 이미 밝혀졌다.

평허선공은 동화궁에 도착하여 일렬로 줄지어 서 있는 선인들의 인사를 받기 시작했다.

"안녕하시옵니까?"

"어른을 뵈옵니다……."

동화궁의 선인들은 평허선공을 반갑게 맞이하였다. 그들은 평허선공을 진심으로 좋아하였기 때문에 구름떼처럼 모여들었다. 평허선공도 이들을 마다하지 않았다.

이러한 일은 옥황부에서 평허선공에게 보여 준 태도와는 아주 대조적이었는데 무슨 이유에서인지 평허선공은 처음부터 동화궁을 좋아했었다. 특히 동화궁주인 고곡선(古谷仙)에 대해서는 칭찬마저 아끼지 않았다.

평허선공은 관문을 통과하여 본궁에 도착했다. 마침 화심루에 나가 있었던 고곡선은 급히 귀환하여 평허선공을 배견했다. 고곡선은 무릎을 꿇고 정중하게, 그리고 기쁜 마음으로 인사를 했다.

"어른께서 오셨습니까? 미처 마중하지 못한 죄를 용서하십시오."

"일어나게."

"감사하옵니다."

고곡선은 자리에서 일어난 뒤에도 머리를 조아리며 잠시 기다렸다. 그러자 평허선공이 즉시 분부를 내렸다.

"이보게, 여기 녹석이 와 있나?"

"예, 지금 보시겠습니까?"

"음, 가져오게."

평허선공은 녹석에 대해 상당히 관심을 갖고 있었다. 잠시 후 고곡선이 녹석을 가지고 돌아왔다.

"……."

평허선공은 녹석을 받아 쥐고 자세히 살펴봤다. 그러고는 잠깐 눈을 감고 생각에 잠겼다.

"……."

고곡선은 평허선공의 명상을 방해하지 않기 위해 조용히 기다렸다. 평허선공은 한동안 눈을 감고 깊은 생각을 진행시켰다. 분명히 평허선공의 광대한 지혜가 동원되고 있는 것이리라! 녹석의 뜻은 무엇일까?

녹석의 출현은 처음부터 예상되었었다. 물론 녹석 그 자체가 예상되었던 것은 아니었지만 어떤 사물이든 조만간 나타날 것으로 기대했었다. 평허선공은 고휴선을 사면하면서부터 그렇게 생각했던 것이다. 그러나 지금 녹석이라는 물질의 형태로 나타난 계시에 대해서는 도무지 이해할 수가 없었다. 드디어 평허선공은 눈을 뜨고 낙심한 듯이 말했다.

"알 수가 없군……. 분명 옥황부에서 개최한 시석회의 일등 작품과 같은 조각인데……."

"……."

"이런 것이 하필 속세에 가 있었다니! 분명 태상노군의 동자가 내게 전한 것일 텐데……."

평허선공은 고개를 저으며 무심히 허공을 바라봤다. 그러더니 갑자기 고곡선을 향해 물었다.

"자네 생각은 어떤가?"

"예? 저 같은 것이 무얼 알겠습니까!"

고곡선은 매우 당황하며 대답했다.

"자네는 전혀 생각나는 것이 없나?"

"죄송합니다. 어른께서 생각하시는데 제가 감히 어떻게 말씀 드릴 수 있겠습니까! 다만……."

"……."

"녹석은 불은(不隱)이라는 지방에서 나온 것이니 그 지방과 관련된 일이 아닐까요?"

"음? 그 지방의 이름이 불은인가?"

"예."

"그것 참…… 땅 이름일까? 아니면……."

"……."

평허선공은 잠깐 생각을 더 진행시킨 뒤에 다시 녹석을 고곡선에게 돌려주었다.

"이것을 잘 보관해 두게. 나는 지금 떠나야겠네."

"아니, 벌써 가시렵니까?"

"음, 할 일이 많다네."

"저, 긴히 말씀 드릴 일이 있습니다만……."

"음? 어서 얘기해 보게."

"예, 보고를 드리겠습니다. 일전에 지시하신 소지선 체포에 관한 일입니다. 저희는……."

"……."

"소지선을 포위하고 체포 직전까지 갔었습니다. 그런데 옥황부의 방해로 성공하지 못했습니다."

"아니, 그런 일이 있었나? 옥황부에서도 그런 얘기는 듣지 못했는데……."

"일부러 보고하지 않았을 것입니다. 당시 저희 동화궁 선인들은 어른의 명령임을 분명히 밝혔는데도 그들은 막무가내로 방해를 했습니다."

"저런! 그들이 내 일을 정면으로 막아섰단 말인가?"

평허선공은 냉엄한 빛을 띠며 물었다.

"그렇습니다. 그들은 군대를 동원하여 우리의 체포조를 강압적으로 밀어내고 소지선을 끌어갔습니다. 그뿐 아니라 요즘에는 그 일에 대해 문책까지 하고 있습니다."

"문책이라니?"

평허선공의 안색이 갑자기 흐려졌다. 고곡선은 정중히 대답했다.

"그들의 주장에 의하면 저희가 소지선을 체포하기 위해 옥황부에 대항했다는 것입니다. 하지만 그것은 억울한 누명입니다. 저희는 오직 어른의 명령을 수행하기 위해 최선을 다했을 뿐입니다."

"그럴 테지. 문책의 내용은 무엇인가?"

"저에 대한 소환령이 내려졌습니다. 마침내는 재판에 회부될 것 같습니다."

"허허, 일이 그렇게까지 되었나? 소지선은 내가 필요해서 데려오라고 한 것인데……."

"……."

"더구나 내가 옥황부에 있을 때는 보고도 안 하고…… 나를 완전히 기만하는 행위이군. 하물며 나를 옥황부에 유인해 놓고는……."

"……."

"좋아, 나중에 내가 직접 다루겠네. 자네에게 내려진 소환령에 대해서는 묵살하게."

"예, 분부대로 하겠습니다."

"……."

평허선공은 다시 안색을 고치고 천천히 밖으로 걸어 나갔다. 고곡선은 평허선공을 수행하면서 커다란 자부심을 느꼈다. 지난날 옥황부의 세력과 대항했던 자신들의 행동을 평허선공이 인정해 주었기 때문이다.

사실 그 당시 옥황부의 행동은 평허선공의 뜻을 완전히 무시한 것이었다. 너무 심한 일이 아닌가! 평허선공 같은 어른의 뜻이라면 옥황부에서도 좀 더 신중히 행동했어야 옳았다. 그러나 신중하기는커녕 평허선공을 옥황부에 유인해 놓고 한편으로는 이미 동화궁 선인들에게 소지선을 체포하도록 내려진 평허선공의 명령을 정면으로 방해하다니…….

앞으로 옥황부와 평허선공 사이에 무슨 일이 일어날지는 알 수 없었다. 다만 고곡선으로서는 당시 자신들의 행동이 적절했음이 평허선공에 의해 보장받았다는 사실이 무척 기뻤다. 물론 그 당시에 인명 손실이 있었다는 것은 매우 유감스러운 일이 아닐 수 없었다.

하지만 서로의 의견이 정면으로 대치되고 각자의 임무를 기필코 수행하려 했기 때문에 일어난 어쩔 수 없는 일이라 생각하고 고곡선은 이번 사태에 대해 더 이상 걱정하지 않기로 했다. 앞으로 옥황부와의 문제는 평허선공이 중재에 나설 것이 틀림없기 때문이다.

"……."

평허선공은 천천히 앞으로 걸어 나가면서 동화궁의 수많은 선인들의 인사를 일일이 다 받았다. 마음이 한가롭기 때문일까? 아니, 그럴 리 없었다. 오히려 마음속에 번민이 많아 일부러 선인들과 접촉하면서 산책을 하는 것이리라!

이윽고 동화궁의 관문에 도착했다. 이제 평허선공은 은공(隱功)으로 떠날 것이다. 그런데 이때 뜻밖의 상황이 발생했다. 옥황부에서 긴급 연락이 왔다는 전갈이었다.

'또다시 소환령이 내린 걸까?'

고곡선이 잠시 생각에 잠겨 있는데 소식을 전하러 온 선인이 말을 이었다.

"묵정선이 오고 있는 중이랍니다. 급히 어른을 뵙기를 청원하고 있습니다만……."

"……."

고곡선은 옆에 있는 평허선공을 바라봤다. 그러자 평허선공이 나섰다.

"묵정선으로부터의 연락이란 말이지?"

"예, 만리전음(萬里傳音)으로 연락해 왔습니다. 몹시 급한 일이라며 실례를 무릅썼다고 했습니다."

"음, 그는 현재 어디 있는가?"

"남선부에서 멀지 않은 곳입니다. 우리 동화궁의 영역에 속합니다만……."

"알겠네, 내가 직접 가서 만나보겠네."

평허선공은 고곡선을 향해 이 한 마디 말을 남기고 홀연히 그 자리에서 사라졌다.

이즈음 묵정선은 남선부의 영역을 지나 동화궁으로 향하고 있었다. 동화궁 측에는 자신의 방문을 미리 알렸으나 평허선공과의 면담이 허락될지는 아직 모르는 상태였다. 한편 평허선공은 묵정선을 만나기로 이미 결정을 내렸다. 그러나 이런 사실을 모르는 묵정선으로서는 자신이 지니고 있는 최대의 능력을 발휘하여 신족을 운행할 뿐이었다.

아공간은 빛보다 더 빠르게 지나쳐 갔다. 본래 아공간은 혼돈의 영역으로 태초부터 존재했던 근원적 사물이다. 사실 시간과 공간은 이 사물을 바탕으로 그 존재가 유지되고 있는 것이다. 아공간은 신령한 공간과도 같아서 우주의 모든 곳과 통하고 있다.

이는 습감(習坎:☵☵)의 괘상으로 표현할 수 있는 것이며 이곳은 생성과 소멸이 함께 이루어지는 우주의 온실과도 같다. 습감은 양의 기운이 중앙에 자리 잡고 있어서 휴식과 함께 영양분이 공급되는 형상이다.

영양이란 재료일 뿐만 아니라 모든 우주 만물은 여기서부터 비롯된다. 이곳은 우주 허공이나 시간보다 광활한 곳으로 정확히 말해서 존재 이전의 상태라고 해도 좋으리라.

묵정선은 거리낌 없이 동화궁을 향해 이동하고 있었다. 그런데 갑자기 장애가 발생하였다.

'웬일이지? 무슨 일일까?'

묵정선은 자신의 몸이 어디론가 강제로 끌려가는 것을 느꼈다. 잠시 공력을 운행하여 그 힘에 저항을 해 보았지만 소용이 없었다. 묵정선의 몸은 강제로 끌려가 실공간으로 솟구쳐 나왔다. 실공간으로 나오자 묵정선의 눈앞에는 아름다운 산천 경계가 전개되었다.

"……."

묵정선은 잠시 영문을 몰라 주변을 살펴보았다. 그때 눈앞에 홀연한 광채가 서렸다.

"아니! 어른께서……."

묵정선이 평허선공의 출현을 깨닫고 놀라는 사이에 평허선공이 선명하게 모습을 드러냈다. 묵정선은 급히 고개를 숙여 예의를 갖추었다.

"묵정, 인사 올립니다."

"음, 자넨 나를 찾아오는 길이지?"

평허선공은 인자한 음성으로 부드럽게 물었다. 묵정선은 급히 머리를 숙이며 정중히 대답했다.

"그렇사옵니다. 어른을 번거롭게 해서 죄송하옵니다."

"아닐세. 이제 그만 일어나게."

"고맙습니다."

묵정선은 일어나 두 손을 맞잡고 평허선공의 다음 말을 공손히 기다렸다.

"우리 저쪽으로 가세."

평허선공은 가까이 있는 널찍한 바위를 가리키며 말했다. 잠시 후 두 선인은 그윽한 향기를 내뿜는 꽃들이 곱게 피어 있는 곳에 자리를 잡았다. 평허선공은 잠시 꽃을 바라보는 듯 하더니 묵정선에게 시선을 돌렸다. 그러자 묵정선은 급히 고하기 시작했다.

"중요한 용건이 있어 어른을 뵙고자 했습니다. 잠시 시간이 있으신지요?"

"음, 얘기해 보게."

"예, 사실은 다른 사람으로부터의 전갈입니다. 역성 정우가 어른께 전하는 얘기입니다만……."

"정우가? 좋아, 상관없네……."

평허선공은 상당한 흥미를 나타냈다. 정우는 평허선공과 고향이 같을 뿐만 아니라 전생에는 역성이었고, 얼마 전 염라대왕과의 대화에서도 거론된 바 있었던 인물이다. 당시 염라대왕은 평허선공에게 정우를 만나보라고 권하기도 했었다. 묵정선이 말했다.

"정우는 어른을 뵙고자 합니다."

"나를? 무슨 일로 그러는가?"

"소지선의 행방에 관한 일 때문입니다. 그리고 어른과 함께 연진인·난진인을 찾고 싶다고 했습니다."

"그래? 그거 재미있군."

평허선공은 잠깐 미소를 지었다. 그러고는 잠깐 생각에 잠겼다.

'정우가 소지선을 숨겨 놓았지! 대단한 인물이야. 게다가 연진인·난진인을 함께 찾자고……? 좋은 일이야. 하지만…….'

평허선공은 갑자기 안색을 바꾸더니 냉엄하게 질책하듯 말했다.

"묵정, 자네는 나를 기만하려는가?"

"아, 아닙니다. 어른께서는 풍곡선의 일을 말씀하시는 것이 아닙니까?"

"그렇다면?"

"그 점은 어른께서 오해하신 것입니다. 저는 정우의 얘기를 전하는 것일 뿐입니다. 물론 정우는 풍곡선의 도주 사실을 알고 있습니다. 그래서 일종의 조건부로 어른을 뵙고자 하는 것입니다. 죄송합니다."

"조건부라니?"

"예, 다시 말씀 드리지만 저는 단지 정우의 말을 전달하는 것뿐입니다. 어른께서 양해를 안 해주신다면 저는 감히 어른께 더 이상 말씀을 올리지 못할 것입니다."

"알겠네, 계속 얘기해 보게."

"예, 감사합니다. 정우는 풍곡선을 보호하기 위해 소지선의 행방을 공개하겠다고 했습니다. 그리고 연진인·난진인을 함께 찾고자 한다고 말했습니다. 그뿐만 아니라 또 중대한 일이 있다고 했습니다."

"그래? 정우가 이젠 노골적으로 얘기를 꺼낸 셈이군! 그렇지 않나?"

"그렇습니다. 정우는 풍곡선을 보호하는 일 외에도, 어른을 뵙고자 하는 또 다른 이유가 있는 것 같습니다."

"그게 무엇인가?"

"오늘날 우주의 사태입니다. 즉, 해결책을 제시하기로 결심한 것 같습니다."

"그 자가 그만한 능력이 있나?"

"죄송합니다만 저는 정우를 절대 신임합니다. 어른께서 정우를 만나신다면 분명 좋은 일이 있을 것 같습니다."

"허, 자네가 그를 그토록 잘 안단 말인가!"

"단지 제 느낌일 뿐입니다. 하지만 염라대왕께서도 정우를 적극 추천했습니다."

"그래, 실망하지 않았나?"

"아닙니다. 실망은커녕 벌써 큰 도움을 얻었습니다."

"무슨 도움인가?"

"우주의 원리에 관한 것입니다."

"우주의 원리?"

"예. 오늘날 일어나는 일에 대한 총체적인 해석을 들었습니다. 그 중에는 정신병의 치료라든가, 최근 출현하는 혼마의 역할 등에 관한 것도 있습니다. 저는 정우에게 많은 깨우침을 얻었습니다."

"자네는 적극적으로 정우를 칭찬하는군!"

"그런 면도 있습니다. 하지만 단지 풍곡선을 위해서 어른을 기만하는 것은 절대 아닙니다. 저는 지난번 일을 크게 후회하고 있습니다만, 이번에는 꼭 필요한 일이라고 봅니다."

"어째서?"

"외람되지만 말씀 올리겠습니다. 풍곡선의 죄라고 하는 것은 당초 소지선을 피신시키기 위해 저질러진 것이온데, 정우는 소지선을 찾아주어 원상을 회복시켜 주겠다는 것입니다. 그 뜻이 가상하지 않습니까?"

"호, 병 주고 약 주는 격이군. 좋아, 정우를 만나보겠네. 자네가 데려올 수 있겠나?"

"안 됩니다. 속인이기 때문에 상계에 올라오는 것도 상당히 번거로울뿐더러 정우 자신이 한사코 마을을 떠나지 않겠다고 합니다."

"그렇다면 할 수 없군, 내가 찾아가 볼 수밖에……. 다만 지금은 좀 바쁜 일이 있어서……."

"……."

"묵정! 풍곡을 용서하겠네. 나는 지금 불은이라는 지방으로 가지만 그곳 일이 끝나는 대로 정우에게 가겠네."

"감사합니다. 그럼 저는 분부가 안 계시면 이만 물러갈까 합니다."

"음……."

평허선공이 고개를 끄덕이자 묵정선은 뒤로 몇 걸음 물러나 정중히 인사를 한 다음 조용히 사라졌다.

땅벌파 회장의 뜻밖의 제안

속세의 봄은 점점 더 깊어갔다. 산천은 찬란한 생기를 머금은 듯 짙은 푸르름으로 더한층 봄기운을 드러냈다. 정마을 사람들은 한때 몰살될 위기에 빠졌었지만 지금은 모든 것을 극복하고 하루하루 행복한 삶을 누리고 있었다.

특히 숙영이 어머니는 상상조차 할 수 없었던 꿈과 같은 행복을 맞이하고 있었다. 바로 전생의 소화공주였던 당시 나이로 되돌아갈 수 있는 기회가 주어진 것이다.

천상계에서는 숙영이 어머니에게 청정한 스무 살의 젊음을 되돌려 주기 위한 절차를 시작했다. 이에 속세의 숙영이 어머니도 건영이의 제안에 따라 개울가에 움막을 짓고 49일간의 목욕재계에 들어갔다. 이 동안은 몸과 마음을 청결히 하고 세속과의 접촉을 금해야 한다. 물론 마을 사람들도 일체 만나 볼 수 없다.

그러므로 음식은 하루 한 번씩 숙영이가 나르기로 했고 그 음식 또한 찬 것을 먹어야만 했다. 명상과 함께 가끔씩 산 위 쪽으로 산책하는 것이 숙영이 어머니의 하루 일과였다.

이는 수도하는 사람들의 공통된 생활양식으로 천부에 대한 최소한의 예법이다. 숙영이 어머니가 49일간의 목욕재계를 끝마치면 옥황부의 공식 사절이 내려오게 된다. 그런데 이 49라는 숫자는 대연지수(大衍之數)에서 태극을 제외시킨 것으로 우주의 오묘한 섭리가 깃들어 있다.

마을 사람들은 평범하게만 보이던 숙영이 어머니마저 수도생활에 들어가자 묘한 감흥을 일으켜 더욱 경건한 기분이 되었다. 마을은 평화로움을 간직한 채 축복의 시기로 접어든 것이다.

남씨는 현재 자신의 오랜 숙원이 이루어지려는 찰나였으므로 더욱 열심히 붓글씨에 정진했다. 마을의 모든 사람들은 이젠 아무 일도 일어나지 않기를 바랐으며, 외부 손님을 무조건 반기던 박씨조차도 마을이 평화를 되찾은 이 동안만은 어느 누구도 찾아오지 않기를 바랐다. 정마을의 하루는 짧지만 알차게 흘러가고 있었다.

한편 정마을 정복에 실패한 서울의 땅벌파 회장은 어느 날 갑자기 조합장을 방문했다.

"아니, 회장님께서 직접 여기까지 찾아오시다니 웬일이십니까? 어서 오십시오."

조합장은 악수를 청하며 회장을 반갑게 맞이했다.

"안녕하십니까? 이렇게 느닷없이 찾아와서 방해는 안 되었는지요?"

회장은 예전의 당당하던 모습과는 달리 그 어느 때보다 정중히 인사를 건넸다.

"아닙니다, 심심하던 차인데 오히려 잘되었소이다."

조합장의 목소리는 매우 밝고 우렁찼다. 최근에는 전혀 신경 쓸 일이 없을뿐더러 땅벌파에서도 이렇다 할 움직임이 없었기 때문에 지금의 세력을 그대로 유지한다면 앞으로 별문제 없으리라 생각한 까닭이다. 이에 비해 회장은 기가 많이 꺾여 있었다.

사실 회장이 정마을에서 당한 일은 끔찍한 일이 아닐 수 없었다. 적이 상대방의 마음속에 자유자재로 드나들며 그 정신을 지배하다니! 만일 자신의 정신을 지배했던 그 마음속의 적이 자살을 명령했다면 회장은 지금쯤 어느 산천에 묻혀 있을지도 모를 일이었다.

세상에 제아무리 무서운 것이 있다 해도 타인에 의해 정신을 지배당해서 자신의 의지력을 상실한다면 이보다 더 무서운 일은 없을 것이다. 회장은 정마을에 다녀온 이래 줄곧 악몽에 시달렸다.

힘이 센 부하가 수천 명에 이른다 해도 아무 도움이 안 된다. 칠성들과 괴력을 가진 강리 선생이 있어도 마찬가지이다. 이들도 회장 자신의 정신 속으로 은밀하게 찾아오는 적을 막아주지는 못할 것이다. 회장의 이러한 생각은 새로운 공포와 고독을 느끼게 했다. 이제 자신을 지킬 수 있는 것은 이 세상 어디에도 없기 때문이다.

정마을의 건영이라는 그 젊은 지도자는 과연 위대했다. 모든 상황에 대비해 치밀하게 계산되었던 계획도, 마을 사람들을 모두 인질로 잡아 땅벌파에게 매우 유리하게 전개되던 상황도 그에게는 전혀 문제될 게 없었다. 그는 단 한순간에 회장의 정신을 지배해 사태를 원점으로 되돌려 놓았던 것이다. 그에 대항할 수 있는 방법은 아무것도 없었다. 만일 그가 마음만 먹는다면 언제든지 회장의 목숨을 빼앗을 수가 있다. 회장은 여러 날 동안 고심한 끝에 드디어 중대 결심을 하기에 이르렀다.

"자, 우선 차부터 드십시오."

아직 땅벌파의 정마을 습격 사건을 모르는 조합장은 한가하게 차를 권하였다. 회장은 급히 한 모금 마시고 서두를 꺼냈다.

"조합장님, 사실은 중요한 얘기가 있어서 찾아왔습니다."

"예? 무슨 얘기인지…… 말씀해 보시지요."

"오해 말고 들어주십시오. 사실은 고백할 일이 있습니다."

"……."

"저, 우리의 사업 말입니다. 제가 조합장님께 대폭 양보하고 싶습니다만……."

"예? 무슨 뜻인지요?"

조합장은 회장의 뜻밖의 제안에 깜짝 놀랐다.

"구역 배분 말입니다. 우리는 곧 시내에서 완전히 철수할까 합니다."

"아니! 왜 그러십니까?"

조합장은 어처구니없다는 표정을 지으며 겸손하게 물었다. 그러자 회장은 고개를 저으며 허탈한 미소를 지었다.

"조합장님, 그동안 폐가 많았습니다. 우리는 앞으로 서울 시내에 발길을 들여놓지 않기로 했습니다. 이제부터는 모든 것을 조합장님이 관리하십시오."

"아니, 도대체 무슨 뜻인지 차분히 얘기해 보시라니까요."

조합장의 얼굴에는 잠깐 승리의 미소가 스쳤다. 그러나 회장은 개의치 않고 말했다.

"조합장님, 저는 더 이상 조합장님과 대결하지 않을 것이며 앞으로도 계속 제 구역에만 머물까 합니다. 그리고 정마을 측에도 정식으로 사죄를 구하고자 합니다."

"예? 정마을이라니 무슨 말씀인지요?"

회장은 멋쩍은 표정을 지으면서 다시 말했다.

"미안합니다. 그동안 조합장님이 모르는 일이 있었지요."

"……."

"저희는 조합장님 몰래 정마을을 습격했었습니다."

"예?"

조합장은 잠시 말문이 막혔다. 이 얼마나 놀라운 일인가! 저들은 서울에서의 조합장 세력을 뿌리 뽑기 위해 그 배후를 공격한 것이다. 그러나 지금 회장의 풀죽은 태도로 봐서 그 습격은 분명히 실패한 것이 틀림없다.

'과연 어떤 일이 있었을까?'

조합장의 궁금증을 알아채기라도 했는지 회장이 말했다.

"조합장님, 이제 다 지난 일이니 거리낌 없이 말씀 드리겠습니다만……. 정마을은 정말 무서운 곳입니다. 이제부터 저는 감히 대항할 생각을 하지 않겠습니다."

"……."

"제가 부탁을 하나 드려도 되겠는지요?"

회장은 완전히 기가 꺾인 목소리로 말했다. 조합장은 회장의 이런 모습을 한 번도 본 적이 없었다.

'심하게 당한 모양이군. 그런데 강리 선생이라는 괴인도 이들과 함께 행동한 것일까? 그렇겠지, 그러니 저렇게 완전히 기가 꺾인 게 아니겠어. 하여간 정마을을 공격할 생각을 하다니 정말 대단해. 만약 그곳에서 이겼다면 우리도 끝장날 뻔했어……. 그런데 부탁이라니?'

조합장은 회장의 습격에도 불구하고 건재한 정마을에 대해 안도의 한숨을 내쉬며 부드럽게 대답했다. 자신의 뒤에 든든한 후원자가 있음을 새삼 깨달은 이상 여유를 갖는 것은 당연한 일이다.

"부탁이라니 얼마든지 하십시오. 어떤 분의 말씀이라고 제가 마다하겠습니까?"

"허, 고맙습니다. 사업에 관해서인데 우리는 변두리 쪽만 일부 차지하겠습니다. 그렇게 해도 되겠습니까?"

회장은 마치 구걸하듯 말하였다. 그러나 조합장은 회장의 이러한 행동의 의미를 당장에 간파했다. 만일 정마을 측이 나서서 회장의 무리를 완전히 소탕한다면 땅벌파는 궤멸한다. 지금 회장이 걱정하는 것은 바로 이것이 아닐까! 조합장은 더욱 겸손하게 대답했다.

"회장님, 우리는 서로의 처지를 이해하며 돕고 살도록 협정을 맺지 않았습니까! 그러니 회장님께서 원하시는 일은 물론 뜻대로 하십시오. 그리고 제가 도울 일이 있으면 언제든지 찾아와 주십시오."

"고맙습니다, 그럼."

"아니! 벌써 가시렵니까? 술이라도 한잔 나누는 게 어떻겠습니까?"

"아니오, 훗날 기회가 있겠지요. 저는 바빠서 이만……."

회장은 훗날을 기약하며 급히 일어섰다. 조합장도 굳이 잡으려 하지 않았다. 항복을 선언하러 온 적장이 무슨 기분으로 술을 마시겠는가!

"……."

회장이 조용히 떠나가자 조합장은 이제 모든 것이 완전히 자신의 손아귀로 들어왔음을 느꼈다. 드디어 승리를 쟁취한 것이다.

"얘들아!"

조합장은 즉시 부하들을 소집했다. 두 폭력 조직 사이의 전쟁은 드디어 끝이 났다. 당초 건영이 아버지를 위협해서 벌어졌던 이 길고긴 전쟁은 건영이, 즉 정마을을 등에 업은 조합장의 승리로 끝난 것이다.

건영이는 하나의 폭력 조직을 몰아내고 또 다른 하나의 폭력 조직을 재건시켜 주었다. 이 또한 순환의 이치가 아닐까! 어쨌건 건영이 아버지는 이제 폭력배의 위협으로부터 완전히 해방되었다. 며칠 후 회장의 말대로 땅벌파의 무리들은 시내에서 조용히 사라졌다.

상황이 이렇게 변하자 강리 선생도 땅벌파에게 은퇴를 선언하고 무덕과 함께 인천의 바닷가로 내려갔다. 그곳에서 강리 선생은 좌설이나 능인, 그리고 정마을에 출현했던 막강한 힘을 지닌 선인들을 목표로 오늘도 정진을 계속하고 있었다. 무덕이 이를 돕는 것은 물론이었다.

강리 선생이 한가히 앉아 있는 무덕을 바라보며 말했다.

"무덕, 번화한 서울을 떠나 이런 한적한 바닷가에 있으니 서운하지 않은가?"

"아니에요. 저는 선생님과 이곳에서 사는 것이 더 좋아요. 행복이란 별게 아니지요."

"그래! 무덕의 몸도 많이 변해서 이제는 속세가 어울리지 않아!"

"예? 그럼 저도 선인이 되어 간다는 뜻이에요?"

"그럼……. 앞으로 점점 더 강해질 거야."

"아이, 좋아라. 그러면 선생님과 더욱 즐길 수 있겠네요! 호호호……."

무덕은 강리 선생에게 달려들어 안기며 그의 가슴에 얼굴을 묻었다.

"그렇겠군. 그런데 무덕!"

"……."

"오늘 밤은 내 분신과 함께 지낼 수 있겠어……?"

"어머! 싫어요. 저는 오직 선생님 한 분과 관계를 맺을 뿐이에요."

"고맙군, 하지만 분신이 바로 나야. 영혼이 하나란 말이지."

"예? 하지만 몸은 둘이잖아요?"
"그러면 어떤가! 몸도 나와 똑같이 생겼는데……. 단지 기운이 좀 약할 뿐인데 그것은 무덕이 보충해 줄 수 있잖아!"
"글쎄요……."
"아니, 내 말을 안 듣겠단 말인가?"
"아니에요, 단지 다른 남자는 싫단 말이에요."
"다른 남자가 아니라 나와 같은 영혼을 가진 내 분신이라니까! 무덕이 좀 더 강해지면 우리는 함께 지낼 수도 있어……."
"어머! 셋이 한 방을 사용한다는 말이에요?"
"음."
"아이, 망측해라. 어떻게 그런 일을……."
무덕은 부끄러움으로 얼굴을 붉혔지만 기분은 그리 나쁘지 않은 듯했다.
"몰라요, 저는……. 다만 선생님이 시키는 대로 따라 할 뿐이에요."
"좋아, 그럼 오늘 밤은 내 분신과 함께 지내! 무덕이 좀 더 힘이 좋아지면 우리 셋은 함께 할 수 있을 거야. 그러면 더욱 좋을 수도 있어……."
"몰라요. 그 문제는 나중에 생각해요."
두 사람의 대화는 여기서 끝났다. 그리고 잠시 후 강리의 분신이 들어왔다. 강리 선생은 무덕을 한번 쓰다듬고는 어디론가 사라졌다.
"무덕……!"
강리의 분신이 무덕의 몸을 은근히 쓰다듬었다. 순간 무덕의 온 몸은 달아올랐다.

중앙집정회의 결의

인간 세상의 자질구레한 일들은 대개 그 자체로 끝이 난다. 하지만 어떤 일은 급격히 온 우주에 영향을 미칠 수도 있다. 현재 속세인 정마을에서 전생에 역성이었던 건영이가 풍곡선을 돕기 위해 천상계의 평허선공을 초청했다. 이로 인해 옥황부의 판도는 또 한 번 변하고 있었다.

"현재 속세인 정마을에는 상서로운 기운으로 가득합니다."

우주의 징후를 살피는 선인이 하계를 관찰하고 보고한 말이다. 옥황부에서는 뭔가 새로운 운수를 기대하고 있었다. 현재 우주의 사태는 너무 암울하고 한치 앞도 내다볼 수 없을 정도로 혼탁했다. 그런데 이 혼란한 와중에 전 우주를 통해 그 최초의 징후가 정마을에 나타난 것이다. 과연 이러한 상태에서 돌파구가 열릴 것인가!

그러나 얼마 안 있어 옥황부에서는 상서롭지 못한 비보(悲報)가 들어왔다. 끔찍한 사태가 발생했던 것이다. 이러한 사태는 옥황부는 물론 평허선공까지도 경악을 불러일으키게 했다.

"불은이 사라졌습니다."

옥황부에 전해진 비보는 불은의 사람짐, 바로 그 뜻밖의 소식이었다. 처음 이 소식을 전해들은 옥황부의 선인들은 자신의 귀를 의심하지 않을 수 없었다. 어떻게 하나의 거대한 땅덩어리가 한순간에 사라질 수 있단 말인가! 하지만 이 사태는 너무나 명백했다.

처음에는 대륙이 갑자기 바다로 침몰하기 시작했다. 그 대륙 위에 살고 있는 무수한 생명과 함께……. 불은에 살고 있던 모든 생명은 한순간에 전멸한 것이다. 그 직후 불은을 삼킨 바다도 허공 속으로 사라졌다.

그러나 이로써 모든 사태가 끝난 것은 아니었다. 불은의 바다를 삼킨 허공은 또다시 아공간으로 붕괴되고, 그 자리에는 또 다른 허공이 섞여 들어왔다. 하나의 세계, 수많은 생명이 모여 행복한 삶을 살던 세계, 그 세계는 꿈처럼 흔적 없이 사라지고 말았다.

이는 어떤 한 존재가 근원부터 완전히 소멸했다는 뜻이다. 만일 우주 전체가 이러한 상태를 맞는다면 세상의 종말은 시간문제이다. 이렇게 되면 인간계든 천계이든, 생명이든 초목이든 남김없이 우주의 공간, 시간 그 자체가 소멸하여 아무것도 남지 않는다.

이 불은의 사태는 우주의 종말을 단적으로 보여 준 것에 불과하다. 불은의 땅, 불은의 바다, 불은의 공간이 차례로 소멸하여 불은은 봄날의 아지랑이처럼 그 존재조차 의심스러울 지경이 되었다.

옥황부는 망연자실하고 말았다. 과거에도 그랬듯이, 먼 미래에도 영원히 존재할 것만 같던 우주에 이런 일은 결코 있을 수 없었다. 아니, 이제 서서히 우주가 무너지는 것이 아닐까? 불은의 사라짐이 바로 그 최초의 조짐인지 모른다.

옥황부에서는 당초 녹석이 불은에서 출현한 것이므로 그곳을 예의 관찰하고 있었다. 그러나 이번의 사태를 예견할 어떠한 징후도 발견하지 못했을 뿐만 아니라 옥황부의 시간 관찰 기구에도 이상한 점이 전혀 포착되지 않았다. 그러나 이 불은의 사태는 드넓은 땅과 바다가 완전히 사라졌으므로, 단지 그 하나의 사실만으로도 당연히 그 징후가 미리 드러났어야만 했다.

하지만 옥황부의 관측에 의하면 불은은 오랫동안 평화롭고 행복한 나날이 계속될 예정이었다. 그런데 이게 웬일인가! 불은이 감쪽같이 사라짐으로써 옥황부의 예측은 완전히 빗나간 것이다.

한편 평허선공은 신족을 운행하여 불은으로 향하던 도중에 이 소식을 듣게 되었다. 평허선공은 녹석의 비밀을 연구하기 위해 그곳으로 가던 중이었으므로 더욱 경악을 금치 못했다.

"뭐라고? 불은이 사라지다니?"

평허선공은 보고를 듣고는 깊은 시름에 잠겼다.

'태상노군께서는 녹석을 통해 이 사태를 미리 알려주려 한 것일까? 그렇다면 과연 대비책은 있었을까? 아니, 태상노군께서는 우주도 불은과 같은 사태를 맞을지도 모른다고 경고한 것일 뿐 그에 대한 뚜렷한 대비책은 아마 없었을 테지!'

평허선공이 이러한 생각에 잠겨 있을 즈음 옥황부에서도 같은 결론을 맺고 있었다.

"불은의 사태는 우리로서도 어떻게 손써 볼 수 없는 일이었습니다. 다만 그 일이 일어나게 된 원인을 찾고 우주 전체에 그런 일이 닥치지 않도록 대책을 세우는 것이 우리의 임무가 아닐까 생각합니다."

결론은 이렇듯 간단하게 이루어졌지만 불은이 우주에서 완전히 사라지고 만 지금 그 원인을 어디서 찾는단 말인가! 그런데 이번에 우주로 사라진 땅의 이름이 불은이다. 불은, 즉 사라지지 않는다는 뜻인데 이것이 사라지다니! 불은은 처음부터 그런 운명이 지워졌던 것일까? 우주는 이제 어떻게 되는 것인가! 옥황부의 선인들 사이에서도 의견이 분분했다.

이즈음 평허선공은 차분히 생각에 잠겨 있었다.

'불은의 사태에는 특별한 이유가 없어! 현재 우주에는 이유나 근거 없는 일이 자주 일어나는데 바로 이것이 문제야. 인과율의 파괴……! 장차 우주는 어떻게 될 것인가?'

불은의 사태는 그 파장이 널리 미쳐 매우 심각한 상태였다. 그곳에 머물던 선인들마저 완전히 사라지자 전 우주는 공포에 사로잡혔다. 만일 평허선공이 그곳에 당도해 있었다면 어떤 일이 벌어졌을까?

평허선공은 생각했다.

'허무한 일이야. 내가 그곳에 당도했다면 나도 별수 없이 다른 선인들과 똑같이 변을 당했을 테지……. 이제 어떡해야 하는가?'

옥황부에서는 불은의 사태를 공식적으로 보고하고 대책을 논의하기 위해 긴급히 중앙집정회의를 열었다.

"누가 먼저 이번의 사태에 대해 말씀하시겠소?"

상일선은 무덤덤한 말투로 진행을 독려했다. 그러자 한 선인이 일어났다.

"제가 말씀 드리지요……."

"……."

"여기 모인 모든 선인들이 이미 짐작하고 있듯이 사태는 명백하게 드러났습니다. 얼마 전 우리는 지상에서 올려 보낸 녹석을 보았습니다. 그리고 그 녹석이 태상노군의 동자에 의해 지상에 출현했다는 말도 들었습니다. 그러므로 태상노군께서는 그 녹석으로 이번 사태를 경고했다고 할 수 있습니다. 이는 단순히 불은의 사태에만 국한된 것은 아닙니다."

"……."

회의에 참석한 모든 선인들도 이와 같은 생각을 가지고 있는지 침통한 표정을 지을 뿐 반론을 제기하지 않았다. 만일 우주 자체가 불은의 사태와 같은 운명으로 향하고 있다면 어찌한단 말인가! 태상노군의 경고는 녹석을 통해 분명히 접수되었지만 모두들 대책을 세우지 못한 채 안절부절못했다. 이때 고정선이 침착하게 말을 이었다.

"저는 앞으로 이와 유사한 사태가 다른 곳에서도 발생할 수 있을 것이라 생각합니다. 물론 전 우주가 동시에 당할 수도 있겠지요. 아무튼 이 끔찍한 상황은 태상노군에 의해 이미 경고되었는데, 왜 어른께서는 직접 나타나지 않으셨을까요? 그것은 아마도 태상노군께서 우주 곳곳에서 그런 기미를 탐지하고 계시기 때문이 아닐까요."

몇몇 선인들이 고개를 끄덕였다. 고정선은 잠시 그들을 바라보다가 쉬지 않고 말을 이어갔다.

"……우리는 불은 외에도 태상노군께서 경고한 다른 지역이 있는가를 찾아봐야 합니다. 저는 이번 사태를 맞아 불은이라는 그 이름에도 관심을 가지고 왜 그런 이름이 붙었는지를 조사하고 있습니다. 그리고 그와 비슷한 이름을 사용하고 있는 지역이 있는가 찾고 있습니다……."

"……."

"또 한 가지 막연한 생각도 떠올랐습니다. 지난번에 있었던 시석회에……."

"……."

"작품을 보내온 지역들도 매우 의심스럽습니다. 현재 우리 부서에서는 모든 노력을 기울여 다각적으로 연구하는 중임을 우선 보고 드리는 바입니다."

고정선은 말을 마친 후 자리에 앉았다. 그러자 곧바로 측시선이 일어났다. 측시선은 우주에서 일어나는 모든 현상을 가장 먼저 접할 수 있는 안심총의 대선관이기 때문에 모든 선인들의 관심은 일제히 그에게 쏠렸다.

안심총은 그동안 불은에 많은 조사관을 파견해서 녹석의 의미를 밝히고자 했다. 바로 이때 불은의 사태가 터진 것이다. 측시선은 자신의 휘하에 있는 선인들이 다수 희생된 것에 매우 애석해하고 있었지만 지금은 안심총의 수장으로서 무엇인가 공식 견해를 발표해야 할 때였다. 측시선은 비통한 심정을 억누르며 나지막하게 말을 꺼냈다.

"이번 불은의 사태는 한마디로 원인을 알 수 없는 무척 난감한 일일 뿐입니다. 그러나 현재보다는 앞으로의 일이 더욱 염려됩니다. ……저희 안심총에서는 최근 심상치 않은 일을 발견했습니다."

"……."

"……우리의 우주, 즉 옥황계의 상황은 한치 앞도 내다볼 수 없을 정도로 불투명합니다. 그러나 다행스럽게도 우리는 불은의 사태에서 한 가지 중요한 단서를 포착했습니다."

"……."

"바로 그 사태가 발생하기 전에 연진인께서 다녀갔다는 증거를 발견했던 것입니다……."

"……."

회의장은 순식간에 술렁거리기 시작했다. 연진인의 출현, 그리고 연이은 불상사. 이 둘 사이에는 도대체 무슨 연관이 있을까? 측시선은 잠시 손을 들어 술렁거림을 가라앉힌 다음 말을 계속했다.

"그래서 제 나름대로 생각을 해 보았습니다만, 혹시 연진인께서 이번 사태를 직접 막기 위해 그곳에 나타나셨던 것이 아닐까 추측됩니다. 연진인은 불은 외에도 몇 군데 다른 곳을 다녀가신 것 같습니다. 그곳들은……."

"……."

"앞으로 불은과 같은 불행한 사태에 직면할지도 모릅니다. 그래서 우리 안심총에서는 그곳들이 불은과 어떤 연관성이 있는가 탐색을 계속하고 있습니다. 그리고……."

"……."

"이보다 더욱 중요한 일이 있습니다. 바로 세상의 끝에 존재하는 선시 풍산에 관한 것입니다. 이곳을 넘어서면 무한한 혼돈의 바다에 이르지만……."

"……."

"최근 이곳에서 심상치 않은 일이 발생했습니다. 여러분은 지일선을 기억하실지 모르겠습니다만, 이분은 연진인을 친견한 선인입니다. 우리는 이분이 연진인의 밀명을 받았다고 확신합니다. 아무튼……."

"……."

"지일선은 최근 혼돈의 바다를 향해 제사를 올리고 있습니다. 거기에는 무슨 뜻이 담겨 있을까요? 우리는 먼저 지일선이 방출하는 염파의 방향을 추적해 봤는데……."

"……."

"그곳은 바로 옥성이었습니다. 여러분도 이미 알고 있듯이 옥성은 평허선공의 고향입니다. 이로 미루어 보건대 어쩌면 연진인께서 그곳을 방문한 것이 아닐까 생각되어집니다. 왜냐하면……."

측시선은 쫓기듯이 다급하게 말을 이었다. 다른 선인이 끼어들어 질문이나 반문하여 말의 흐름을 놓칠까 염려되기 때문이었다.

"그곳에는 이미 수많은 어른들이 모여 있는데 그 어른들과 모종의 의논을 하려는 것이 아닐까 생각됩니다. 그리고 제가 기대하는 것은 연진인께서 조만간 선시 풍산에 모습을 드러내시지 않을까 하는 것입니다."

"……."

"그래서 안심총에서는 연진인을 맞이할 공식 사절을 이미 풍산시에 파견해 두었습니다만, 근간 연진인이 출현하시는지 자세히 살펴보며 기다리고 있겠습니다."

측시선이 말을 마친 뒤 잠시 주위를 둘러봤다. 그러자 한 선인이 말했다.

"질문을 해도 괜찮습니까?"

"아, 예, 기탄없이 말씀하시지요."

측시선은 기다렸다는 듯이 응답했다. 그 선인이 다시 질문을 던졌다.

"지일선은 예전에 감찰 대선관이었습니다. 그런데 그분의 현재 역할은 무엇인지요?"

"예, 이것은 어디까지나 제 추측에 불과합니다만 옥성에서 내려오는 어떤 선인의 안내를 담당하는 게 아닐까요?"

"아니, 안내라니 그건 또 무슨 말씀입니까?"

"확실치는 않습니다. 단지 옥성에서 어떤 선인이나 선인들의 무리가 내려올 경우 이들은 옥황계에서 연진인이 탐지한 비상 지구를 방문할 것으로 저는 생각합니다."

"알겠습니다. 그렇다면 지일선이 그 지역을 알고 있다고 생각하십니까?"

"그렇습니다."

"그럼 지일선에게 왜 직접 비상 지구를 묻지 않습니까?"

"그것은 우리 안심총에서 나서면 연진인께 실례가 될지도 모르기 때문입니다. 연진인께서 직접 알려주지 않은 일을 추측에 의거해 우리가 먼저 심문한다면 분명 실례가 아닐까요? 그리고 또한 연진인이나 태상노군께서 경고를 하면서도 우리 앞에 나타나지 않는 것에는 다 그만한 이유가 있다고 봅니다. 우리는 공연히 지일선에게 접근해서 엉뚱한 일은 자초하지 않으려 할 뿐입니다."

"아, 예, 고맙습니다."

질문에 대한 답을 마치자 측시선은 자리에 앉았다. 그러자 천천히 묵정선이 일어났다. 묵정선은 다방면에서 중요한 일을 하고 있는 선인으로서, 최근에는 정마을을 방문한 적도 있으므로 선인들의 기대는 상당히 높았다. 묵정선은 차분히 서두를 꺼냈다.

"불은의 사태에 대해 슬픔과 우려의 마음을 금할 길 없습니다만……."

"……."

"저는 혼란한 우주 사태에 대해 새로운 길을 모색하고 있습니다. 저의 임무에 관한 일은 일전에도 논의된 바 있었습니다만, 저는 염라대왕의 제안에 따라 속세에 있는 역성 정우를 만나고 왔습니다."

"……."

"우선 결론부터 말씀 드리겠습니다. 저는 하계인 정마을을 방문하여 크게 감명을 받았습니다. 역성 정우가 오늘날 우주가 당면한 사태에 대해 충분한 의견을 제시해 주었기 때문입니다. 정우는 속세에 살면서도 현재 옥황부가 처해 있는 최대 현안에 대해 탁월한 의견을 제시했습니다. 그러므로 이제부터 그 얘기를 들려 드리도록 하겠습니다. 우선 혼마에 관한 것인데……."

"……."

"혼마의 출현은 오늘날 우주의 혼란을 조절하기 위한 자연의 자구책이랍니다. 이것이 바로 역성 정우의 의견입니다. 그리고 혼마는……."

"……."

"천계에 만연한 정신병을 치료하는 데도 그 효과가 뛰어나다고 합니다. 그것에 대해서는 의선(醫仙)께서 다시 보고 드리겠습니다만 저는 역성 정우의 의견이 매우 타당하다는 뜻으로 먼저 언급하는 바입니다……."

묵정선은 좌중을 부드럽게 바라보며 일정한 어조로 말을 이어 나갔다.

"그러나 근본적인 우주의 혼란을 바로잡기 위해서는 자연의 자구책 외에 중요한 일이 있는데 그것은 정우가 직접 나서서 해결하겠다고 합니다. 그리고 정우는 평허선공에게 뭔가 깨우침을 주겠다며 만남을 제의했는데 평허선공께서도 이미 허락을 하셨습니다……."

평허선공의 이야기가 등장하자 선인들의 흥미는 더욱 높아졌는지 숨소리조차 죽인 채 묵정선에게 시선을 고정시켰다. 묵정선은 그들의 모습에 미소를 지으며 말을 계속했다.

"정우는 평허선공과 함께 연진인·난진인을 찾아 나서겠다고 했습니다. 모두들 알다시피 정우는 일전에 소지선을 피신시켜 염라대왕과 평허선공을 따돌린 적이 있습니다. 그러한 능력을 지닌 정우가……."

"……."

"이번에는 숨기는 것이 아니라 반대로 누군가를 찾아 나선다면 그 역시 효과가 있지 않겠습니까? 혹시 소지선과 어른들이 함께 있는 것은 아닐까요!"

회의장은 또다시 술렁거렸다. 만일 소지선이 연진인이나 태상노군과 함께 있다면 건영이가 평허선공과 함께 찾아 나설 것이므로 이들의 행방은 조만간 완전히 드러나게 될 것이다. 만약 그렇게만 된다면 우주의 어른들이 숨을 수밖에 없었던 이유도 자연스럽게 밝혀질 수 있을 것이다. 묵정선의 말이 이어졌다.

"정우는 현재 발생하고 있는 우주의 모든 문제에 대해 연구하기 시작했습니다. 앞으로 좋은 결과가 나올 것으로 기대됩니다만, 특히 정우와 평허선공의 만남은 어쩌면 난진인의 계획이었는지도 모릅니다."

묵정선의 이 충격적인 말에 회의장은 온통 어수선해졌다. 난진인은 옥황상제의 스승으로, 모든 선인이 존경하며 최근에는 평허선공을 통해 비밀한 섭리를 전개 중이었다. 만일 평허선공과 정우의 만남이 묵정선의 말대로 난진인의 뜻이라면 이는 옥황부의 현안과 중대한 관계가 있다. 그렇다면 난진인은 이미 우주를 구하는 일에 뛰어든 것일까? 묵정선의 말이 이어졌다.

"제 생각을 말씀 드리지요. 속세에서 정우를 만난 후에 떠오른 생각입니다. 당초 난진인께서는 평허선공에게 영패를 맡겼었습니다. 평허선공은 한동안 그 뜻을 깨닫기 위해 무척 애썼습니다. 그런데 그 과정에서 소지선이 등장한 것입니다. 평허선공은 마침 소지선의 죄를 사면해 주기 위해 난진인의 영패를 사용하려 했는데 이때 정우가 방해했습니다. 그 결과 오늘날 속세의 정우와 천계의 평허선공이 만나기에 이르렀습니다……."

"……."

"지금쯤 평허선공은 불은의 사태에 크게 낙심해 있을 것입니다. 평허선공은 녹석의 신비를 밝히기 위해 불은으로 가던 중이었지만 그것은 이미 불은의 사태로 불가능한 일이 되었습니다. 따라서 평허선공과 정우가 함께 이 혼란한 우주의 사태에 대해 연구할 가능성이 높아졌습니다. 현재 난진인마저 자리를 비우신 까닭에 두 사람의 만남은 온 우주에 상당히 이로우리라 생각됩니다."

묵정선은 이 말을 끝으로 자리에 앉았다. 그러자 의선이 일어났다. 의선은 직책이 높지 않으나 필요시에는 이 회의에 참석하도록 허락된 선인이다.

"제가 보고 드리겠습니다……."

의선은 정중히 서두를 꺼냈다.

"저는 묵정선의 제안에 따라 정신병을 앓고 있는 선인에게 한 가지 치료를 해 봤습니다. 이는 역성 정우가 묵정선께 제시한 것으로 너무나 간단한 방법입니다. 먼저 혼마와 정신병을 앓고 있는 선인을 대면시키면 선인은 그 즉시 정신병을 회복하고, 혼마는 심한 고통을 겪는 것이 관찰되었습니다. 이것으로 혼마가 우주에 이로운 존재임이 밝혀지게 된 셈입니다. 그래서 저희 부서에서는 입명총에 되도록 많은 혼마를 체포, 압송하도록 협조를 요청했습니다. 그리고……."

"……."

"다수의 혼마를 한 장소에 많이 모아놓으면 어떤 특별한 일이 벌어질 것 같은 생각이 듭니다."

"……."

"혹시 그것이 사라진 우주의 어른들을 불러내는 신호로 작용하여 그 어른들의 행방을 찾아낼 수도 있지 않을까요. 왜냐하면 혼마는 주변을 고요하게 하는 효과가 있습니다. 그런데 고요한 곳, 즉 번거로움이 없이 명상에 잠기기 쉬운 곳이 바로 도인이 머무는 곳 아닙니까? 그러므로 혼마가 만들어낸 그 '고요의 장' 안에서는 큰 깨달음이 존재할지도 모릅니다."

"……."

"……역성 정우는 우주를 안정시키기 위해 혼마가 출현했다고 말했습니다. 저도 나름대로 조사해 본 결과 혼마는 생명이 있는 존재라고는 볼 수 없는 단순히 자연의 한 현상에 불과할 뿐입니다. 혼마가 비록 사람의 모습으로 사악한 일을 저지르고 있지만 이것은 비나 바람처럼 자연의 일부분에 지나지 않습니다. 즉, 자연의 뜻에 따라 일어나는 일일 뿐입니다. 여기서 자연의 뜻이란 곧 우주의 혼란을 잠재우기 위한 노력입니다. 역성 정우는 혼마를 우주 자체의 면역 기구라고 말했습니다. 저도 역성 정우의 이 의견에 찬성합니다."

의선의 보고가 끝나자마자 진여선(眞如仙)이 벌떡 일어났다. 진여선은 중앙집정회의 부의장으로서, 상일선을 도와 회의가 매끄럽게 진행되도록 애쓸 뿐 아니라 결의 사항을 집행·감독하는 막중한 임무를 맡고 있다.

"보고 드리겠습니다. 저는……."

진여선은 사무적인 목소리로 서두를 꺼냈다.

"불은의 사태를 논의하고, 옥황부의 현안을 말씀 드리고자 합니다."

"……."

"최근 아주 유감스러운 일이 발생했습니다. 우리는 지난번 회의에서 동화궁주를 소환하기로 결의했었는데, 이는 동화궁주에 의해 거부되었습니다. 매우 유감스러운 일이 아닐 수 없습니다. 동화궁주는 옥황부의 권위에 정면 대항하여 소지선을 체포하려 했을 뿐만 아니라 이제는 정식 소환령마저 거부했습니다. 그래서 저는……."

"……."

"이 자리에서 동화궁주를 고발하고, 그의 체포를 제안하는 바입니다. 여러분께서는 저의 의견에 대해 어떻게 생각하시는지 의논을 부탁드립니다."

진여선은 상일선을 한번 바라보고는 자리에 앉았다. 의장인 상일선은 고개를 끄덕이고는 여러 선인들을 향해 말했다.

"방금 진여선의 새로운 제안이 접수되었습니다. 이에 대해 의견이 있으신 분은 기탄없이 말씀해 주십시오."

"제가 먼저 말씀 드리지요……."

광을선이 천천히 주위를 둘러보며 일어섰다. 광을선은 입명총의 대선관으로 옥황부의 병력을 총괄하는 막중한 직책을 맡고 있었다.

"방금 진여선의 말씀대로 동화궁주는 옥황부의 소환령을 거부했습니다. 하지만 저는 전혀 놀랄 일이 아니라고 생각합니다. 인연의 늪에서 옥황부의 공식 명령을 수행하던 병력들을 거리낌 없이 살상한 그들의 행동으로 미루어 보아 동화궁의 선인들은 이미 옥황부에 반기를 든 것입니다."

"……."

"그들은 원래부터 상부의 명령은 전혀 개의치 않는 존재입니다. 옥황부의 공식 명령을 받은 부대를 공격했다는 그 자체가 엄청난 반역인데, 소환령 따위는 당연히 가볍게 무시하지 않겠습니까? 그래서……."

"……."

"저는 이 자리에서 다음과 같이 제안합니다. 이번 기회에 동화궁주의 체포는 물론 대규모 병력을 파견하여 동화궁을 완전히 정벌합시다. 제가 앞장서서 반드시 그 일을 해결하고 말겠습니다."

광을선은 다소 격앙된 음성으로 말했다. 그러자 상일선은 미소를 지으며 광을선을 자제시켰다.

"예, 광을선의 말씀 충분히 알겠습니다. 자, 다른 분의 의견을 한번 들어보지요……."

상일선이 또 다른 선인의 의견을 묻자 고명선이 천천히 일어났다. 고명선은 옥황부의 감찰선관으로서 중요 범죄에 관여하는 선인이었다.

"저의 의견을 말씀 드리겠습니다. 동화궁주가 옥황부 중앙집정회의의 소환을 거부한 것 자체만으로도 범죄가 성립됩니다. 그러므로 당연히 체포해야 되겠지만, 번거롭게 수많은 병력을 파견하기보다는 저희 부서의 정예 체포대를 파견하는 것이 어떨까 제의합니다……."

"잠깐!"

동화궁주의 체포가 기정사실화된 듯 말하는 고명선의 말허리를 끊으며 한 선인이 일어났다. 그는 바로 순청선이었다.

"……."

고명선은 자신의 맞은편에 서 있는 순청선을 흘끗 보면서 자리에 앉았다. 그러나 순청선은 고명선의 태도에 아랑곳없이 상일선을 향해 말했다.

"동화궁주의 체포가 아직 결정된 것은 아니니 우선 그것부터 결정해야 할 것 같군요."

"아, 예, 그렇습니다."

상일선은 밝게 대답하고 회의에 참석한 선인들을 둘러보며 말했다.

"이제까지 진행된 회의를 통해 왜 동화궁주를 체포하려는지 여러 분은 잘 아실 겁니다. 그러나 다시 한 번 그 죄상을 밝히면 인연의 늪에서 옥황부 공식 명령에 따라 임무를 수행 중인 병력을 살상한 행위와 그에 따른 소환령의 거부입니다. 이에 대해 두 분께서 체포를 제안했습니다. 반대 의견이 있으신 분은 지금 말씀해 주십시오."

"……."

회의장은 무거운 침묵이 흘렀다. 상일선은 잠시 시간을 두고 기다렸지만 여전히 반대 의견을 제시하는 선인은 없었다. 상일선이 침묵을 깨고 말했다.

"본 회의는 만장일치로 동화궁주의 체포를 결정하는 바입니다. 그럼……."

"……."

"이제부터는 체포 방법에 대해 논의해 주십시오."

"예, 제가 먼저 말씀 드리겠습니다."

상일선이 의제를 꺼내자 곧바로 순청선이 나섰다.

"동화궁주의 체포가 결정된 이상 공식 절차에 따라 먼저 감찰부 선인들이 파견되어야 할 것입니다. 다만 동화궁주가 순순히 체포에 응할 것인지 사전에 문의해 보는 게 좋을 것 같습니다만……."

"아니, 문의를 하다니요?"

갑자기 고명선이 큰 소리로 반박을 하며 나섰다.

"죄인에게 잡혀 달라고 부탁한다는 말씀이십니까?"

"아니, 그런 뜻이 아닙니다. 그동안 동화궁주는 두 번이나 옥황부의 권위에 도전했었습니다. 그래서 이번에도 그런 식으로 체포에 불응하지 않겠냐는 뜻입니다."

"그래서 어떡하자는 것입니까?"

고명선은 순청선에게 따지듯 물었다. 그러자 순청선은 미소를 지으며 물러섰다.

"아, 저는 만일의 사태를 가정해 봤을 뿐입니다. 동화궁주가 옥황부에 대항해 올 경우라면 다시 의논하면 되겠지요."

"……."

두 선인은 의견을 구하듯 동시에 상일선을 바라봤다. 그러자 상일선이 말했다.

"제 의견을 말씀 드리지요. 우선 정식 절차에 따라 동화궁에 감찰선관을 파견하는 게 좋을 것 같습니다. 만일 동화궁주가 감찰선관의 체포에 불응한다면 그때 가서 다른 대책을 세우면 되겠지요."

"무슨 대책 말입니까?"

이번에는 측시선이 나섰다.

"예? 측시선께서는 다른 좋은 의견이 있으십니까?"

"그렇습니다. 우리는 지금 뻔히 실패할 일을 시행하려고 합니다. 제가 장담하건대, 동화궁주는 분명히 우리의 체포에 불응할 것입니다. 그렇게 되면 옥황부는 다시 한 번 권위가 손상되는 셈입니다. 이렇듯 옥황부가 행동에 옮기는 데 있어서 자주 아래 선부의 도전을 받아 무력해지면 다른 선부에서도 불순한 생각을 갖게 될지 모릅니다. 따라서 옥황부의 권위를 위해서라도 이번에는 좀 더 단호한 응징이 필요할 것 같습니다."

"단호한 응징이라면?"

"예, 제 생각을 말씀 드리자면 우선 체포대를 정식으로 파견해서 동화궁에 경고를 하는 것입니다. 만약 체포에 불응한다면 그 즉시 동화궁을 정벌할 것이라고……."

"……."

선인들은 잠시 무거운 침묵에 잠겼다. 정벌이라면 곧 전쟁을 의미한다. 그것도 아주 대규모의 전쟁인 것이다. 이는 두려운 일이 아닐 수 없다. 동화궁의 엄청난 규모나 병력면으로 볼 때 일단 전쟁이 시작되면 사실상 그 끝을 알기도 어렵다. 더구나 전쟁이 길어지면 예상치 못한 사건이 일어날 수 있으므로 정벌이란 말처럼 쉬운 것이 아니다.

그렇다고 옥황부에 대항해 인연의 늪에서 살상을 벌이고, 소환령까지 거부한 동화궁주를 그냥 내버려둔다면 이는 옥황부가 온 우주에 대한 통치권을 포기하는 셈이 된다. 이를 충분히 인식하고 있는 상일선이 무겁게 말을 꺼냈다.

"측시선의 의견은 일리가 있습니다. 하지만 지금은 우주가 매우 혼란한 상황이기 때문에 더 이상 번거로운 일이 있어서는 안 될 것 같습니다. 전쟁은 불가합니다."

"잠깐!"

측시선이 날카롭게 상일선의 말을 막았다.

"제가 질문을 하나 하겠습니다."

"……."

"오늘날 벌어지고 있는 상황에 대해 생각해 봅시다. 상일선의 말대로 지금은 온 우주가 혼란스럽습니다. 하지만 그건 우리가 어떻게 할 수 없는 부득이한 일일 뿐입니다. 우리에게 지금 당장 중요한 일은 실추된 옥황부의 권위를 바로 세우는 것입니다. 그러기 위해서는 일어날 수 있는 모든 상황을 가정해서 대비해야 합니다. 혹시 동화궁을 옥황부로부터 독립시키려 한다면 모를까……."

"……."

상일선은 잠시 생각에 잠겼다. 전쟁이 무서워서 옥황부에 대항하는 동화궁주를 처벌하지 않고 그대로 내버려둔다면, 다른 선부에서도 이와 유사한 행동을 하지 말라는 법이 없다. 그렇게 되면 옥황부의 권위는 손상되어 더 이상 우주를 지키는 힘이 될 수 없을 것이다. 이는 옥황부 자체의 붕괴를 의미할 수도 있다.

한 선인이 일어났다. 이 선인은 옥황부의 덕의원(德義院) 대선관으로, 선명은 본적(本寂)이다.

"제가 한 말씀 드리겠습니다."

본적선은 정중한 음성으로 서두를 꺼낸 뒤 좌중을 한번 둘러보았다.

"……동화궁주를 이대로 내버려둘 수는 없습니다. 저는 측시선의 의견에 찬성입니다. 옥황부의 권위를 유지하기 위해서라면 어떤 일도 두려워해서는 안 될 것입니다. 그래서 제 생각에는 먼저 체포대를 파견해서 공식적으로 일을 집행한 뒤에 동화궁주가 끝까지 체포에 불응한다면 정벌을 경고하는 것입니다. 그래도 응하지 않는다면 그때 가서 소규모 군사를 파견하자는 것입니다. 어디까지나 위협을 위한 소규모 병력 말입니다. 사태가 이런 지경이 되어도 동화궁주가 굽히지 않는다면 그때는 할 수 없이 대규모 병력을 파견해 선부를 해체시키고 궁주를 교체해야 할 것입니다. 모든 일은 운명에 맡기고 단호하게 행동에 옮깁시다."

본적선은 상일선에게 호소하는 듯 말하고는 자리에 앉았다. 상일선은 천천히 고개를 끄덕였다. 그러고는 선인들을 향해 엄숙하게 말했다.

"제가 보기에는 본적선의 의견이 타당성이 있다고 봅니다. 다른 의견이 있으신지요?"

"……."

선인들은 아무 말이 없었다. 이는 바로 동화궁주를 체포하기 위해서라면 전쟁도 불사하겠다는 결의인 것이다. 당연한 귀결인지도 모른다. 옥황부의 소환령을 일개 선부에서 거부한다는 것은 엄연한 불법이므로 이에 대한 응징은 당연한 것이다. 불법을 그대로 방치한다는 것은 옥황부의 임무를 포기한다는 것과 마찬가지이기 때문이다. 잠시 무거운 침묵이 흐른 뒤 상일선의 말이 이어졌다.

"본적선의 제안대로 동화궁주에 대한 응징 방법이 결정되었습니다. 따라서 감찰부에서는 즉시 체포대를 파견하고 추후 사태는 입명총과 의논해야 할 것입니다. 그럼 여기서 잠시 쉬었다가 다시 진행하기로 하겠습니다."

상일선은 어려운 결정을 내렸다는 듯이 눈을 감았다 뜨고는 휴회를 선언했다. 회의가 얼마 후 속개될 무렵 평허선공은 하계로 향하고 있었다.

예견된 정마을의 운명

하계의 신성한 영역인 정마을은 날이 갈수록 상서로움이 더해 갔다. 이것은 마치 봄날의 따스한 기운처럼 마을에 생기를 주며 음침하고 사악한 기운을 몰아내고 있었다.

물론 이러한 기운은 물질의 기운이 아니기 때문에 사람의 눈에 보이지는 않는다. 이는 선인들의 심안(心眼)에나 비치는 것으로 정마을에서는 건영이만이 일찍부터 이 기운을 느끼고 있었다. 한때 마을에 상서로운 기운이 깃들 무렵 땅벌파로부터 심한 고초를 겪었지만 지금은 잊혀진 지 오래였다.

계절은 여름을 바로 앞두고 있었다. 숙영이 어머니가 목욕재계를 시작한 지도 10여 일이 지났고 마을은 그동안 생기가 넘치고 무척 평화로웠다. 그러던 어느 이른 아침 박씨의 무술 수련 도장, 즉 강변으로 건영이가 찾아갔다. 마침 박씨와 인규는 잠시 쉬고 있다가 가까이 다가오는 건영이를 발견했다.

"오, 건영이! 어쩐 일로 이렇게 일찍 이곳까지 나오셨나?"

박씨는 반가움에 얼굴색이 환해졌다. 오늘은 무슨 일일까? 건영이는 항상 중요한 일이 있을 때 나타났었지만 요즘 기분 같아서는 무슨 일이든 나쁜 일은 아닐 것 같았다.

"심심해서 나왔어요!"

건영이는 아무 일 없다는 듯이 밝게 웃으며 대답했다. 인규와 박씨는 건영이가 이곳까지 찾아온 데에는 그의 말대로 심심해서가 아니라 반드시 어떤 이유가 있을 것이라 생각했다. 그렇지만 더 이상 캐묻지 않고 건영이가 먼저 말을 꺼낼 때까지 기다렸다.

"……."

건영이는 언제나처럼 강가를 향해 앉았다. 세 사람은 나란히 앉아 조용히 흘러가는 강물을 바라보았다. 얼마 후 건영이가 말했다.

"아저씨! 오늘 손님이 올 것 같아요."

"그래? 그거 잘됐구나. 그런데 나쁜 사람은 아니지?"

박씨는 손님이라면 무조건 좋아했지만 지난번과 같은 불청객이 나타날까 염려스러워 급히 덧붙여 물었다. 건영이가 밝게 대답했다.

"아니에요. 서울에서 정다운 사람들이 올 거예요."

"음? 정다운 사람이라니?"

"폭력배 두목이요!"

"뭐, 폭력배 두목?"

박씨는 다소 놀랐다. 하지만 잠깐 생각해 보니 서울의 조합장의 얼굴이 떠올랐다. 정다운 사람이면서도 폭력배 두목이라면 조합장밖에 없다. 그때 인규가 물었다.

"조합장이 오는 거야?"

인규도 조합장이 떠올랐는가 보다!

"음, 그 사람이야. 그런데 아저씨……."

건영이는 인규의 물음에 대답하고 이어서 박씨에게 말했다.

"천막을 준비해야겠어요."

"천막이라니?"

"서울 손님들이 묵을 수 있게요."

"음? 마을로 안 가고?"

"예. 손님들한테는 미안한 일이지만 요즘은 외부 사람을 정마을로 들어오게 해서는 안 돼요."

"그래? 왜 그렇지? 아니, 알겠다."

박씨는 더 물으려다 그만두었다. 건영이가 그렇게 말한다면 충분한 이유가 있을 것이기 때문이었다. 게다가 박씨가 생각하기에도 요즘 들어 정마을에는 숙영이 어머니가 목욕재계 수도를 하는 등의 범상치 않은 일들과 빈번히 찾아드는 선인들로 인해 속인을 경계하는 것이 당연하게 여겨졌다. 건영이가 말했다.

"아저씨, 날도 따뜻하니 강 저쪽 편에 천막을 치고 손님을 맞이하세요."

"그래! 손님들은 언제 오는데?"

"오늘 저녁때쯤이요."

"몇 사람이나 올까?"

"글쎄요, 대여섯 명 정도가 될 거예요."

"알겠어, 미리 준비를 해 두어야겠군. 그런데 그 얘기를 해주려고 여기까지 나온 거야?"

"아니에요. 다른 할 얘기가 있어요."

건영이는 차분하게 강물을 바라보며 말했다.

"무슨 얘긴데?"

박씨는 다른 할 얘기가 있다는 건영이의 말에 흥미를 느끼며 재촉했다.

"별일은 아니에요. 정섭이 일인데요……."

"……."

"정섭이도 이젠 나이가 들었어요."

"음? 그렇지……. 그런데?"

박씨는 의아스러운 표정을 지었다. 정섭이는 박씨의 양자(養子)로써 박씨가 무척 사랑하는 아이였다. 정섭이에게 무슨 일이 있는 것일까? 박씨는 다소 걱정이 되었다. 그러나 건영이는 미소를 짓고 부드럽게 말했다.

"정섭이는 인재예요. 계속 이곳에만 머물기는 아까워요."

"……."

"넓은 세상으로 내보내서 공부를 시켜야 할 거예요."

"그럴 거야. 그럼 서울로 보내야 할까?"

"예, 서울이 좋겠지요. 그곳에서 학교를 보냈으면 해요."

"학교? 그래, 애들은 공부를 해야지. 그런데 어떻게 학교를 보내지?"

박씨는 정섭이가 다른 애들처럼 정상적으로 학교를 다니며 공부를 해야 한다는 것은 알고 있었지만 입학 절차에 대해서는 전혀 아는 게 없었다. 건영이가 대답했다.

"오늘 서울 손님이 오면 그분한테 부탁을 해 보세요. 분명히 학교에 입학하는 방법을 알고 있을 거예요."

"그래? 그 사람들은 폭력배들인데……."

"괜찮아요. 그들은 이곳저곳 도움이 될 만한 곳을 많이 알고 있을 거예요. 그리고 정섭이와도 인연이 맞아요."

"인연이라니?"

"하하, 어려운 얘기는 피하지요. 다만……."

"다만 뭐지?"

박씨는 몹시 궁금해 했다. 그러자 건영이가 잠시 진지한 표정을 짓고 말을 이었다.

"아저씨, 정섭이는 예전에 거지 생활을 했듯이 거친 운명을 가졌어요. 서울 손님도 마찬가지이지요. 그래서……."

"……."

"만일 그분이 정섭이 학교를 주선해 준다면 앞으로 일이 잘 풀려나갈 것 같아요."

"그래? 그런데 정섭이가 여길 떠나려고 할까?"

"아저씨가 잘 설득해 보세요. 그리고 방학 때마다 이곳으로 오면 되잖아요."

"그렇군! 학교는 꼭 다녀야 할 거야."

박씨는 고개를 여러 번 끄덕이며 수긍했는데, 아마도 정섭이를 떠나보내는 것이 무척 괴로운 모양이었다. 건영이가 다시 말했다.

"아저씨, 정섭이는 이제 새로운 변화를 맞을 때가 되었어요. 그간 충분히 마음을 안정시켰기 때문에 새로운 변화에도 잘 적응할 거예요."

"그래, 좋은 아이니 잘 하겠지!"

"예……. 잘될 거예요. 저, 이만 들어갈게요."

건영이는 마을로 돌아갔다. 박씨와 인규는 다시 운동을 시작했다. 날은 이미 밝아오고 있었다.

오늘 건영이의 예언은 너무나 일상적으로 이루어졌다. 단지 건영이가 이른 아침 느닷없이 강변 도장을 방문한 것이 신선한 자극일 뿐이다. 미래를 알 수 없는 평범한 인간에게 있어 시간의 세계란 완전한 암흑이라고 할 수 있다. 그런데 건영이는 연락도 없이 찾아오는 손님에 관한 일을 마치 약속이라도 한 듯이 쉽게 예언하는 것이다.

게다가 박씨나 인규도 건영이가 미래를 내다보는 능력에 대해 당연하게 여길 뿐 의심한다거나 신기하게 생각하지 않았다. 건영이가 오늘 손님이 찾아온다고 얘기한 이상 그에 걸맞은 준비를 하고 기다릴 뿐이었다.

오후가 되자 건영이는 또 한 차례 마을 사람들을 방문하러 나섰다.

"작은 촌장이 오셨나?"

건영이가 강노인 집에 도착하자 마침 밖에 나와 있던 할머니가 반갑게 맞이했다.

"안녕하셨어요?"

건영이는 밝고 큰 목소리로 인사를 건넸다.

"음, 작은 촌장도 잘 있었나? 우리 오랜만에 보는 거지?"

할머니는 기쁜 얼굴로 건영이를 바라봤다. 이 사이 강노인도 밖으로 나왔다.

"오, 건영이 어서 오게……."

"안녕하세요, 할아버지……."

강노인과 건영이는 마루에 걸터앉았다. 그러자 할머니가 말했다.

"귀인이 오셨으니 술을 대접해야지……. 식사도 하겠나?"

"아니요, 술만 들겠습니다."

술과 음식 중 하나를 선택하라면 언제나 술을 택하는 건영이에게는 당연한 대답이었다. 잠시 후 술상이 마련됐다.

"자, 우선 한잔 들고……."

강노인은 흔쾌한 기분으로 술을 권했다.

"……."

건영이는 싸리문 밖을 바라보며 시원하게 한잔을 들이켰다. 이어 술잔은 다시 채워지고 강노인이 말했다.

"무슨 일이 있어 왔나? 물론 좋은 얘기겠지만……."

강노인은 미소를 지으며 한가하게 물었다. 이처럼 요즘에는 마을 사람들에게 있어 걱정거리라곤 하나도 없었다. 건영이도 미소로 답했다.

"별일 아니에요, 그저 마음이 편하신가 하고요……."

"음, 괜찮아, 계절도 좋고……."

강노인도 싸리문 쪽을 바라보며 밝게 말했다. 이때 건영이는 강노인의 얼굴을 슬쩍 바라봤는데 무척 나이 들어 보였다.

'많이 늙으셨군, 자식도 없이 너무 고생을 하셨어!'

건영이는 안타까운 마음이 들었다. 그러나 강노인의 표정은 밝기만 했다.

"할아버지, 장수하시겠어요……."

"음? 장수? 허허, 그런가!"

강노인은 건영이의 말에 천진한 웃음을 지었다. 그러자 할머니도 끼어들며 말했다.

"촌장, 내 관상도 좀 봐줘. 얼마나 살려는지?"

건영이는 즉시 시원스럽게 대답했다.

"할머니요? 할아버지보다 더 오래 사실 거예요……."

"그래? 확실한 거야?"

"그럼요!"

"거 잘됐군……. 내가 먼저 죽으면 할아범이 불쌍하지!"
할머니는 강노인을 측은하게 바라보며 말했다. 분위기가 무거워지자 건영이는 급히 화제를 돌렸다.
"할머니, 이곳이 좋으세요?"
"음? 정마을 말이야? 물론이지!"
"자식들이 보고 싶지 않으세요?"
"뭐, 그럴 때도 가끔 있지. 하지만 각자 자기 인생을 사는 게지……. 안 그래요, 여보?"
할머니는 건영이 말에 대답하면서 강노인의 동의를 구했다. 강노인은 고개를 끄덕이며 대답했다.
"그럼, 우리는 이곳이 편안해……. 젊은 애들은 도시에서 살아야지……."
강노인은 쓸쓸한 표정을 지으며 먼 곳을 바라봤다. 어쩌면 자식을 생각하는지도 몰랐다. 현재 강노인의 자식은 강릉에서 살고 있다고 한다. 건영이가 나지막하게 말을 꺼냈다.
"할아버지, 이곳은 말이에요……."
"……."
"오래 사실 곳이 못 돼요!"
"음? 무슨 말인가?"
강노인은 깜짝 놀라며 큰 소리로 물었다. 할머니도 두려움에 질린 표정으로 건영이의 얼굴을 쳐다보았다. 정마을이 오래 살 곳이 못 된다는 말은 결국 떠나야 한다는 뜻이 아닌가! 강노인 부부에게 한평생 정을 붙여 살아 온 마을을 떠나야 한다는 얘기는 청천벽력이 아닐 수 없었다.

건영이는 잠시 머뭇거리며 대답했다.

"예, 저…… 이곳은 앞으로 물에 잠기게 돼요……."

"뭐? 마을 전체가?"

믿을 수 없다는 듯 강노인이 큰 소리로 되물었다.

"그렇습니다."

"……큰 홍수가 나나?"

"홍수가 아니에요, 강물이 불어나는 것이지요……."

"강물이 불어나다니?"

이번에는 할머니가 근심이 가득한 얼굴로 물었다.

"예, 할머니…… 강 하류가 막히게 되요. 그러면 이 일대는 커다란 호수가 되지요."

"호, 그럼 댐이 생긴다는 말인가?"

"그렇습니다……."

"그거 큰일이군. 그게 언제지?"

"당장 그렇게 되는 것은 아니니까 너무 걱정 마세요. 한참 더 있어야 해요. 다만……."

"……."

"마을을 떠날 각오를 미리 해 두시라고요!"

"그래? 그렇다면 할 수 없지……. 하늘의 뜻이니 우리 인간이 어쩔 수 있겠나!"

할머니는 골똘히 생각에 잠기며 고개를 끄덕였다. 강노인은 잠시 말이 없었다. 그러나 곧 인정할 수밖에 없었다.

"어차피…… 영원한 것은 하나도 없지. 인생도 때가 되면 끝나는 것처럼 마을도 수명이 있나 보지."

"……."

"그건 그렇고, 건영이……."

"……."

"우리 부부가 앞으로 얼마나 더 오래 살겠나?"

강노인은 자신들의 수명에 대해서 무척 궁금한 모양이었다. 건영이가 밝게 대답했다.

"아주 오래요!"

"호, 그건 잘됐군. 자, 이제 술이나 들자고."

강노인은 얼굴색을 펴며 편안하게 말했다. 그러자 할머니가 끼어들었다.

"나도 한잔 해야겠군. 아무튼 우리 둘 다 오래 산다니 좋은 일이지……."

할머니는 건영이의 예언을 음미하면서 술잔을 가지러 부엌으로 들어갔다. 잠시 후 세 사람의 흥겨운 술자리가 시작되었다.

건영이의 하루는 이렇게 지나갔다. 건영이는 무엇을 하려는 것일까……? 다음날에도 건영이의 행적은 전날과 비슷했다. 건영이가 아침 일찍 찾아간 곳은 임씨네 집으로 밖에 나와 있던 임씨 부인이 반갑게 맞이했다.

"어머! 촌장님께서 오셨네……."

"안녕하세요! 아저씨는 어디 가셨나요?"

"아니, 안에 있어요. 여보!"

임씨 부인이 부르는 것과 거의 동시에 임씨가 문을 열고 나왔다.

"오, 건영이……. 어서 와."

임씨는 싱글벙글하며 건영이를 맞이했다.

"안녕하셨어요?"

건영이도 미소를 지으며 인사를 건네고 두 사람은 마루에 걸터앉았다. 잠시 후 한가한 술자리가 마련되었다. 건영이는 어제에 이어 오늘도 마을 사람들을 방문하며 한가롭게 지내고 있었다. 그러나 마음속으로는 어떤 의도가 있는 것이 분명했다. 분명 정마을의 운명에 관한 것이리라!

술이 몇 순배 돌아가자 건영이는 아기를 보고 싶다고 했다. 임씨 부인이 곧 방 안에 뉘어 놓은 아기를 데리고 나왔다.

"……."

건영이는 밝은 얼굴로 아기를 잠시 살펴봤다. 그러고는 분명한 목소리로 말했다.

"아기는 행복하게 살 운명입니다……."

"음? 우리 아기가 말이야?"

임씨는 환한 미소를 지으며 되물었다.

"예, 이 아기는 행복한 운명을 가지고 태어났어요!"

"호, 그래? 그럼 우리는?"

"아저씨, 아주머니도 마찬가지예요."

"정말이지?"

"예……."

"정말 고마운 얘기군. 신통한 건영이가 얘기했으니 틀림없을 거야. 안 그래, 여보?"

"그럼요, 지난번 당신이 무사하다는 것도 예언해 주었었잖아요……."

임씨 부인은 임씨가 행방불명되었을 당시 건영이가 예언했던 일을 상기시켰다.

"하하하, 맞아. 자, 술이나 한잔 들자고……. 여보, 맛있는 것 좀 없어?"

임씨는 신이 나서 술을 한잔 들이켰다.

"……."

건영이는 말없이 조용히 마셨다. 임씨가 다시 큰 소리로 말했다.

"건영이! 내가 말이야…… 그림 하나 그려줄게!"

"예?"

"우리 관상을 봐줬으니 복채를 내야 되잖아. 그리고 지금은 건영이가 촌장이니까 초상화를 당연히 그려놔야지, 안 그래? 말하자면 건영이는 정마을의 제2대 촌장이군, 하하하……."

임씨의 말은 의미가 깊은 것 같았다. 임씨가 굳이 건영이의 초상화를 그리겠다는 데는 원래 임씨가 그림 그리는 것을 좋아하는 때문도 있지만 한편으로는 정마을의 촌장의 초상화는 꼭 있어야 한다는 생각 때문이었다. 하지만 건영이는 말없이 미소를 지을 뿐이었다. 술은 또 한 순배 돌아갔다. 이때 임씨 부인이 음식을 들고 부엌에서 나오자 건영이가 심각하게 말을 꺼냈다.

"아저씨, 할 얘기가 있어요……."

"음, 무슨 얘긴데……."

임씨와 임씨 부인은 건영이가 머뭇거리며 말하자 금세 걱정스런 표정이 되었다.

"아저씨는 이곳에서 얼마나 사셨어요?"

"글쎄, 15년 정도 됐을까? 그건 왜?"

"예, 별일 아니에요……. 오래 사셨군요."

"길다면 길지. 하지만 평생 이곳에서 살 텐데, 뭐……."

임씨는 지나온 세월보다 행복한 앞날의 생애를 꿈꾸듯 밝게 말했다. 그러자 건영이는 허탈한 미소를 지으며 고개를 저었다. 그러고는 천천히 서두를 꺼냈다.

"아저씨, 평생 이곳에서 살 필요가 있겠어요? 다른 곳도 괜찮을 텐데요."

"음? 무슨 말이야?"

"저, 아저씨…… 다른 곳을 알아보세요."

"뭐? 나보고 정마을을 떠나란 얘기야?"

임씨는 놀란 눈을 크게 뜨며 목소리를 높였다. 건영이가 천천히 고개를 저으며 말했다.

"아니에요, 정마을이 없어진다는 얘기에요……."

"그게 무슨 소리야? 정마을이 없어지다니?"

"아저씨, 앞으로 정마을 일대는 물에 잠기게 되어 있어요. 그러니……."

"……."

"미리 이주할 곳을 마련해야 하지 않겠어요?"

"물론 홍수가 난다면 마땅히 그래야겠지!"

"홍수가 아니에요, 마을이 영원히 물에 잠긴다는 뜻이에요."

"그래? 그렇다면 정말 큰일인데!"

"아저씨, 급할 것은 없지만 틈틈이 다른 곳을 알아보세요. 수난(水難)이 아니더라도 이 마을은 앞으로 소란스러워질 거예요……."

"소란? 그건 또 무슨 얘기야?"

"얘기하자면 길어요. 아무튼 이 마을에서 영원히 살 수 없다는 것을 알아두세요……."

"……."

임씨는 어두운 얼굴로 천천히 고개를 끄덕였다. 그러자 건영이가 기운을 북돋우려는 듯이 말했다.

"아저씨, 어차피 아기를 위해서도 넓은 세상으로 나가야 돼요. 조용한 마을은 이곳 말고도 많이 있을 거예요……."

"그래, 할 수 없는 일이지……. 아무튼 그 시기나 알려줘."

"저절로 알게 될 거예요. 평소에 각오나 해 두세요……."

"음, 그 일은 잊어버리자고. 자, 행복한 일생을 위해서……."

임씨는 본래의 쾌활한 모습으로 술잔을 높이 들었다. 임씨로서는 집안 식구 모두가 행복하다는 건영이의 말에 적이 만족할 뿐이었다.

하루가 또 지났다. 건영이는 아침 일찍부터 남씨를 찾아갔다. 남씨는 방 안에서 글씨를 쓰고 있다가 건영이를 맞이했다.

"음? 건영이……! 어서 들어오게!"

"……."

건영이는 말없이 방으로 들어섰다. 그러자 남씨는 쓰고 있던 붓글씨를 급히 치웠다. 아직 남에게 보이고 싶지 않은 것이리라. 두 사람은 문을 활짝 열어놓고 방 한가운데 앉았다. 먼저 말을 꺼낸 사람은 남씨였다.

"무슨 중요한 일이 있어서 나를 찾아온 거지?"

"예……."

"어려운 일인가?"

"아니에요, 일상적인 얘기예요……."

"……."

"아저씨, 상계의 일은 어떤가요?"

건영이의 질문은 남씨가 천부의 명령에 따라 쓰고 있는《황정경》에 관한 것이었다. 남씨는 맥없이 고개를 저었다. 건영이가 다시 물었다.

"앞으로 어려움이 많겠지요?"

"음, 그럴 거야."

"아저씨, 정마을이 지금처럼 유지될 수 있을까요?"

"음? 그게 무슨 말이야?"

남씨는 무척 의아스럽다는 표정을 지었다. 건영이는 잠시 생각하는 듯하다가 말을 이었다.

"아저씨, 정마을은 너무나 번거로워졌어요……. 그동안 상계에서 수많은 선인들이 내려왔었지요. 이는 자연스럽지 않은 일이에요. 상계와 하계는 엄연히 구별되어 있는 법, 하늘은 그냥 두고만 보지 않을 거예요……."

"뭐? 그냥 두고만 보지 않다니?"

"예, 이곳에서는 많은 천기(天機)가 누설되고 있어요. 하늘은 이곳이 없어지기를 바랄 거예요……."

"그래? 그럼 하늘이 이곳을 파괴한다는 뜻인가?"

"꼭 그런 것만은 아니에요. 다만 이곳에 너무 많은 사연들이 모여 있어서 반드시 흩어짐이 있을 겁니다……."

"음, 무슨 뜻인지 잘 모르겠는데?"

"정마을은 복이 많은 곳이에요, 지나칠 정도이지요. 이런 곳에 인간이 오래 머무르는 것은 오히려 위험해요."

"음? 복 많은 땅에 사람이 머무는 것이 왜 위험하지?"

"사람과 어울리지 않기 때문이에요. 복을 견디지 못하는 사람은 복 많은 땅에 있음으로 해서 오히려 화를 불러일으키게 되지요. 이것이 자연의 이치입니다…….”

“오, 그런가……? 그렇다면 복이 많은 사람일수록 더욱 겸손해야 된다는 뜻이군!”

“그렇습니다.”

“그럼 어떡한다……?”

“아저씨는 앞으로 어떡하실 건가요?”

“나? 글쎄……. 나는 어떻게 되지?”

남씨는 천진한 표정을 지으며 되물었다. 건영이는 먼 하늘을 언뜻 보고 대답했다.

“아저씨, 상계로 갈 건가요?”

“아니, 나는 이 세상이 좋아…….”

“그런가요? 하지만 하늘은 아저씨를 다시 상계로 데려가고 싶어 할 겁니다…….”

“그건 안 될 일이야! 나는 이 세상에 내려온 한을 꼭 풀어야 해!”

“한이라니 무슨 말씀입니까?”

“전생에서 못 다한 행복을 누려야겠지! 그리고 이 세상이 행복하다는 것을 충분히 느끼고 싶어…….”

“아, 예……. 그럼 아저씨가 뜻하는 대로 해 보세요.”

“내가 앞으로 어떡하면 좋겠는가?”

“각자의 운명대로 살아야지요. 숙영이 어머니와 어디론가 멀리 떠나서 행복하게 살도록 하세요…….”

“왜, 이곳에서 살면 안 되나?”

“절대 안 됩니다. 하늘이 아저씨를 그냥 내버려두지 않을 겁니다……. 인간 세계로 도망가세요…….”

"인간 세계? 그건 싫은데……."

"그럼 하늘은요?"

"그건 더욱 싫고……."

"하하, 그래요? 그럼 아저씨 가고 싶은 곳, 아무 데나 가세요. 정마을만 제외하고……."

"꼭 그래야 될까?"

"예, 그리고 정마을은 어차피 물에 잠기게 되어 있어 언젠가 다들 떠나야 되요……."

"음, 그래? 그럼 어디로 간다……? 한번 잘 생각해 봐야겠군. 그런데 건영이……!"

"……."

"점을 쳐주게."

"예? 어떤 점이요?"

"숙영이 어머니 말이야. 정말 젊음을 회복할 수 있겠나?"

"그건 하늘이 하는 일 아닙니까?"

"그렇지! 그렇더라도 결과를 미리 알고 싶어……."

"아저씨의 글씨에 대해서는요?"

"그건 알고 싶지도 않아. 나는 숙영이 어머니의 성취를 보고 싶을 뿐이야……."

"예, 알겠어요. 지금 점을 치지요."

건영이는 눈을 감았다. 순간 방 안에는 한없는 고요가 서렸다. 남씨는 숨을 멈추고 마음을 경건하게 가졌다. 건영이는 시간과 공간을 떠나 우주의 근원과 마음을 합일시켰다. 그리고 순수한 의문을 통해 하나의 괘상을 잡아냈다. 그것은 이위화(離爲火:☲☲)로써 아름다움이 중첩되어 있는 괘상이었다.

건영이가 밝은 표정으로 말했다.

"아저씨, 꽃이 피고 있습니다. 숙영이 어머니는 반드시 성취합니다."

"오, 대단한 일이군. 정말 잘된 일이야!"

남씨는 한없이 기쁜 표정을 지었다. 건영이는 남씨가 이렇게 기뻐하는 모습을 처음 보았다.

남씨가 활기 찬 얼굴로 다시 말했다.

"건영이, 고맙네. 나는 앞으로 내게 맡겨진 임무에 더욱 열심히 노력하겠네……."

"예, 부디 성취하십시오. 저는 아저씨가 반드시 우주 최고의 글씨를 완성할 것이라고 믿습니다."

"……."

남씨는 눈을 지그시 감고 고개를 몇 번 끄덕였다. 그러고는 눈을 뜨고 다정하게 말했다.

"건영이, 우리 강변에 한번 나가 볼까? 서울 손님도 와 있는데……."

현재 서울에서 내려온 조합장 일행은 건영이의 제지로 마을에 들어오지 못한 채 강변에 머물러 있었다. 하지만 조합장은 마을의 사정을 충분히 이해하고 강가에서 즐겁게 지내고 있었다. 건영이가 말했다.

"저는 나중에 나가 볼 거예요. 아저씨 먼저 나가 보시지요."

"음, 그래……."

"……."

건영이는 가볍게 고개를 숙여 보인 후 남씨의 집을 나섰다. 남씨는 건영이가 내려가는 뒷모습을 한동안 바라보았다.

우주의 혼란을 조장하는 건영이

며칠 동안 마을을 두루 돌아다니며 마을 사람들의 앞날을 예언해 줬던 건영이는 한동안 방 안에 틀어박혀 명상에 전념했다. 그러던 어느 날 새벽 홀연히 일어나 밖으로 나갔다.

건영이는 사라져 가는 하늘의 별들을 바라보며 풍곡림을 향해 천천히 걸어갔다. 모두 잠든 이른 새벽이라 주변은 인적 하나 없이 고요하기만 했다.

잠시 후 건영이는 맑은 새벽 공기를 흠뻑 마시며 풍곡림에 도착했다.

"……."

풍곡림은 평상시와 마찬가지로 그윽함으로 가득했다. 다만 이 순간에는 건영이를 이곳으로 불러낸 위대한 존재가 있을 뿐이었다. 건영이는 그 존재를 가까이 느끼며 천천히 앞을 향해 걸어갔다. 그러자 어둠 속에서 고요한 소리가 전달되어 왔다. 이는 바람을 뚫고 건영이에게만 은밀히 전달되는 목소리였다.

"정우, 내가 왔다네. 나를 알아보겠는가?"

목소리에는 위엄과 인자함, 그리고 신비한 여운이 실려 있었다. 건영이는 즉시 대답했다. 하지만 건영이의 목소리는 혼자 중얼거리듯 조그맣게 흘러나올 뿐이었다. 건영이로서는 먼 곳에 있는 사람에게 목소리를 밀봉시켜 보내는 방법을 아직 모르기 때문이었다.

하지만 상관없으리라! 상대방은 건영이가 보내는 정신의 파장이든 입으로 내는 자그마한 소리든 간에 하나도 놓치지 않고 감지할 수 있을 것이다. 건영이는 상대방이 느껴지는 방향을 향해 정중히 무릎을 꿇었다.

"어른께 인사를 드리겠습니다……. 평안하셨는지요?"

"음, 자네는 생활이 원만한가?"

"예, 최선을 다할 뿐입니다……."

"여전하군. 그런데 이곳은 조용한가?"

신중을 기하는 상대방은 근처에 다른 사람이 나타날까 우려했다. 물론 풍곡림은 한적할 뿐만 아니라 마을 사람들이 나타날 리도 없는 곳이다. 그렇지만 상대방의 고귀한 신분을 생각한다면 더욱 조용한 곳이 좋으리라!

"이곳은 조용합니다. 하지만 저 위쪽이 좀 더 나을 것 같습니다만……."

건영이는 대답을 하면서 절벽 위를 바라보았다. 그러자 건영이의 몸은 자신도 모르게 공중으로 날아올랐다. 하지만 건영이는 전혀 놀라지 않았다. 상대방은 먼 곳에서도 물체를 이동시킬 수 있는 능력을 가진 것이다. 잠시 후 건영이의 몸은 절벽 위에 사뿐히 내려졌다.

"……."

절벽 위로는 드넓은 하늘이 전개되어 있었다. 하늘은 아직 컴컴했으나 시원한 느낌을 주었다. 건영이는 잠시 주위를 둘러보다가 숲을 향해 걸어갔다. 그 순간 건영이의 바로 앞에 상서로운 광채가 서리더니 한 물체가 나타났다.

건영이는 다시 한 번 무릎을 꿇었다.

"……."

평허선공은 건영이를 인자한 눈으로 바라보고는 조용히 말했다.

"일어나게, 우리 저쪽으로 갈까?"

평허선공이 가리킨 곳은 널찍한 바위가 있는 곳으로, 건영이는 감사를 표한 뒤 함께 그쪽으로 걸어갔다.

"……."

두 위인은 숲을 등지고 잠시 바람을 쏘였다.

"속세의 경치가 무척 아름답군……."

평허선공이 먼저 말을 꺼냈다. 건영이가 대답했다.

"예, 이곳은 좋은 곳입니다. 하지만 저는 가끔 옥성이 그립습니다……."

"옥성? 허허, 그곳이 생각나는가?"

옥성은 우주 끝보다 더 먼 곳에 있는 다른 자연계이다. 그곳은 전생의 건영이의 고향일 뿐 아니라 평허선공의 고향이기도 하다. 평허선공은 건영이가 옥성에 대해 얘기하자 마음이 한결 부드러워지는 것 같았다.

건영이가 말했다.

"옥성은 장엄하고 아름다운 곳이지요. 그에 비해 이곳은 소박한 곳입니다……."

"그렇군. 그래도 자네가 있으니 위대한 곳이야……."

"과찬이십니다. 그런데 어른을 이곳까지 오시라고 해서 죄송스럽습니다……."

"괜찮네, 자네가 복잡한 천계에 올라오는 것보다는 나을 테지……."

"……."

건영이는 살며시 미소를 지었다. 평허선공의 지적은 옳은 것이다. 만일 건영이가 직접 천계로 가기로 했다면 그 절차가 얼마나 복잡했을까……? 누군가 건영이를 지상에서 천계로 데려가야 했을 것이고, 천부의 허가를 받아야 하고, 평허선공과 만날 장소를 미리 정해야 하는 등 번거로울 뿐만 아니라 시간도 많이 걸렸을 것이다.

게다가 평허선공은 이런 형식적인 절차를 아주 싫어했다. 그리고 이번 건영이와의 만남은 사실 평허선공의 개인적인 관심사 때문이었다. 단지 겉으로 볼 때 건영이가 먼저 평허선공과의 만남을 요청했을 뿐이다. 건영이가 말했다.

"어른께서 너그럽게 양해를 해 주시니 감사합니다. 제가 긴히 말씀드릴 일이 있어 이렇게 모셨습니다만……."

"허허, 나도 한 가지 물어볼 일이 있다네……. 자네가 먼저 얘기하겠나?"

"예, 결국 같은 내용일 것입니다. 제가 먼저 질문을 하겠습니다."

"……."

평허선공은 인자한 미소를 지으며 고개를 끄덕였다. 건영이의 질문이 시작되었다.

"평허선공께서는 한때 소지선을 찾으셨더군요?"

"그랬었지, 지금도 마찬가지이지만……."

"왜 찾으려고 하십니까!"

"그를 용서하려고……."

"용서라니요? 소지선이 평허선공께 무슨 잘못이라도 저질렀습니까?"

"내게 지은 죄가 아닐세. 소지선은 연진인의 벌을 받고 있는 중이지."

"그런데 평허선공께서 대신 사면하려고 하시는 겁니까?"

"그런 셈이지."

"이유가 뭐지요?"

"음? 글쎄…… 설명하기가 어렵군."

"정확히 얘기해 주십시오."

건영이가 다그치듯 말했다. 평허선공은 잠깐 생각에 잠기더니 천천히 서두를 꺼냈다.

"나는 말일세, 난진인으로부터 영패를 받았네."

"……."

"어른께서는 아무 말씀도 안 하셨지……. 나는 한동안 어른의 숨은 뜻을 연구하였네. 그 결과 영패의 권리로 소지선을 사면해 주려고 한 것이지……."

평허선공은 여기까지 말하고 건영이의 대답을 기다렸다. 그러자 건영이가 냉정하게 물어왔다.

"그것이 난진인의 뜻이라고 보십니까?"

"나는 그렇게 판단했네……."

"틀렸습니다, 영패는 그런 일에 쓰라고 내려주신 것이 아닙니다."

"허허, 나도 요즘 들어 회의가 많다네. 실은 그 일에 대해 자네에게 묻고 싶었지……."

"좋습니다, 제 의견을 말씀 드리지요."

"……."

"그것은 오늘날 혼란한 우주의 사태와 관련이 있습니다. 난진인께서는 혼란한 우주의 현상을 수습하는 데 기여하라고 평허선공께 영패를 내리셨을 겁니다……."

"음, 그래……? 자네 말이 맞는 것 같군. 그런데 나는 그 방법을 모르겠네. 내게 가르침을 주게나."

"가르침이라니요, 당치 않은 말씀이십니다. 다만 저는……."

"……."

"평허선공님과 함께 큰일을 하고 싶습니다……."

"큰일이라면?"

"혼란한 우주를 구원하는 일입니다. 그리고 우주의 큰 어른들을 구하는 일입니다……."

"어른들을 구하다니?"

"예, 제 생각입니다만 지금 연진인·난진인 두 분 어른은 매우 위태로운 상황에 있습니다."

"아니! 어른께서 위태롭다니?"

평허선공은 건영이의 말을 듣고 적이 놀랐다. 세상에, 연진인·난진인같이 위대한 분들한테 위태로운 일이 무엇이 있을까? 건영이가 다시 말했다.

"분명 목숨이 위태로울 것입니다……."

"허, 모를 일이군. 자세히 좀 얘기해 주게……."

"얘기해 드리지요. 그러나 그 전에 확인해 둘 일이 있습니다. 평허선공께서는 저를 신뢰할 수 있나요?"

"음, 신뢰할 수 있네."

"얼마나요?"

"허허……. 좋아, 자네의 모든 말을 믿겠네."

"제가 무슨 의견을 내든 말입니까?"

"음."

"저를 잘 아시나요?"

"옛날부터 잘 알지 않았나! 그러나 지금 이 자리에 와서 더욱 신뢰감이 들었네!"

"고맙습니다. 그렇다면 기탄없이 말씀 드리겠습니다……."

"그렇게 하게."

"……."

건영이는 언뜻 하늘을 보고 말했다.

"먼저 오늘날 벌어지고 있는 혼란한 상황의 원인을 말씀 드리지요."

"……."

"……우주는 수억조 년 동안 질서를 유지해 왔습니다. 이것은 때로 흔들리게 마련입니다. 우주는 당초 혼돈으로부터 나왔기 때문에……."

"……."

"질서란 영원하지 않습니다. 다시 말해 자연의 법칙은 영구적으로 볼 때 안정되어 있지 않다는 뜻입니다. 이는 바로 태극의 이치입니다……."

"……."

"그 결과 오늘날의 우주는 법칙 자체가 흔들리고 있는 상황에 처한 것입니다. 그런데……."

"……."

"평허선공께 묻겠습니다……. 자연계에서 가장 질서가 있는 존재가 무엇이겠습니까?"

"음? 글쎄, 자연은 모두 질서가 있지 않나?"
"그렇지요, 하지만 질서가 모여서 존재를 이룹니다. 그것이 무엇이겠습니까?"
"오, 바로 사람이군! 사람은 자연의 법칙을 공부하고 영혼을 조직화해서 발전하는 것이지. 안 그런가?"
"맞습니다, 사람이 바로 질서 덩어리입니다. 그 중에서도 질서가 더욱 높은 존재는 태상노군·연진인·난진인, 그리고 평허선공과 염라대왕 같은 분들이 아닙니까?"
"그런 셈이군……."
평허선공은 잠깐 생각에 잠기며 대답했다. 건영이의 말이 이어졌다.
"그뿐이 아닙니다. 오늘날 존재하는 수많은 인격자들이 모두 질서입니다……."
"……."
"이것은 곧 혼란의 반대입니다. 자연의 법칙이란 어떤 사물이 한 곳에 집결하면 그 반대의 성질을 가진 다른 사물이 존재하려는 의지를 갖는 것입니다……."
"의지? 곧 성질을 말하는 것인가?"
"그렇습니다. 오늘날 우주는 질서로 가득 차 있습니다. 그로 인해 혼란이 축적되어 있습니다……."
"호, 그렇군……. 깨끗함이 있으면 더러움이 있으렷다?"
"그렇습니다. 그래서 연진인·난진인 등 어른들의 존립이 위태롭습니다……."
"아니, 무슨 말인가? 나는 잘 모르겠는데……."
평허선공은 고개를 갸우뚱하면서 자세한 대답을 기다렸다. 그러나 건영이는 고개를 저을 뿐이었다. 그러고는 힘없이 말했다.
"죄송합니다, 제가 그것까지 말할 수는 없습니다……."
"……."
"아직 말해서는 안 되기 때문입니다. 다만 지금의 혼란한 우주를 구원할 방법은 있습니다……."
"음? 그게 뭔가?"
"예, 지금부터 의논드리려는 것이 그것입니다. 천기라서 함부로 말하기가 두렵습니다……."
"그러면 어떡하면 좋겠나?"
"우선 다른 얘기부터 하시지요."
"음…… 자네 뜻대로 하게."
"먼저 소지선의 문제부터 거론하겠습니다. 지금 소지선은 공교롭게도 저로 인해 벌을 받고 있습니다만 그 발단은 평허선공께 있습니다……."
건영이는 감정 없이 차근차근 설명해 나갔다. 당초 소지선은 그의 휘하에 있는 성유선이 천명을 거스르면서까지 건영이의 혼령을 탈취하려는 데서 그 죄가 시작되었었다. 그러나 성유선이 선부의 상관인 소지선을 무시한 채 그런 행동을 한 데에는 다 그만한 이유가 있었다. 그것은 바로 거역할 수 없는 평허선공의 명령 때문이었다. 따라서 성유선의 죄는 이미 평허선공에 의해 사면되었다.
그 후 평허선공이 소지선을 사면할 생각이었는데 건영이의 방해로 지금은 사면하기는커녕 소지선의 행방조차 모르게 된 것이다. 게다가 건영이는 이 순간에도 소지선의 사면을 반대하고 나서는 것이다.
"……평허선공께서는 그런 이유도 있고 해서 필히 소지선을 사면하려는 것이겠지만 그럴 필요가 전혀 없습니다."

"……."

"외람된 말씀입니다만 모든 일에 완벽을 기하고자 하는 것은 사람의 오만이고 욕심입니다. 때로는 실수를 인정하시는 것도 좋습니다……."

"……."

"또한 사람은 억울한 일도 당해 봐야 합니다. 아무튼 평허선공께서 소지선을 사면하는 일은 별 의미도 없을뿐더러 오히려 소지선을 해롭게 하는 것입니다……."

"……."

"평허선공께서는 소지선을 찾으러 다니시다가 결국 이곳까지 오시게 되었으니, 이 순간부터는 소지선에 관한 일을 모두 잊어버리십시오."

"음, 그렇게 하겠네……. 일깨워 주어서 고맙네."

"아닙니다, 저도 평허선공님을 뵙게 되어 기쁩니다. 앞으로 소지선의 일 말고도 할 일이 너무 많지 않습니까?"

평허선공은 수긍이 가는 듯 천천히 고개를 끄덕였다. 건영이의 말이 이어졌다.

"소지선의 행방에 대해 말씀 드리겠습니다. 남선부의 활력을 되찾아 주기 위해서라도 이제는 소지선의 행방을 밝히는 게 좋겠지요. 현재 남선부에 소속된 선인들의 사기는 대선관인 소지선의 도피로 인해 크게 저하되어 있습니다. 그런 이유도 있고 해서 소지선의 도피 상태를 반드시 풀어줘야 합니다. 그러니 평허선공께서는 소지선을 내버려두십시오. 만나보시는 것은 좋습니다만……."

"음, 알겠네. 소지선의 마음을 편안케 해 주겠네……."

"고맙습니다. 그럼 소지선의 거처를 알려 드리지요. 소지선은 현재 ……."

"……."

"남선부에 있습니다."

"음? 남선부라니?"

"남선부의 금동 말입니다. 소지선이 처음 갇혀 벌을 받던 바로 그곳이지요."

"뭐라고? 그럼 도망을 안 갔단 말인가?"

"예. 연진인의 뜻대로 그곳에서 근신하고 있습니다……."

"저런, 자네가 그곳으로 보냈나?"

"그렇습니다. 소지선이 어른을 피해 숨을 곳이라고는 온 우주에서 그곳밖에 없었습니다……."

"허허, 감쪽같이 속았군. 역시 자네는 대단해. 그런 생각을 감히 누가 했겠나?"

평허선공은 놀라움과 감탄의 미소를 담아 건영이를 쳐다봤다. 건영이는 잠깐 미소를 짓고 다시 심각하게 말을 이었다.

"평허선공님, 이제 난진인의 뜻을 말씀 드리겠습니다. 간단히 말씀 드리면……."

"……."

"난진인께서는 영패를 중대한 곳에 쓰라고 평허선공께 주신 것입니다……."

"그래? 그게 무엇인가?"

"우주를 구하는 일입니다……."

"어떻게 말인가?"

“제가 좀 전에 말씀 드렸던 것처럼 오늘날 우주가 혼란한 이유는 우주가 수억조 년 동안 안정을 유지해 왔기 때문입니다. 안정은 혼란을 불러오지요. 반면에 혼란이라는 것은 장차 질서를 이끌어냅니다. 지금은 여유가 필요합니다. 우주의 긴장을 풀어주기 위해서라도 혼란은 일어나야 합니다. 그래서…….”

“…….”

“이제부터 우리가 해야 할 일은 일부러 혼란을 일으키는 것입니다…….”

“음? 일부러 혼란을 일으킨다고……?”

평허선공은 눈을 지그시 감았다 떴다. 건영이가 계속해서 말했다.

“혼란은 우주의 긴장을 풀어줍니다. 더 큰 혼란, 즉 우주의 멸망을 막기 위해서는 인위적인 작은 혼란이 반드시 필요합니다. 이른바 우주 대책입니다.”

“…….”

“……여기서 한 가지 묻겠습니다. 평허선공께서는 우주를 위해 희생할 용의가 있습니까?”

“물론…….”

“죄인이 되더라도 말입니까?”

“희생이 무슨 죄인가?”

“그런 생각을 하시면 안 됩니다. 사람은 누구나 떳떳한 희생을 할 수 있지만 남이 지탄하는 희생은 못 합니다…….”

“허허, 그런가?”

“평허선공님, 그래서 말씀 드립니다만 어른께서는 옥황계 전체에 혼란을 야기시켜야 합니다.”

"꼭 그렇게 해야만 하나?"

"그렇습니다. 자연에 있어서 혼란의 총 양(量)은 정해져 있습니다. 만일 평허선공께서 인위적인 혼란을 일으키면 그만큼 자연의 혼란은 사라집니다……."

"이열치열이란 말인가?"

"그렇습니다."

"음, 알겠네……. 내가 어떻게 하면 되겠나?"

"방법은 세 가지입니다……."

"……."

"첫째는 지옥에 있는 많은 악령들을 탈출시키십시오."

"음, 그러면 큰 혼란이 일어날 텐데……."

"바로 그것입니다. 악령들이 질서정연한 옥황계를 뒤흔들어 놓을 것입니다."

"좋아, 알겠네. 다음은……."

"선인들 간에 전쟁을 일으키십시오. 전쟁은 기존 질서를 파괴하는 것입니다……."

"그럼 세 번째는?"

"옥황상제를 공격하십시오!"

"뭐? 그 무슨 불충한 말인가? 그토록 귀하신 분을……."

"아닙니다, 꼭 그렇게 하셔야 합니다. 우주에서 가장 존귀하신 분이 공격당하게 되면 천하의 혼란은 극에 달할 것입니다……."

"그럼 온 세상을 파괴하란 말인가?"

"그렇습니다. 하지만 그런다고 해서 온 세상이 파괴되진 않습니다. 오히려 수습이 되겠지요."

"무슨 뜻인지 잘……."

평허선공은 고개를 저으며 망설였다. 그러자 건영이가 단호하게 말했다.

"결과를 생각하지 마십시오. 모든 일은 섭리대로 될 것입니다. 평허선공께서는 혼란으로 인한 우주의 멸망을 막기 위해 혼란을 더 일으키는 것뿐입니다……."

"……."

평허선공은 한동안 깊은 생각에 잠겼다. 건영이도 더 이상 채근하지 않고 평허선공의 결정을 조용히 기다렸다. 이윽고 평허선공이 결정을 내린 듯 시원스럽게 말했다.

"정우, 나는 방금 자네의 말이 맞다는 것을 깨달았네."

"……."

"나는 이 길로 상계로 돌아가서 자네가 얘기한 것을 당장 실행에 옮기겠네. 단지 떠나기 전에 자네한테 한 가지 물어볼 것이 있네……."

"말씀하십시오."

"난진인·연진인 말일세…… 그분들은 지금쯤 어디에 계실 것 같은가?"

"글쎄요……."

"소지선처럼 원래의 자리에 돌아가 계실까?"

"그건 절대 아닙니다."

"그럼 어딘가에서 혼란을 일으키고 계실까?"

"아닙니다."

"허허, 어렵군……. 그럼 조금 전 그 어른들의 목숨이 위태롭다고 한 말은 무슨 뜻인가?"

"아직은 밝힐 수 없습니다. 평허선공께서는 어서 돌아가셔서 일을 진행시키십시오."

"음, 알겠네. 그럼 나는 이만 가보겠네."

"예, 부디 안녕하시길 빌겠습니다. 언젠가 다시 한 번 뵙게 될 것 같습니다……."

"음, 자네도 열심히 하게……."

"……."

순간 건영이의 몸이 허공으로 떠올랐다. 잠시 후 건영이는 풍곡림 근처에 사뿐히 내려졌다. 그 사이 평허선공은 어디론가 자취를 감췄다. 건영이는 평허선공의 성공을 빌며 잠시 언덕 위를 바라봤다. 언덕 위에는 상서로움과 함께 아침이 밝아오고 있었다.

동화궁의 반역 음모

옥황부 중앙집정회의 의장인 상일선은 사저(私邸)에서 휴식을 취하던 중 뜻밖의 방문객을 맞이했다. 방문객은 놀랍게도 옥황부의 공식 역관(易官)인 곡정선(谷靜仙)이었다. 그는 특별한 일이 없는 한 자신의 거처인 석수산에 머무를 뿐 바깥출입을 거의 하지 않는 선인이었다.

상일선은 곡정선의 방문 소식을 받고는 그를 맞이하기 위해 허둥지둥 밖으로 뛰어나왔다. 아직까지 한 번도 자신을 찾아온 적이 없는 곡정선이었으므로 이번의 방문은 분명히 중대한 사연이 있으리라 짐작되었기 때문이다.

"아니! 어인 일이십니까? 이런 누추한 곳까지 방문해 주시다니!"

상일선은 반가운 표정을 지으며 인사말을 건넸다. 곡정선도 정중하게 안부를 물었다.

"그동안 평안하시었습니까? 혹시 제가 오랜만의 휴식을 방해하지는 않았는지요?"

"그 무슨 섭섭한 말씀이십니까? 평소 모시고 싶어도 기회가 없어

번번이 그 뜻을 이루지 못하고 있다가 오늘 이렇게 왕림해 주시니 대단히 기쁠 뿐입니다. 자, 안으로 드시지요."

상일선은 곡정선을 청실로 안내했다. 상일선의 저택은 곡정선의 거처인 석수산보다 훨씬 크고 장엄했다. 석수산은 천계에서 성스러운 산이라고 이름이 나 있지만 사실은 자그마한 돌무더기에 지나지 않는다. 옥황부 내에 있는 건물은 대개 석수산보다 크기 때문에 그 산의 위용은 초라하게만 보인다.

"저택이 상당히 넓군요!"

곡정선은 곳곳을 둘러보며 감탄하듯 말했다. 상일선이 겸손하게 대답했다.

"크기만 클 뿐 석수산처럼 상서로운 기운은 없지요."

"……."

곡정선은 고개를 끄덕이며 청실 안으로 들어섰다.

"자, 이쪽으로 앉으시지요. 곡차라도 한잔하시겠습니까?"

"이렇게 개인적으로 찾아뵙는 것도 이번이 처음이니 분위기를 돋우기 위해 한잔 나누는 것도 괜찮겠지요."

곡정선의 대답은 실로 뜻밖이었다. 그의 방문만으로도 매우 놀라운 일인데 상일선이 권하는 술마저 마다하지 않는 것은 정말 알 수 없는 일이었다.

"좋습니다. 그럼 곧 마련토록 하겠습니다."

현재 우주 전체에 예측 불가능한 사태가 계속 일어나므로 좀처럼 한가하게 시간을 보낼 기회가 없었던 상일선은 예상치 못했던 곡정선의 방문으로 술자리가 마련되자 매우 기뻐하였다. 잠시 후 두 선인은 술상 앞에 마주 앉았다.

"제가 먼저 올리겠습니다."

상일선은 두 손으로 술병을 잡고 공손하게 곡정선의 잔에 술을 따랐다.

"……."

두 선인은 서로의 술잔을 채워주고는 함께 마셨다.

"어떻습니까? 옥황부 최고의 술인데……."

상일선이 은근히 옥황부 최고의 술이라 추켜세우자 곡정선은 매우 흡족한 표정을 지었다. 두 선인이 한가하게 얘기를 나누는 사이 몇 순배의 술이 돌아갔다. 잠시 후 분위기가 한창 무르익자 곡정선이 정색을 하며 말했다.

"사실은 용무가 있어서 찾아왔습니다만……."

"아, 예, 저도 짐작은 하고 있었습니다……. 주저하지 마시고 말씀하십시오."

상일선은 기다리고 있었다는 듯이 느긋한 미소를 지으며 대답했다. 우주 전체가 처참한 위기에 빠진 이때에 곡정선이 아무런 용건도 없이 한가하게 술이나 마시러 자신을 방문했을 리는 없다고 생각되었기 때문이다. 그리고 곡정선이 일부러 이곳까지 찾아온 것으로 보아 그의 용건은 매우 중요한 내용이리라.

곡정선이 정색을 하며 말을 꺼냈다.

"최근에 심상치 않은 일이 발생했습니다……."

"……."

"바로 석수산에 불길한 징조가 나타난 것입니다."

"예?"

상일선은 이해할 수 없다는 듯이 의아한 표정을 지었다. 곡정선은 상일선의 모습을 잠시 주시하다가 다시 말을 이었다.

"석수산이 지진을 일으키듯 한동안 흔들렸습니다. 이는 크게 상서롭지 못한 징조이지요……."

"아니, 석수산이 흔들리다니요? 산이 어떻게 흔들린답니까?"

"제가 동굴 속에 앉아 있을 때 땅의 근원으로부터 진동이 왔습니다……."

"그게 무슨 뜻인지요? 옥황부의 지각(地殼)이 흔들렸다니 좀 더 자세하게 설명해 주십시오."

"아니, 제 말은 옥황부의 지각이 흔들렸다는 게 아니라 바로 석수산의 진동을 말합니다. 석수산은……."

"……."

"옥황부 특구 안에서도 가장 상서로운 곳이 아닙니까? 그런데 바로 이곳이 흔들렸다는 것은 매우 심상치 않은 징조로 해석할 수 있습니다……."

"곡정선의 말씀대로라면 과연 무슨 징조인가요?"

"진위뢰(震爲雷:䷲)의 괘상에 속합니다. 이는 바로 옥황부의 커다란 혼란을 뜻하지요……."

"……."

"발단은 옥황부에서부터 시작되지만 곧 온 천하가 이 혼란에 휩싸이겠지요……."

"……."

"그리고 옥황상제의 신변에도 틀림없이 번거로운 일이 발생할 것입니다."

"예?"

상일선은 우주의 지존한 분이신 옥황상제조차도 이 혼란에 연루된다는 곡정선의 예측에 크게 놀라며 공포스런 분위기에 휩싸였다. 그러나 곡정선은 상일선의 표정을 애써 외면한 채 담담하게 말했다.

"이 자리에서 상세히 밝히기는 매우 송구한 일입니다. 다만 옥황상제께 불미스런 일이 발생하지 않도록 최대한 방비를 취해 두어야 하겠지요……."

"어떻게 조치를 취해야 할지 고견을 들려주십시오. 저는 너무 뜻밖의 일이라 대책이 전혀 떠오르지 않는군요."

"글쎄요, 우선 경호를 강화해야겠지요. 현재 비상경호령이 내려져 있는 상태가 아닌가요?"

"그렇습니다, 4급 비상경호 상태이지요……."

"4급이라면 평상시와 뚜렷하게 달라지는 게 없으므로 비상 경호 상태라고 할 수가 없잖습니까? 지금 당장 3급 비상경호령으로 대처하는 게 좋겠습니다."

"아니, 그 정도로 위급합니까?"

상일선은 몹시 곤란한 표정을 지었다. 3급 비상경호령이 내려지면 옥황부 특구는 경호군이 엄중한 경계를 펼칠 것이다. 그리고 옥황부 외곽에도 입명총의 군대가 포진하여 삼엄한 경계 태세를 갖출 것이다. 이런 상황 아래에서는 당연히 옥황부의 관리라 해도 그 출입이 자유롭지 않을 것이다. 이렇게 옥황부의 공식 업무조차 곤란해진다면 이는 옥황부 자체의 폐쇄를 뜻한다.

또한 이 같은 갑작스런 조치는 옥황부 산하 다른 선부의 동요를 초래할 수가 있어 혼란은 더욱 가중될 것이다. 더군다나 3급 비상경호령으로 대처하기 위해서는 적당한 명분을 내세워야 하는데 옥황상제의 신변이 위태롭다고 하기에는 왠지 난감한 일이 아닐 수 없다.

우주에서 가장 지존한 분이신 옥황상제가 과연 무엇으로부터 위협을 받는단 말인가? 그런 생각 자체만으로도 매우 송구한 일이 아닐 수 없다. 곡정선이 망설이고 있는 상일선을 바라보며 단호하게 대답했다.

"위급한 정도가 아닙니다. 필시 옥황상제를 향한 불순한 행동이 발생할 것입니다……."

"대체 누가 그런 엄청난 짓을 저지른다는 말입니까?"

"현재로서는 그것을 알아낼 수가 없습니다. 단지 징조가 그렇게 나타났을 뿐입니다."

"징조라? 그것만으로 3급 비상경호령을 내리기는 좀……."

"아니, 무슨 말씀입니까? 만약 이렇게 머뭇거리다가 때를 놓쳐 지존하신 옥황상제의 옥체에 어떤 불미스런 일이라도 일어난다면……. 그러나 제 예측과는 달리 상일선의 생각이 정히 그러시다면 더 이상 할 말이 없군요."

곡정선은 몹시 불쾌하다는 듯 자리를 박차고 일어나려 했다. 그러자 상일선이 급히 만류했다.

"아, 죄송합니다……. 실은 3급 비상경호령을 내리기 위한 명분을 생각해 봤을 뿐입니다. 그러니……."

"……."

"진정하시고 가르침을 주십시오."

상일선은 곡정선을 간곡히 바라봤다.

"길은 하나뿐입니다. 3급 비상경호령을 내리고 옥황상제께서 주관하시는 모든 행사를 전면 유보해야 할 것입니다……."

"아, 예…… 정녕 그 길밖에 없습니까?"

상일선은 이제 서서히 체념하고 있었다. 곡정선은 차근차근 앞으로 시급히 처리해야 할 일을 설명하기 시작했다.

"이미 온 천하가 혼란에 빠져 있습니다. 지금이라도 각 선부에 정돈(整頓)령을 내리고 염라부에도 전갈을 내려 보내야 할 것입니다……."

정돈령이란 각 선부의 태세를 점검하는 것으로, 지휘·동원 등의 사태에 대비한다는 뜻이 있다. 상일선은 잠시 생각에 잠겼다가 진지하게 말했다.

"이번 사건에도 분명 동화궁이 개입되어 있겠군요. 그런데 염라부에 무슨 전갈을 내려 보낸다는 말씀이십니까?"

"염라부에 갇혀 있는 죄수들이 탈옥할 가능성도 있으므로 지옥 단속을 강화하라는 뜻입니다."

"예? 탈출이라니 과연 그런 일이 있을 수 있을까요?"

상일선은 전혀 실현 불가능한 일이라는 듯 고개를 흔들었다. 염라부가 어떤 곳인가! 그곳에 갇혀 있는 죄수는 비상시든 평상시든 엄중한 감시를 받고 있다. 험난하고 삼엄한 지옥은 그 자체로도 쉽게 벗어날 수 없으며 그 외곽도 염라군이 몇 겹으로 에워싸 물샐틈없이 지키고 있다. 게다가 죄수들은 끊임없이 고통을 받고 있는데 어느 순간에 탈출을 꿈꾸겠는가!

곡정선은 자신의 의견에 의구심만 나타낼 뿐 확실하게 동조를 하지 않는 상일선에게 다시 한 번 쐐기를 박듯 단호하게 말했다.

"오늘날 천하는 예상치 못했던 일들이 많이 일어나고 있습니다. 그러니 위험한 사태는 미리 방비하는 것이 좋겠지요."

"예, 그럼 곡정선의 말씀대로 조치하겠습니다. 자, 복잡한 일은 일단 접어두고 지금은 술이나 즐기는 게 어떻겠습니까?"

상일선은 미소를 지으며 말했다.

"……."

곡정선은 말없이 술잔을 들어올렸다. 전 우주의 시간은 소리 없이 흐르고 있었다.

평허선공은 속세인 풍곡림에서 건영이를 만난 후 곧장 동화궁을 향해 신족을 운행했다. 정마을의 건영이는 평허선공에게 엄청난 제의를 했지만 평허선공은 기꺼이 실행에 옮기기로 생각을 굳혔다.

사실 건영이의 제안은 평허선공처럼 최상의 공력을 지닌 도인이 아니고서는 실행할 수 없는 것이다. 물론 건영이도 우주를 구원하고자 하는 마음을 어느 누구에게도 알릴 수는 없었다. 묵정선이 방문했을 때도 건영이는 이를 숨길 수밖에 없었다.

옥황상제를 공격하고, 지옥에 갇혀 있는 악귀들을 탈출시키며, 각 선부간의 전쟁을 일으키는 일은 쉽사리 이해할 수도 용납할 수도 없는 행위이다. 어쨌건 건영이는 그것을 제안했고 평허선공은 그것을 수용했다.

마침내 평허선공이 동화궁에 도착하였다. 동화궁의 선인들은 평허선공으로부터 이미 옥황부에서 내려진 소환령에 대해 거부하라는 지시를 받았기 때문에 사기(士氣)가 충천해 있었다. 평허선공이 동화궁을 방문한 이유는, 바로 건영이가 제시한 선부간의 전쟁을 도모하기 위해서는 동화궁의 힘이 절대적으로 필요했기 때문이다.

"그동안 평안하시었는지요? 어른을 뵈옵니다."

동화궁의 선인들은 평허선공을 정중하게 맞이하였다. 그들의 얼굴에는 정중함과 존경과 정성, 그리고 애원의 표정이 담겨 있었다. 애원이란 동화궁주가 소환령을 받는 등 옥황부에서 내려지는 실질적인 제재와 질서로부터 평허선공이 보호해 주기를 바란다는 뜻이었다.

현재 동화궁에서는 평허선공에 대한 기대가 최고조에 이르고 있었다. 평허선공도 그들의 기대 못지않게 동화궁에 대해서 아주 오래 전부터 알 수 없는 친근감을 느끼고 있었다.

"음, 어서 일어나게."

평허선공은 인자한 음성으로 말했다.

"감사하옵니다."

선인들은 고개를 숙여 보이고는 정중히 서 있었다.

"궁주는 어디에 있는가?"

"예, 지금 어른의 행차를 알고 마중 나오고 계십니다."

"음……."

동화궁의 선인들은 자신들의 능력을 발휘하여 평허선공의 방문을 미리 감지하고 있었던 것이다. 잠시 후 동화궁주가 나타났다.

"인사 올리겠습니다. 미처 어른을 마중하지 못한 죄 용서해 주십시오!"

궁주는 한쪽 무릎을 꿇고 예의를 표했다.

"일어나게."

"감사하옵니다."

"궁주는 일어나 한쪽으로 비켜서며 정중히 말했다.

"안으로 드시겠습니까?"

"음, 간부들을 모두 소집하게! 나는 청실에 가 있겠네!"

"예, 분부에 따르겠습니다."

동화궁주는 조용히 물러갔다. 평허선공이 간부들을 소집하라고 한

뜻은 무엇일까? 평허선공은 평소 번잡한 것을 매우 싫어하였다. 그럼에도 불구하고 오늘 이처럼 모든 선인들을 소집하는 것은 분명히 뭔가 좋은 일이 있기 때문이라고 동화궁주는 생각했다.

동화궁주는 신속하게 간부들을 소집했다. 이윽고 모든 간부들이 소집되자 평허선공은 청실에서 회의실로 나왔다.

"……."

모든 선인들은 회의실 안으로 들어서는 평허선공의 모습을 지켜보며 정중한 자세를 취하였다.

"모두들 앉게!"

평허선공은 먼저 자리에 앉은 다음 선인들에게 말했다.

"……."

선인들이 고개를 숙여 보이며 천천히 자리에 앉자 평허선공은 주위를 돌아보며 엄숙히 서두를 꺼냈다.

"자네들……."

"……."

"이제부터 내가 중요한 얘기를 하겠네……."

"……."

"모두들 잘 알고 있듯이 현재 온 천하가 혼란에 빠져 있네. 그래서 내가 나서서 이를 바로잡으려 하니 자네들은 내 명령에 충실히 따라 이 혼란을 바로잡을 수 있도록 나를 도와주게. 자네들이 먼저 해야 할 일은 지금 즉시 활동을 개시하여 남선부를 점령하는 일이네!"

"……."

"이는 장차 옥황부 전체를 장악하기 위해 반드시 거쳐야 하는 중요한 일일세……. 내 지시에 의문을 갖는 사람이 있다면 누구든 나서서 얘기하도록 하게."

"……."

회의에 참석한 모든 선인들은 잠시 침묵을 지켰다. 평허선공의 지시는 옥황부에 정면 대항하라는 것으로 선뜻 이해할 수 없는 내용이기 때문이다. 단순히 소환령을 거부하는 것은 자기 방어적 의미가 있지만 남선부를 힘으로 점령한다는 것은 엄연히 옥황부에 대한 반역인 것이다.

많은 선인들이 대답을 못 하고 망설일 때 한 선인이 자리에서 일어났다.

"제가 말씀 드리겠습니다. 저는 무원(無怨)이라고 합니다만 어른께 감히 의견을 아뢰고자 합니다……."

모든 선인들의 시선이 무원선에게 집중되었다.

"……."

"방금 어른께서는 남선부를 점령하라고 지시하셨는데 이는 난진인의 영패에 의한 것인지 아니면 어르신의 개인적인 명령인지 먼저 알고 싶습니다. 청컨대 가르침을 내려주십시오……."

"……."

무원선은 평허선공을 향해 고개를 숙여 보이고는 자리에 앉았다. 그러자 평허선공이 인자한 미소를 지으며 말했다.

"좋은 질문이군. 나는 이 명령에 난진인의 영패를 사용하겠네. 누구든 이의가 있으면 주저하지 말고 일어나서 말해 주기 바라네!"

"예, 제가 다시 말씀 드리겠습니다."

무원선이 다시 일어났다.

"……."

"……저는 옥황부 직속 동화궁의 공식 선관입니다만 현재 평허선공께서 난진인의 영패를 통해 명령을 내리신 일에 대해 제 의견을 말씀 드리고 싶습니다. 어른께서 허락하신다면 얘기를 진행하겠습니다……."

"얘기해 보게!"

"감사하옵니다. 제 생각에 난진인의 영패는 옥황상제의 권위와 대등하다고 봅니다……."

"……."

"그렇지만 현재 어른의 명령은 옥황부에 정면 대항하라는 것인데 이는 곧 옥황상제에 대한 반역입니다……."

"……."

"그러므로 어른의 명령에 따를지의 여부는 각 선인의 판단에 맡겨야 한다고 봅니다. 즉, 옥황상제의 법령에 따를 것인지, 혹은 난진인의 명령에 따를 것인지 자유롭게 선택해야 할 것입니다……."

"……."

"어른께서 자유로이 선택하도록 허락하신다면 모든 선인이 자신의 본심을 밝힐 권리를 가질 수 있습니다. 감히 말씀 드리오니 저희들의 입장을 감안해 주십시오……."

"……."

무원선은 말을 끝내고 자리에 앉았다. 선인들은 숙연한 자세를 취할 뿐 무원선의 의견에 반론을 제기하지 않았다. 무원선의 말은 아무리 난진인의 명령이라 해도 옥황상제에 정면으로 대항하는 것은 무리라는 지적이었다. 따라서 각각의 선인들에게 선택의 권리가 있음을 역설한 것이다.

평허선공은 긍정적인 미소를 지으며 무원선을 향해 말했다.

"자네의 말은 참으로 지당하네. 나는……."

"……."

"이 자리에서 자네들에게 옥황상제의 권위나 법령에 대항하여 남선부를 점령하라고 명령했네. 물론 이는 옥황상제에 대한 반역이겠지……. 그러나 나는 이 명령을 번복하지 않겠네."

"……."

"그렇다고 무작정 내 명령을 좇으라는 것은 아닐세. 무원선의 말대로 각자 선택할 기회를 주겠네. 우선……."

"……."

"무원, 먼저 자네의 선택을 얘기해 보게!"

평허선공은 인자한 표정을 지으며 무원선을 바라봤다. 무원선이 다시 일어났다.

"예, 저는 저의 독자적인 판단에 의해 평허선공님의 명령에 따르기로 결심했습니다."

"음, 그럼 궁주도 의견을 말해 보게!"

"예, 저는……."

동화궁주는 결연한 표정을 지으며 말했다.

"어떠한 일이 있어도 평허선공님의 명령을 따를 것입니다. 다만……."

"……."

"제 휘하의 선관들은 각자의 판단에 맡기겠습니다."

궁주는 회의에 참석한 선인들을 둘러보며 말을 이었다.

"여러분들 중 이견이 있으신 분은 지금 말하시오. 그렇지 않으면 나중에는 무조건 내 명령에 따라야 할 것이오!"

궁주는 자신과 행동을 함께 하지 않을 사람은 당장 나서라고 재촉하였다. 그러자 한 선인이 일어났다.

"저는 좌고(坐古)입니다. 감히 어르신께 아뢰겠습니다……."

좌고선은 평허선공을 향해 고개를 숙여 보였다.

"……."

평허선공은 천천히 고개를 끄덕였다.

"솔직히 말씀 드리자면 저는 어른의 명령을 이해할 수가 없습니다. 그래서 이 길로 동화궁을 떠나 옥황부로 갈까 합니다. 허락해 주시겠습니까?"

"음, 자네와 뜻이 같은 사람은 함께 떠나도 좋네!"

"감사하옵니다."

좌고선은 정중하게 다시 고개를 숙였다. 그러고는 자신과 뜻을 같이하는 사람이 없느냐는 듯 좌중을 둘러봤다. 그러자 몇 명의 선인이 천천히 일어났다.

"……."

이들은 평허선공을 향해 고개를 숙여 보이고는 회의장 밖으로 서슴없이 걸어 나갔다. 이들은 난진인의 영패를 앞세운 평허선공의 명을 저버리고 옥황상제를 따르기 위해 옥황부로 떠나간 것이다.

회의장은 잠시 술렁였으나 이내 정숙한 상태가 되었다. 그러자 평허선공이 말했다.

"다시 말하겠네, 궁주는 서둘러 동화궁의 모든 병력을 동원해서 남선부를 점령하게. 그리고 여력이 있으면 다른 선부도 병합하고 옥황부를 향해 진격할 준비를 갖추게!"

"예, 삼가 명령대로 실행하겠습니다."
"음, 나는 다른 볼일이 있어 잠시 다녀올 곳이 있네! 우리 남선부에서 다시 만나도록 하세!"
"……."
평허선공은 그 자리에서 사라졌다. 그러나 회의는 계속 진행되었다.
"여러분……."
동화궁주가 서두를 꺼냈다.
"우리는 평허선공의 명에 따라 천하의 혼란을 바로잡을 때를 맞이했습니다. 이제 총동원령을 내리겠소!"
"……."
"동화궁의 상비군은 즉시 남선부를 향해 진격하시오. 만일 방해하는 적이 있으면 가차 없이 처단하시오. 그리고 질문이 있으신 분은 얘기하시오."
궁주는 당당한 자세로 선인들을 둘러봤다. 그런데 이때 밖에서 한 선인이 다급히 들어왔다.
"……."
"긴급 보고입니다, 국경에서 연락이 왔습니다……."
"무슨 일인가?"
"예, 옥황부에서 체포대가 파견되어 왔답니다."
"체포대라니?"
"궁주님을 체포하겠답니다. 소환령을 거부했기 때문에……."
"음, 드디어 올 것이 왔군……. 잘됐어!"
궁주는 잠깐 생각에 잠겼다가 부관을 향해 말했다.
"그들을 모두 체포하게. 우리가 남선부로 출전하기에 앞서 좋은 징조로 작용할 게야!"

궁주는 흡족한 표정을 지었다. 부관은 명령을 받은 즉시 국경을 향해 떠났다.

"즉각 원정군 사령부를 설치하고 예비군을 소집토록 명하오. 그럼, 해산하여 각자의 임무에 충실하시오."

궁주의 명령이 떨어지자 모든 선인들은 무거운 얼굴로 각자 흩어졌다. 드디어 동화궁은 천하를 향해 움직이기 시작한 것이다. 우주의 혼란은 이제 본격적으로 확산될 것이다.

단정궁에서의 육체적 향연

세상에서 일어나는 모든 일은 때로 아주 기묘하여 그 운행을 종잡을 수가 없다. 그래서 속인이나 선인, 혹은 범인(凡人)이나 성인(聖人)에 이르기까지 점을 치게 되는지 모를 일이다. 특히 오늘날처럼 온 우주가 혼란에 빠져 한 치 앞날도 알 수가 없을 때는 오직 점만이 유일한 미래의 확대경처럼 보이기 마련이다.

더군다나 평허선공에 의해 가중되어지는 우주의 혼란은 더욱 종잡을 수 없게 전개되고 있었다. 건영이는 무슨 마음으로 이 엄청난 일을 꾸미게 되었을까? 그리고 평허선공은 어떤 깨달음을 얻었기에 건영이의 의견을 받아들였을까? 그 배경은 아직 밝혀지지 않았지만 우주의 혼란은 이미 옥황부 공식 역관(易官)인 곡정선에 의해 그 징조가 포착되었었다.

그는 진위뢰라는 괘상을 지적하며 혼란이 가중될 것임을 예측했다. 극도의 혼란 이후에는 어떻게 될 것인가! 천지자연의 이치는 궁(窮)한즉 변(變)하고, 변한즉 통(通)하는 법이다. 현재는 급변(急變)의 시기로 들어서고 있지만 그것은 과연 어디로 통할 것인가……!

정마을의 건영이가 혼란한 우주를 구할 방법에 평허선공을 끌어들였기 때문에 풍곡선은 아무런 방해 없이 단정궁에 도착하고 있었다.

풍곡선은 옥황부에서 파견한 공식 특사로서 서왕모를 배견하여 오늘날 끊임없이 이어지는 우주의 혼란에 대해 자문을 받을 임무를 띠고 있었다. 서왕모는 그 법력이 연진인이나 난진인과 나란히 견주어도 전혀 손색이 없는 대신선이다.

옥황부는 천계에 있는 모든 위대한 신선들에게 오늘날의 위기를 자문 받고자 했다. 그리고 풍곡선이 단정궁에 도착하므로 그 순간은 천천히 다가오고 있었다. 풍곡선은 단정궁의 관문에 서자 엄중히 고했다.

"게 아무도 없는가?"

"……."

관문은 조용했다. 원래 특사가 방문하면 대대적인 마중 행사를 벌이는 것이 예법인데 이처럼 조용하다니 이는 무척 이상한 일이었다. 풍곡선은 다시 한 번 소리 높여 불러봤다.

"게 아무도 없는가?"

"……."

그러나 주위는 여전히 조용했다. 이는 특사를 의도적으로 무시하는 것이 분명하다. 풍곡선은 단정궁이 으레 이처럼 안하무인이라는 것을 잘 알고 있기 때문에 크게 개의치는 않았다. 다만 단정궁의 거센 도전이 드디어 시작되고 있음을 느낄 뿐이었다. 단정궁은 이뿐만 아니라 여색을 동원하여 특사의 색정(色情)을 유발시키고 끝내는 죽음에 이르게 하는 등 선인으로서는 상상할 수 없는 일을 서슴없이 저지르곤 했다.

풍곡선은 관문을 바라보며 잠시 생각에 잠겼다. 관문은 쉽사리 열릴 것 같지가 않았다. 그렇다면……? 풍곡선은 관문을 열 방법이 정해졌는지 입을 굳게 다물고 고개를 끄덕였다. 관문은 새벽의 안개에 싸여 신비하게 서 있었다.

풍곡선은 관문 앞으로 한 발 다가서서 그 중앙을 잠시 노려봤다. 그러고는 느닷없이 기합 일성을 토해냈다.

"얍 ——"

날카로운 기합 소리는 시간을 정지시키는 듯했고 동시에 그 기운이 청천벽력처럼 관문을 향해 쏟아졌다.

'꽝 ——'

거대한 폭음과 함께 관문은 순식간에 산산조각이 나서 사방으로 흩어져 버렸다. 그런데 갑자기 관문 안에서 가냘픈 비명 소리가 들렸다.

"악 ——"

"……."

풍곡선은 서서히 흩어지는 안개 속으로 비명 소리가 나는 곳을 급히 바라봤다.

"아니! 사람이 다쳤나?"

풍곡선은 적이 놀라면서 그쪽으로 다가갔다. 그러자 마치 상대방의 움직임이라도 알아챈 듯 더욱 애절한 신음 소리가 들려왔다.

"음 ——"

어떤 여인이 관문 한쪽에 기대고 주저앉아서 고통스런 표정을 짓고 있었다.

"많이 다쳤는가?"

"누구신데 이렇게 난폭하게 관문을 부수는 거예요?"

여인은 청아하고 가냘픈 목소리로 풍곡선을 힐난했다. 풍곡선은 다친 곳이 없는지 주저앉아 있는 여인의 몸을 자세히 살피며 대답했다.

"나는 옥황부 특사일세. 서왕모를 배견하기 위해 이곳까지 찾아왔으나 문지기가 없어 힘을 좀 썼을 뿐이네."

"아이 참, 방금 문을 열려던 참이었단 말이에요. 조금만 더 힘이 강했다면 저는 죽고 말았을 거예요!"

"미안하군. 하지만 문이 닫혀 있는데 그 안에 누가 있는지 밖에서 어떻게 알 수 있었겠나!"

"그래도 너무 하셨어요. 특사님은 성격이 매우 급하시군요. 그 바람에 저는 많이 다쳤단 말이에요……."

"허, 미안하다고 하지 않았나……."

"말만으로 모든 게 해결되지는 않아요. 어서 저를 일으켜 주세요."

여인은 상당히 아픈 듯 얼굴을 숙인 채 손을 내밀었다. 풍곡선은 여인의 가냘픈 손을 잡아 일으켜 주었다. 이때 여인이 고개를 들어 풍곡선을 바라보았다. 여인의 얼굴은 깨끗하고 흰 피부에 신비한 면조차 엿보였는데 약간 찡그린 모습은 더욱 아름답게 보였다.

풍곡선은 그 얼굴에서 눈을 떼지 못한 채 말했다.

"자넨 누군가?"

"주령이라고 하옵니다."

"주령? 자네의 이름 말고 직책을 물은 것일세."

"예, 저는 특사님을 영접하는 직책에 있습니다. 그런데……."

"……."

"뵙기도 전에 특사님이 저를 다치게 했으니 우리는 서로 악연인가 봐요."

"허허, 미안하다고 말하는 것도 이번이 세 번째일세."

"몰라요, 부축이나 해 주세요."
"나 때문에 상처를 입었으니 그 정도는 당연히 해 주어야겠지. 그래, 갈 길이 먼가?"
"예."
"그런데 내가 여기 도착하는 것을 미리 알고 있었나?"
"예."
"그런데도 공식적인 영접 행사가 없단 말이지?"
"어머, 제가 이렇게 마중 나왔잖아요. 제가 싫으세요?"
"음? 아니, 아닐세……. 자넨 참으로 아름답구먼……."
"고마워요, 하지만 저는 아직 특사님을 용서하지 않았어요."
"허, 많이 다친 것도 아닌데 이제 그만 잊어버리는 게 어떻겠나?"
"그것은 제 마음이에요, 특사님도 제 상처를 보시면 아마 저를 이해하게 될 거예요. 상처를 보실래요?"
"음? 글쎄……."
"이거 보세요, 여기가 얼마나 아픈지……."
주령은 상처가 난 무릎을 보여 주며 은근히 허벅지를 드러냈다.
"……."
풍곡선은 거리낌 없이 여인의 무릎을 자세히 들여다보았다. 그리고 치맛자락에 감춰져 있다가 살며시 들추어진 허벅지는 옥보다 더 맑았다.
"곧 낫겠지, 이제 가 볼까?"
풍곡선은 주령의 빼어난 아름다움에 감동을 하면서 갈 길을 재촉했다.
"……."

주령은 풍곡선에게 살짝 몸을 기대며 천천히 걷기 시작했다. 주변은 안개와 함께 적막한 분위기를 자아내고 있었다. 적막, 그리고 그윽함! 이는 단정궁만의 느낌이다. 관문 밖에는 평범한 들판만이 있을 뿐인데 일단 관문 안에 들어서면 갑자기 신비한 영역이 출현하는 것이다.

두 선인은 다정하게 걸었다. 풍곡선의 앞쪽으로 간간이 안개가 걷히고 아름다운 꽃들이 모습을 나타냈다. 그 꽃들조차도 여러 가지 색깔로 화려하게 빛났지만 지금 풍곡선의 옆에서 걷고 있는 여인처럼 가냘픈 느낌을 주었다.

'안개 속에 외롭게 피어 있어서 그러할까?'

풍곡선은 꽃을 유심히 살피며 걸었다. 주령은 말이 없었다. 다만 가볍게 풍곡선의 어깨에 얼굴을 기대며 몸을 밀착해 왔다. 풍곡선은 이를 마다하지 않았다. 그들의 걸음걸이는 일정했다. 마치 껴안은 듯한 모습으로 걷고 있었기 때문에 속도는 빠르지 않았다.

길이 오른쪽으로 꺾이자마자 드넓은 호수가 나타났다. 호수는 안개 속에 덮여 그윽하고 고요함이 흘렀다. 물가에는 신비한 풀들, 그리고 기묘한 바위들이 절묘한 조화를 이루고 있었다.

'아름답구나, 신비하구나!'

풍곡선은 그 장엄함을 음미하면서 호수 옆에 펼쳐져 있는 길을 따라 계속 걸었다. 어디까지 가는 것일까……? 안개는 계속되는가……? 이때 여인의 나지막한 목소리가 들려왔다.

"특사님, 힘들지 않으세요?"

"아니, 이렇게 아름다운 여인이 옆에 있는데 힘들 게 뭐 있겠나?"

"그게 아니라 제가 특사님의 어깨에 기대는 것 말이에요! 느낌이 어떠세요?"

매우 당돌한 질문이었다. 주령의 노골적인 유혹에 풍곡선은 멋쩍은 미소를 지으며 대답했다.

"나쁠 리가 있겠나. 다만 누가 볼까 민망하구먼."

"예? 호호호, 걱정 마세요. 이곳에는 아무도 없으니까요. 게다가 이렇게 짙은 안개가 우리를 가려주고 있잖아요."

"허, 그렇군……. 우리가 안개 속을 걷다니!"

"특사님, 안개가 좋으세요?"

"음."

"그럼 저는 어때요?"

"자네? 허허……."

"빨리 대답해 보세요."

"나쁘지 않다니까!"

"그게 무슨 말이에요……. 에이!"

주령은 불분명한 풍곡선의 태도에 토라져서 풍곡선의 부축을 홱 뿌리쳤다. 그러고는 한 걸음 앞서 걷다가 갑자기 비명을 질렀다.

"아! 못 걷겠어요!"

"야단이군, 어떡하지?"

"이 모든 게 특사님 때문이에요. 책임지세요."

"치료를 해 줄까?"

"여기서요?"

"그래야겠지, 걷지 못하겠다니 그 방법밖에는 없지 않은가?"

"여기서는 싫어요. 특사님 혼자 가세요."

"음? 나 혼자 가라고?"

"그럼 어떡해요? 걷지를 못하겠는데……."

"그래? 그럼 할 수 없군, 혼자 가야지……."

풍곡선은 주령을 혼자 놓아둔 채 매정하게 몇 걸음 앞서 나갔다. 그러자 뒤에서 여인이 다급하게 소리쳤다.

"특사님, 정말 그냥 가시면 어떡해요!"

"그럼?"

"특사님이 혼자 가시면 저는 문책을 받는단 말이에요."

"문책이라니?"

"아이 참, 제 임무는 특사님을 모시는 거예요. 그것을 잘 못하면 저는 처형당해요."

"아니, 처형을?"

"예, 단정궁은 규율이 매우 엄격해서 자기가 맡은 일을 제대로 못 해내면 목숨을 잃게 되지요."

"허, 잔인한 규율이군……. 하지만 자네가 나한테 잘못한 것이 없으니 목숨은 걱정 없지 않은가?"

풍곡선은 여전히 크게 염려하는 기색 없이 태평하게 말했다. 그러자 여인은 요염한 눈을 흘기면서 바싹 다가서서 말했다.

"잘못이 없다니요, 저는 무릎을 다쳐서 특사님을 제대로 모시지도 못하잖아요. 저는 분명히 죽을 거예요."

"무릎? 그게 무슨 상관인가?"

"어머, 몰라요! 그런 잔인한 말이 어딨어요? 저는 특사님 때문에 처형을 당할 판인데……."

"그런 일 없을 테니 너무 걱정하지 말게. 내가 잘 얘기해 줄 테니……."

"안 돼요. 그러면 저는 특사님이 떠난 다음에 목숨을 잃는단 말이에요."

"허, 난감하군. 내가 어떡하면 좋겠나?"

"방법이 하나 있어요."

"말해 보게."

"우선 제 무릎을 치료해 주세요."

"그 후에는?"

"아이 참, 그 다음엔 제가 하자는 대로 하면 괜찮을 거예요. 특사님은 공력도 대단하실 게 아니에요?"

"물론."

"그럼 됐어요, 우선 저의 다리를 봐주세요……. 그 다음엔 제가 특사님을 정성껏 모실게요."

"그래? 어디 무릎 좀 보세."

"여기서는 안 돼요, 누가 보면 어떡해요?"

"음? 좀 전에는 아무도 없다고 하지 않았나!"

"혹시 또 알아요? 저쪽으로 가요, 제가 아는 곳이 있어요."

"……."

"특사님, 저를 안아주세요. 제가 걷지 못하니 하는 수 없잖아요?"

"알겠네. 허참…… 이런 식으로 여인을 안아보다니!"

풍곡선은 주령을 부드럽게 안아 올렸다.

"저쪽으로 가세요."

주령은 풍곡선의 팔을 부드럽게 당기며 한 방향을 가리켰다. 그곳은 호수 쪽으로 들어선 언덕인데 안개가 더욱 짙게 덮여 있었다. 주령이 가리킨 곳에 도착하니 호숫가 쪽으로 계단이 보였다.

"내려가세요."

주령이 다시 말했다.

"……."

계단은 수면 가까이까지 연결되어 있었고 왼쪽으로 꺾어 들어가자 동굴이 나타났다.

"들어가세요."

주령이 또다시 말했다. 풍곡선은 말없이 동굴로 들어섰다. 동굴은 점점 더 안으로 들어갈수록 더욱 넓어졌다. 그러더니 마침내 어떤 광장처럼 드넓은 곳에 도달했는데 그곳에는 아담한 정자가 우뚝 서 있었다.

"여기예요, 이곳은 아무도 없답니다."

"……."

풍곡선은 정자에 올라가 바닥에 조심스럽게 주령을 내려놓았다. 그러고는 정답게 말했다.

"어디 보세. 무릎을 다쳤다지?"

"예, 하지만 오는 동안 많이 나은 것 같아요. 조금만 쓰다듬어 주시면 씻은 듯이 나을 거예요."

"음? 그것 참!"

풍곡선은 멋쩍은 표정을 지었다. 주령은 자신의 무릎에 놓인 풍곡선의 손길을 느끼며 지그시 눈을 감고 말했다.

"특사님, 아주 시원해요. 금방 다 나을 것 같아요."

"……."

"좀 더 위쪽을 쓰다듬어 주세요. 이쪽으로……."

주령은 풍곡선의 손을 잡아끌어 허벅지로 옮겨놓았다. 그러나 풍곡선은 잠시 망설였다. 그와 동시에 주령의 유혹적인 목소리가 들려왔다.

"괜찮아요, 마음껏 만지세요."

"……."

"어서요, 저는 특사님을 모시고 싶어요."

"음, 나는 공직에 있는 몸이라서……."

"괜찮아요, 저도 공식적으로 특사님을 모시게 되어 있어요."

"허허, 일부러 이런 일을 한단 말인가!"

"아니에요, 저는 특사님을 좋아해요……. 그러니 어서요!"

풍곡선은 여인의 옷을 천천히 벗겼다. 이제 주령의 몸은 완전히 무방비 상태로 노출되었다. 이때 주령은 부끄러움을 느꼈는지 몸을 옆으로 슬쩍 틀었다. 그러자 신비하고 풍만한 둔부가 더욱 아름답게 드러났다.

"음, 특사님……."

주령이 가볍게 신음하자 풍곡선의 아랫도리에 쾌감이 몰려왔다.

"음 ——"

"아 ——"

두 선인은 가볍게 신음하며 급격히 쾌락으로 빠져들었다. 이런 중에도 주령의 하체는 묘하게 꿈틀거렸는데 무릎을 다친 여자가 어떻게 이런 동작이 가능할까? 주령은 처음부터 무릎을 다치지 않은 것이다. 풍곡선은 이 사실을 알고 있었을까?

"음 —— 아 ——"

주령은 쾌감에 몸부림치며 풍곡선의 몸을 결사적으로 끌어안았다. 그런데 이때 주령의 한 손이 풍곡선의 등과 허리를 쓰다듬으면서 자연스럽게 아래쪽으로 이동해 갔다. 그러고는 둔부 근방에 이르러 하나의 기운을 주입하기 시작했다.

이 기운은 풍곡선의 몸에 급속히 파고들었는데 그 작용은 아주 신묘한 것이었다. 이것은 육체를 오로지 쾌감에 몰두하도록 만드는 것이다.

풍곡선의 몸은 부르르 떨리고 동작은 더욱 격렬해졌다. 이에 따라 주령에게 가해지는 자극도 강렬해졌으며 그 쾌감 때문에 자기도 모르게 신음이 폭발하고 있었다.

"아 —— 음 —— 음 ——"

주령은 차라리 울고 있었다. 이는 지칠 줄 모르는 풍곡선의 힘을 감당할 수 없었기 때문이다. 주령은 이를 악물고 참아냈지만 결국에는 쾌감을 이겨내지 못하고 기절해 버렸다. 원래는 풍곡선의 기운을 탕진시켜 목숨을 빼앗으려 한 것인데 도중에 자신이 먼저 변을 당한 것이다.

이윽고 풍곡선을 끌어안고 있던 주령의 팔이 축 늘어지고 입에서는 피가 흘러나왔다. 내상을 입은 것이다. 그 순간 풍곡선은 동작을 멈추었다. 그러고는 옷을 추슬러 입고 주령의 몸은 거들떠보지도 않은 채 동굴 밖으로 나왔다. 그러자 안개 속에서 인기척이 들렸다.

"……"

풍곡선이 잠시 그 자리에 멈추어 서서 기다리자 안개를 뚫고 한 무리의 여인들이 나타났다. 그 중에 한 여인이 앞으로 나섰다.

"특사님이십니까?"

"그렇소만……"

"인사가 늦었사옵니다. 저는 단정궁의 총관인 본유입니다."

"오, 그 유명한 본유선이군요. 당신이 이곳의 책임자요?"

"예, 소녀가 미처 마중하지 못한 죄를 용서해 주세요."

"괜찮소, 마중은 주령이 잘해 주었소."

"주령은 안에 있나요?"

"그렇소, 다만 죽었는지 살았는지 알 길이 없소만……"

"예?"

본유선은 깜짝 놀라며 옆에 있는 선녀들에게 명령했다.

"얘들아, 주령을 살펴봐라!"

"……."

선녀들이 급히 동굴 안으로 들어갔다. 이어 본유선은 미소를 머금고 풍곡선에게 말했다.

"특사님, 주령이 잘 받들어 모시던가요?"

"더 말할 나위 없는 대접이었소. 다만……."

"……."

"몸이 너무 약해서 허전할 뿐이오."

"예? 아, 예…… 충분히 만족하시지 못했군요!"

"그렇소, 공연히 마음만 들뜨게 만들어 놓고……."

"어머! 죄송스럽게 되었군요, 하지만 다시 기회를 만들면 되지 않겠어요!"

본유선은 이렇게 말하면서 유혹적인 눈길을 주었다. 풍곡선은 본유선의 모습을 정면으로 바라보며 대답했다.

"당신이라면 좋겠구먼……. 폐가 되지 않는다면 말이오."

"폐가 되다니요? 특사님께서 소녀를 어여쁘게 봐주신다니 영광입니다."

본유선은 고개를 가볍게 숙이며 부끄러운 기색을 보였다. 이때 동굴 안으로 들어갔던 선녀들이 몰려 나왔다.

"총관님, 주령선이 위험해요! 금방이라도 죽을 것 같아요!"

"뭐라고? 나는 바쁘니 너희들이 잘 보살펴라. 특사님, 가시지요."

본유선은 목숨이 위태롭다는 주령은 거들떠보지도 않고 풍곡선을 다른 곳으로 인도했다. 풍곡선도 전혀 개의치 않았다.

"이쪽입니다."

본유선은 호숫가를 끼고 오른쪽으로 이동했다. 풍곡선은 속살이 은은히 비치는 분홍색 옷을 걸친 본유선의 모습과 그윽한 호수의 풍경을 번갈아 살펴보며 걸었다. 두 선인은 한동안 말없이 걷기만 했다. 이윽고 본유선이 침묵을 깨고 먼저 말을 걸었다.

"특사님, 지루하시지요?"

"아니오, 모든 것이 아름다울 뿐이오!"

"예? 경치가 그토록 아름다운가요?"

"허허, 호수와 어우러진 당신 모습이 완전히 아름다움의 극치를 이루는구려!"

"아이 참, 특사님……. 소녀 몸 둘 바를 모르겠어요."

"사실인데 어쩌겠소? 당신의 몸은 특히 아름다운 것 같소."

"과찬이시옵니다. 아, 저쪽에서 배가 오는군요……."

"……."

안개 속에서 큼직한 배가 모습을 드러냈다. 본유선은 멈춰 서서 배를 기다렸다. 배는 육중한 느낌을 주었는데 그 안에서 내리는 사람은 모두 가벼운 느낌을 주는 여인들이었다. 여인들은 배에서 내리며 풍곡선을 향해 정중히 인사를 올렸다.

"특사님께 인사드리옵니다. 특사님을 환영하옵니다."

여인들은 풍곡선에게 인사를 한 후 차례로 줄을 서서 풍곡선을 배 안으로 맞이했다.

"……."

풍곡선은 본유선과 함께 위엄을 갖추며 배에 올랐다. 그러자 배는 어디론가를 향해 즉시 출발했다. 사방은 여전히 안개에 싸여 아무것도 보이지 않았다.

'안개가 끊임없군……. 안개는 무엇을 가리고 있는 것일까?'

풍곡선은 이런 생각을 하면서 자신의 앞날을 가늠해 봤다. 단정궁의 도전은 이미 시작되었고 풍곡선은 첫 번째 도전을 승리로 이끌었다. 그러나 앞으로 무슨 일이 일어날지는 전혀 알 수가 없었다.

'방심은 금물이야. 이들도 나름대로 무엇인가 대책을 세웠겠지. 그동안의 일은 나를 시험하기 위한 첫 단계일 뿐이야.'

풍곡선은 마음을 가다듬었다. 배는 쉬지 않고 앞으로 나아갔다. 풍곡선은 본유선이 잠시 곁을 떠난 사이에 자신의 가까운 앞날을 점쳐 보았다.

괘상은 택천쾌(澤天夬:☱☰)! 앞날이 매우 희망적인 괘상이었지만 여성의 방해가 심상치 않은 것이 걱정일 뿐이었다. 풍곡선은 괘상을 음미하면서 앞날을 우려하고 있었다. 이 괘상에 따르면 여인 속에 푹 빠진다는 뜻과 그것을 꿋꿋이 헤쳐 나간다는 뜻이 포함되어 있다.

물론 풍곡선이 한낱 여인의 유혹에 넘어가 몸과 마음을 망치는 허망한 선인은 결코 아니다. 그러나 단정궁도 도가 높은 선인들만 상대해 왔기 때문에 이번에도 그에 걸맞은 여러 가지 방법을 동원할 것이다. 더구나 지금까지 단정궁은 실패한 적이 없다. 단정궁에는 그 무엇이나 사로잡을 수 있는 여인의 유혹, 그리고 끊임없이 색정을 일으키는 미약이 있고, 게다가 선인의 혼령까지 뒤흔들어 놓는 서왕모의 그림이 있다.

풍곡선은 안개에 가려진 호수를 바라보다 잠시 눈을 감았다. 그 사이 본유선은 다시 모습을 드러내 풍곡선의 옆에 다정하게 섰다. 배는 귀인을 모신 것을 자랑이나 하듯이 신속하게 호수를 가르며 전진했다. 그러나 호수는 배의 요동에도 불구하고 여전히 그윽한 기운을 간직한 채 고요를 유지하고 있었다.

한동안 시간이 흘러갔다. 그러자 드디어 안개 속에 지면이 나타났다. 배가 목적지에 당도한 것이다. 본유선이 신비한 음성으로 말했다.

"특사님, 내리시지요. 편안한 곳으로 모시겠습니다."

"……."

풍곡선은 고개를 끄덕이고 본유선을 따라 배에서 내렸다. 뭍에는 이미 마중을 나온 여인들이 차례로 줄지어 서 있었다. 여인들은 특사가 지나갈 때마다 말없이 고개를 숙였다. 안개는 약간씩 걷히고 있었다.

"이곳이 본궁의 입구랍니다."

본유선이 멈춰 서서 말했다.

"본궁? 오, 단정궁이란 말이군……. 입구가 매우 좁은 편이군요!"

"예, 하지만 안으로 들어갈수록 넓어집니다."

"……."

본유선은 상냥한 미소를 지으며 풍곡선이 먼저 입구로 들어설 수 있도록 한 걸음 뒤로 물러났다. 단정궁으로 들어선 풍곡선은 뜻밖의 세계가 전개되고 있음에 매우 놀랐다. 드넓고 밝은 광장, 안개는 순식간에 사라지고 아름다운 꽃밭이 등장했다. 광장은 인위적으로 만들어진 건물이 아니라 자연적으로 생긴 동굴 속이었는데 시원하게 트인 느낌을 주었다. 앞에는 풀밭이 펼쳐져 있고 주변에는 크고 작은 꽃들이 조화를 이루어 신비하게 보였다.

"가시지요, 이곳은 다른 태양이 비치는 곳입니다."

"음? 다른 태양? 아, 단정궁의 샘이군요."

단정궁의 샘이란 광채의 샘을 말한다. 원래 단정궁은 지하로 전개되어 있는데, 그 땅 속에는 밝음이 샘솟고 있다. 이것은 마치 샘과 같아서 단정궁의 샘이라고 불렸으며 우주의 신비를 간직한 지역 중 하나이다. 단정궁의 이 광채는 속인이 쏘일 경우 몸과 마음이 청정해진다는 전설이 있다.

"……."

풍곡선은 빛을 마시듯 숨을 깊게 들이쉬고는 천천히 발길을 옮겼다. 길은 아래로 전개되고 있었다. 이는 마치 완만한 언덕을 내려가는 것과도 같은데 아래로 내려가면 갈수록 장엄함과 아름다움이 더욱 그 빛을 발하고 있었다.

풍곡선은 높은 산을 하나 내려온 것처럼 느껴졌다. 이처럼 지하 세계로 상당히 내려왔는데도 어두워지는 곳은 없고 오히려 점점 더 밝아지는 느낌이었다. 이윽고 길은 평평해졌다. 풍곡선이 사방을 둘러보자 본유선이 말했다.

"본궁은 좀 더 가야 합니다. 하지만……."

"……."

"특사님이 거처할 곳은 다 왔습니다."

"음? 거처할 곳이라니요?"

"특사님은 서왕모를 배견하러 오신 것이 아닙니까?"

"그렇소만……."

"서왕모를 만나시려면 시간이 좀 걸린답니다. 그래서 당분간 머물 거처를 마련했지요……."

"……."

풍곡선이 고개를 끄덕이며 몇 걸음 앞으로 나서자 오른쪽으로 더 넓은 초원이 전개되고 한쪽에는 호수가 나타났다.

'지하에 호수가 있다니, 절경이로구나!'

풍곡선이 경치를 바라보며 감탄할 때 본유선이 말했다.

"특사님, 저쪽 언덕이 보이지요?"

"그렇군요."

"저 언덕의 이름이 무엇인지 아세요?"

"글쎄, 내가 어찌 알겠소!"

"특사님, 저 언덕은 곤륜이라고 해요."

"뭐요? 곤륜이란 굉장히 거대한 산인데, 어째서 저것이 곤륜이란 말이오."

"호호, 특사님 크다고 다 곤륜인가요? 저 곤륜은 단정궁의 모든 기운이 집결하는 곳이지요!"

"그렇군! 우리 몸속에도 곤륜이 있지 않소."

"예, 우리 몸의 곤륜은 단전 내면에 있지요. 저 언덕은 바로 단정궁의 기운이 모이는 곳이라서 곤륜이라고 부른답니다."

"……."

"저 언덕에 모이는 기운은 속세의 곤륜에 비하면 천배 만배 이상 됩니다."

"오, 그렇소! 대단하군……. 가까이 가서 보고 싶소만……."

"걱정 마세요, 특사님의 거처가 바로 저 언덕 자락에 있답니다."

"……."

두 선인은 곧바로 곤륜산으로 향했다. 곤륜산 근방에는 안개가 서려 있었다. 잠시 후 두 선인이 도달한 곳은 자그마한 건물로 고도(古都)라고 불린다. 고도는 옛 도시라는 뜻으로 자그마한 건물에 붙은 이름치고는 특이한 이름이다.

언덕에 지나지 않는 것을 곤륜산이라고 이름을 붙인 것 또한 얼마나 특이한 일이냐! 풍곡선은 본유선을 따라 고도에 들어섰다.

"여기가 영빈관입니다."

본유는 한 발 옆으로 비켜서며 말했다. 건물 안은 신선한 느낌을 주었다. 구조는 널찍한 청실과 밀실, 작은 연회장 등으로 이루어졌고 후원에는 자그마한 연못과 그 위쪽으로 숲이 펼쳐져 있는데 현재는 안개 속에 가려져 볼 수가 없었다. 곤륜산은 이 건물의 왼쪽에 위치하고 있었는데 담에 가려서 드러나 보이지 않았다.

"특사님……."

본유선이 상냥한 음성으로 말했다.

"잠시 이곳에서 쉬고 계세요. 좀 있으면 특사님을 맞이하는 공식 연회가 펼쳐질 것입니다."

"공식 연회? 그것은 주연(酒宴)이오?"

"그렇습니다만……."

"나는 번거로운 것은 싫소."

"그럼, 어떻게 했으면 좋겠는지요?"

"음, 은근한 것이 좋소!"

"은근함? 아, 예…… 조용한 것이 좋겠군요! 제가 특사님을 모실까요?"

"그게 좋을 것 같소. 지금 당장 말이오!"

"아이, 특사님도……. 주령과 함께 즐거운 시간을 보냈으니 피곤하실 텐데요."

"나는 전혀 피곤하지 않소!"

"호호, 특사님은 정말 대단하시네요……. 그럼 잠시만 기다리세요, 금방 준비하고 오겠어요."

"음, 어서 다녀오시오."

"……."

본유선은 미소를 짓고는 청실을 나섰다. 풍곡선은 잠시 생각에 잠겼다.

'어차피 당할 것이라면 조금이라도 빨리 치르는 것이 좋겠지. 공식 행사로 시간만 낭비하는 것보다는……. 그런데 본유선은 만만치 않군…….'

풍곡선은 일단 생각을 접어두고 즉시 명상에 들어갔다. 본유선은 영빈소를 나와 자신의 집무실로 향했다. 집무실에서는 가원이 안절부절못하고 기다리고 있었다.

"어찌 되었습니까?"

가원이 몹시 궁금하다는 듯이 물었다. 본유선은 눈을 가늘게 뜨고 불안한 기색으로 대답했다.

"잘 안 됐어."

"예?"

"주령이 당했어. 이번 특사는 공력이 아주 강한 것 같아."

"아무리 그래도 남자의 몸 아니겠어요?"

"글쎄…… 종잡을 수가 없더군."

"아니, 그게 무슨 말씀이세요?"

"특사의 마음 말이야, 여자라면 닥치는 대로 좋아하더군."

"그럼 평범한 남자란 말인가요?"

"모르겠어, 나를 좋아하는 것 같기도 하고……."

본유선은 약간의 기대를 품으면서 대답했다. 가원이 다시 물었다.

"문제가 뭔데요?"

"글쎄, 뭐가 문제일까? 기운이 너무 센 것일까?"

본유선은 독백을 하듯 대답했다.

"주령이 당했기 때문에 그렇게 생각하세요?"

"아니, 피로의 기색이 전혀 없더군."

"그건 주령이 약하기 때문일 거예요. 어쩌면 주령이 너무 서둘렀는지도 모르고……."

"그럴지도 모르지. 하지만 강적인 것은 틀림없어!"

"어떡하실 작정이세요? 제가 나설까요?"

"아니, 특사님은 나를 좋아하시나 봐……. 글쎄, 궁리 좀 해봐야겠어."

"……."

본유선은 허공을 응시하며 잠시 생각에 잠겼다. 그러고는 무엇을 생각해 냈는지 혼자 앙큼한 미소를 지으며 말했다.

"가원, 상대가 만만치 않은 만큼 우리의 합동 작전이 필요할 것 같아."

"어떻게요?"

"음, 저 말이야……. 특사는 지금 곤륜산에 머물고 있어. 그곳은 강자는 약하게 만들고 약자는 강하게 만드는 신비한 곳이지……."

"……."

"특사는 틀림없이 아주 강한 공력의 소지자일 거야. 그런데 곤륜산의 기운은 부드러운 기운이지. 그러므로 특사의 강한 공력은 곤륜산의 기운과 화합하지 못해서 분명히 점점 약해지고 있을 거야."

"그러나 특사가 원래 공력이 약한 분이라면 오히려 기운을 얻었을 수 있지 않을까요?"

"그야 그렇겠지. 하지만 강자가 틀림없어. 주령이 어이없이 당한 것만 봐도 알 수 있지만 좀 전에 특사와 함께 걸으면서 아주 강한 기운을 느꼈거든. 등 뒤에서 오는 기운이었지만 온몸에 느껴지더군."

"그렇군요. 그럼 비상시 대처할 또 다른 방법이 없을까요?"

"왜 없겠어! 이미 곤륜에 들어갔으니 서서히 공력이 상실되고 있을 거야. 그리고……."

"……."

"비상한 방법을 써야겠어. 미혼주(迷混酒)를 사용해야지."

"예, 그게 좋겠군요."

"음, 네가 먼저 가 봐. 미혼주를 먹이고 기운을 뽑아내라고."

"제가 해낼 수 있을까요?"

"어렵다고 봐야겠지……. 그러니까 적당한 때 그만둬야 해. 특사가 일단 미혼주를 마시면 계속해서 탐욕에 빠질 거야."

"……."

"……가원이 뒤로 물러나면 그때 내가 나설 생각이야. 그러니 실컷 자극을 주고 기절한 척하라고."

"예, 알겠어요."

"……."

두 여인의 음모는 계속되었다. 곤륜산으로 기운을 약화시키며 미혼주로 육욕을 일으키고, 가원이 나서서 힘을 빼놓고 최후에는 본유가 나서기로 했다.

"그럼…… 이만 가보겠어요."

가원이 자리에서 일어났다.

"음, 잘 해야 해. 주령처럼 즐거움에 빠지지 말고……."

"……."

가원은 입을 굳게 다물고는 곤륜산에 위치한 영빈관으로 떠나갔다. 본유선은 휴식을 위한 명상에 잠겼다.

일촉즉발, 남선부의 위기

단정궁의 요녀들이 옥황부의 특사인 풍곡선을 없애기 위해 묘책을 짜내고 있을 무렵, 옥황부의 안심총에는 동화선부가 반역군을 일으켜 옥황부를 향해 진격하고 있다는 다급한 보고가 들어왔다. 안심총에서는 즉각 이 사태를 모든 관계 기관에 통보하고 곧장 중앙집정회의에 보고를 올렸다.

이에 따라 옥황부의 모든 비상 기구는 곧바로 대응 조치에 들어갔고 입명총의 신속 원정군도 반역군과 맞서기 위해 속속 현지로 떠나갔다. 이에 앞서 중앙집정회의에서는 공식적으로 동화선부의 반역군을 역천 사악군(逆天邪惡軍)이라 명명했다. 그리고 옥황부 휘하의 모든 선부는 역천 사악군에 대항해 싸워 이를 궤멸시키라는 옥황부의 특령이 신속히 하달되었다.

현재 남선부 변경에서 남선부의 옥황군과 대치중인 사악군은 모든 면에서 옥황군보다 우세했다. 아직까지 양쪽 군의 격렬한 전투는 시작되지 않았지만 옥황군은 벌써부터 위험한 상황에 직면해 있었다. 사악군은 정면 돌파와 우회 공격을 동시에 시도하면서 끊임없이 위협적인 공격을 펼쳤다. 일촉즉발의 위기 속에 양군의 사령관은 전황을 예의 주시하고 있었다.

남선부의 병부를 관장하는 옥황군 사령관 일측선은 전장에 나와 있는 분일선에게 보고했다.

"대선관님, 전세가 매우 불리합니다. 곧 포위를 당할 것 같습니다."

"음, 이제 어떡하면 좋겠나?"

"중과부적입니다. 우선 여기서 후퇴를 하고 옥황부에 지원군을 요청해야겠지요……."

"옥황부에서 이미 신속 원정군이 오고 있지 않나?"

"그렇습니다, 하지만 그들이 도착하기 전에 우리는 궤멸당할 것입니다……."

"……."

"지금 즉시 후퇴를 해야 합니다. 이제부터는 남선부의 본영만이라도 철저히 잘 지켜야겠지요……."

"음, 자네가 알아서 처리하게. 나는 생각할 일이 있어 먼저 선부로 돌아가겠네."

"……."

일측선은 말없이 고개를 숙여 보였다. 분일선은 급히 남선부의 본영을 향해 떠났다. 잠시 후 분일선이 남선부에 도착했을 때에는 이미 옥황부에서 긴급 훈령이 내려와 있었다.

'본군이 도착할 때까지 남선부를 굳게 지킬 것.'

하지만 동화궁의 공격을 효과적으로 제지할 만한 대책이 전혀 없는 남선부로서는 무척 난감한 명령이었다. 분일선은 잠시 곰곰이 생각하다가 남선부 대선관인 소지선이 근신을 하고 있는 금동(禁洞)으로 향했다.

그동안 소지선이 금동에서 근신하고 있는 일은 남선부의 몇몇 고위 선인들만 알고 있는 극비 사항이었다. 하지만 지금은 소지선을 뒤쫓던 평허선공이 속세의 건영이로부터 이미 소지선의 행방을 들어 알고 있을 뿐만 아니라 더 이상 소지선의 근신을 방해하지 않기로 했기 때문에 그의 행방이 알려진다해도 아무 문제가 되지 않는다.

분일선이 금동에 들어서자 입구를 지키고 있던 위선이 정중히 인사를 건넸다. 분일선은 가볍게 답례하고 안으로 들어섰다. 금동은 출입이 엄격히 통제된 곳으로 그 입구를 지키는 위선조차 소지선이 안에 있다는 사실을 눈치 채지 못하고 있었다. 분일선이 밀실에 당도할 즈음 안에서는 소지선이 깊은 명상에 잠겨 있었다. 분일선이 찾아온 것을 감지한 소지선은 조용히 자리에서 일어났다. 잠시 후 분일선이 모습을 나타냈다.

"웬일인가?"

소지선은 인사도 생략한 채 언짢은 기색으로 물었다. 소지선은 근신 중에 있으므로 그 누구의 방해도 원치 않았던 것이다. 하지만 분일선은 이에 개의치 않고 말했다.

"대선관님, 부득이하게 보고 드릴 일이 생겨 이렇게 실례를 무릅쓰고 찾아왔습니다……."

"보고라니? 남선부와 관련된 일인가?"

"예."

"그렇다면 굳이 나한테까지 보고할 필요가 있는가? 자네가 알아서 잘 처리하면 될 것을……."

"그런 일이 아닙니다. 이번에는 대선관님께서도 반드시 아셔야 하는 아주 중대한 일입니다."
"그래? 그토록 중대하다는 게 도대체 무슨 일인가?"
"지금 우리 남선부는 전쟁 중에 있습니다. 그것도 대규모 정규전이지요."
"전쟁이라니? 대체 어디와 전쟁을 한단 말인가?"
"동화궁입니다. 동화궁에서 군대를 일으켰습니다."
"뭐라고? 그럼 동화궁에서 우리를 침략했단 말인가?"
"예."
"그 이유가 뭔가?"
"반란입니다. 옥황부를 공격하기 위해서는 우리 남선부를 꼭 거쳐야 하므로 그 길목에 있는 우리를 먼저 치는 것이지요!"
"옥황부에 보고는 했는가?"
"물론입니다. 지금 옥황부의 신속 원정군이 이쪽으로 오고 있습니다. 하지만……."
"……."
"우리는 그들이 도착하기 전에 패할 것입니다. 현재 인연의 늪 동쪽 벌판에서 벌어지고 있는 전투에서 이미 우리는 후퇴 중에 있습니다."
"음, 중과부적이겠군!"
"그렇습니다. 옥황부에서는 동화궁의 반역군을 역천 사악군으로 공식 명명하고 모든 선부에 그들을 궤멸시키라는 특령을 내렸습니다. 하지만 우리는 그들에게 인연의 늪과 동야(東野) 경비 구역을 빼앗기게 되었습니다……."
"……."
"그런데 대선관님, 문제는 거기서 그치지 않을 것 같습니다. 그들은 조만간 남선부 전체를 장악하게 될 것입니다……."

"남선부 전체를?"

"예. 사악군은 우리 병력의 수십 배에 달합니다. 게다가 그들의 뒤에는 막강한 평허선공이 버티고 있습니다……."

"뭐? 평허선공이라니?"

소지선은 적이 놀란 듯 얼굴색이 흐려졌다. 분일선이 분개하며 대답했다.

"당초 이 전쟁은 평허선공의 지시로 시작된 것이랍니다."

"저런! 평허선공이 어째서 그런 불충한 짓을 저지른단 말인가! 도대체 그 이유가 무엇일까?"

"제가 어떻게 알겠습니까? 다만 이같이 불충한 천지대란이 발생한 것에 대해 옥황상제님께 송구할 따름입니다."

"그렇군! 그럼 앞으로의 대책은 세웠는가?"

"대책이라고는 없습니다. 설사 옥황부의 신속 원정군이 제때 도착한다 하더라도 남선부는 지킬 수 없습니다."

"그럼 어떡하자는 것인가?"

"남선부를 포기하고 옥황부로 후퇴를 하든지 아니면 사악군에 항복을 해야 합니다."

"항복은 절대 안 되네! 옥황부에 반역을 일으킨 무리들과 싸워 보지도 않고 고스란히 내줄 수는 없네!"

"맞습니다. 하지만 저들은 너무 강합니다. 지금으로서는 항복이 아니면 후퇴뿐입니다. 그래서 말입니다만……."

"……."

"우리가 후퇴를 하게 되면 그들은 곧 남선부를 장악할 것입니다. 그러면 이곳 금동도 더 이상 안전하지 않을뿐더러 대선관님도 그들의 포로가 될지 모릅니다……."

"그것 참 대단히 난감한 일이군. 모처럼 조용한 곳을 찾았는데……."

"안전한 곳으로 피신하시겠습니까?"

"글쎄……. 나는 그냥 이곳에 머무르겠네."

"알겠습니다. 그럼 저는 다시 전장에 나아가서 최선을 다하겠습니다. 다만 이제부터 대선관님을 지켜 드릴 수 없다는 것을 미리 말씀드립니다……."

"……."

"다시 한 번 말씀 드립니다만 정말 피신 안 하시겠습니까?"

"음, 두 번씩이나 이곳을 떠날 수는 없네. 무슨 일이 일어나더라도 나는 이곳에서 연진인께서 내린 근신 기일을 지킬 생각이네."

"옳으신 말씀입니다. 하지만 지금은 천지대란이 발생한 특별한 상황이 아닙니까?"

"할 수 없는 일이지. 그만 나가서 자네 일을 보게."

"예, 그럼 물러가겠습니다. 다시 뵐 수 있을지……."

"어차피 모든 것은 운명이 아닌가……."

"……."

"어서 가 보게."

"그럼……."

분일선은 마지막 인사를 하듯 정중하게 예를 표한 뒤에 조용히 물러 나왔다. 소지선은 아무 일 없었던 것처럼 다시 깊은 명상에 잠겼다.

특사 풍곡선의 위험한 본능

풍곡선은 명상에 잠겨 있다가 조용히 눈을 떴다. 누군가 가까이 오는 것이 감지되었기 때문이다.

"……."

잠시 후 가원이 영빈소에 모습을 드러냈다. 이때 풍곡선은 밀실을 나와 정원을 바라보고 있었다. 가원은 풍곡선을 보자 그 자리에서 한쪽 무릎을 꿇고 정중히 인사를 올렸다.

"특사님을 뵈옵니다."

"음? 그대는 누구인가?"

본유선을 기다리고 있었던 풍곡선은 다른 여인이 나타나자 의아한 표정으로 물었다. 가원은 미소를 지으며 상냥하게 대답했다.

"예, 저는 원화당주 가원이라 합니다. 총관은 잠시 후에 오실 겁니다. 그동안 제가 시중을 들까 합니다."

"오, 그렇다면 이쪽으로 오시오."

풍곡선은 반색을 하며 가원을 맞이했다. 풍곡선의 태도는 누가 봐도 호색한의 모습이었다. 물론 풍곡선은 뜻한 바가 있어 일부러 이런 행동을 하는 것이었는데 가원도 어느 정도 짐작은 하고 있었다.

'특사의 저 호색한 태도는 무엇을 의미할까? 본색을 감추려고 일부러 꾸미는 행동일까? 아니면 정말로 여인을 탐하는 하찮은 존재일까? 도대체 종잡을 수가 없군! 저 능글맞은 표정하며……. 하지만 엄청난 기운이 느껴져……. 과연 이번 특사는 얼마나 강할까?'

특사에 대한 가원의 의심은 이제 호기심으로 변했다.

'주령이 특사를 없애기는커녕 오히려 자신이 당한 것만 봐도 특사가 보통이 아니라는 것을 알 수 있지. 주령은 즐거웠을까? 어머, 내가 지금 무슨 생각을 하는 거야……! 아무튼 빨리 미혼주를 마시게 해야 할 텐데…….'

가원은 계략을 짜내는 한편 요염한 표정을 지으며 풍곡선에게 말했다.

"특사님, 제가 술 한 잔 대접해 올리고 싶은데 허락해 주시겠어요?"

"물론이오, 오히려 내가 부탁하고 싶은 말이오. 나는 술과 여자를 제일 좋아하오, 허허허!"

"예, 감사하옵니다. 미리 준비를 시켜놓았으니 잠깐만 기다리십시오."

"……."

가원은 잠시 밖으로 나가 대기시켜 놓은 여인들을 데리고 들어왔다. 여인들은 저마다 술과 음식을 받든 채 풍곡선에게 잠깐 고개를 숙여 보이고는 순식간에 주안상을 마련했다. 여인들을 내보낸 뒤 가원이 말했다.

"특사님, 잠시 목을 축이고 계시면 총관도 곧 올 것입니다. 그동안 제가……."

"오, 물론이오. 당신처럼 아름다운 여인과 함께 술을 마시면 술맛도 훨씬 좋을 것이오."

"과찬이시옵니다. 제가 먼저 한잔 올리겠습니다."

"……."

풍곡선은 가원이 술을 따르는 동안 노골적인 시선으로 가원의 모습을 지켜봤다. 가원은 특사의 시선을 느끼면서 더욱 정중하고 가냘픈 모습으로 술잔을 채웠다.

"어디 술맛을 볼까!"

술이 가득 채워지자 풍곡선은 단숨에 들이켰다. 술잔은 다시 채워졌고 풍곡선이 은근하게 말을 걸었다.

"직책이 당주라고 했소?"

"그렇사옵니다."

"하는 일이 무엇이오?"

"귀인을 맞이하는 일이옵니다."

"그럼 주령이 하는 일과 같은 일이오?"

"예, 그렇사옵니다."

"호, 아주 잘됐군. 그렇다면 이 몸을 마다하지 않겠소?"

풍곡선은 가원의 얼굴을 뜨거운 시선으로 바라보며 물었다. 가원은 부끄러운 듯 시선을 피한 채 나직하게 대답했다.

"물론입니다. 하지만 총관님이 있는데……."

"총관? 지금 이곳에 없는 사람은 걱정 마시오. 이렇게 아름다운 당신이 내 눈앞에 있으니 지금 당장에는 총관보다 당신을 더 취하고 싶소."

"그렇게 어여삐 봐주시니 영광이옵니다. 우선 술을 몇 잔 더 드시지요."

"허허허, 좋소! 여기 있는 술을 다 마셔 버립시다."

풍곡선은 호탕하게 웃으며 단숨에 술잔을 비워냈다. 술은 순식간에 바닥이 났다. 이때 가원이 슬쩍 특사의 모습을 살펴보니 드디어 미혼주의 효과가 나타나기 시작했다. 미혼주, 이 술은 남성의 이성을 마비시키고 욕망을 부추겨 오로지 여인의 몸을 갈구하게 만드는 술이다.

"……."

풍곡선은 빈 술병을 한번 흔들어 보고는 곧 가원에게 시선을 돌려 부드럽게 말했다.

"가원, 아니 당주, 이 술은 아주 좋은 술인 것 같소. 이렇듯 세상이 정다워 보이다니……. 그리고 당신은 더욱 아름다워 보이는구려. 자, 이리 좀 가까이 오시오……."

풍곡선의 음성은 술기운에 떨리고 있었다.

'드디어 약 기운이 퍼진 모양이군……. 이제 시작해 볼까!'

가원이 회심의 미소를 짓는 동안에도 풍곡선은 더욱 자제력을 잃어갔다.

"당주, 아니 가원, 더 가까이 오라니까!"

풍곡선은 간절한 눈빛으로 가원을 바라보며 다급히 손짓했다. 그러나 가원은 풍곡선을 더욱 애태울 속셈으로 그 자리에서 꼼짝도 않은 채 오히려 나무라듯 말했다.

"조금만 더 기다리세요, 특사님. 조금 있으면 총관이 도착할 텐데……."

"어허, 본유는 본유이고 지금은 당신이 있지 않소. 어서 내 옆으로 와요."

"아이 참! 특사님, 정말 저를 갖고 싶으세요?"

"그렇다마다. 어서 이리 오시오! 더 늑장을 부리면 나는 그냥 가버리겠소."

"어머, 특사님! 그렇게 급하시면 어떡해요!"

"급하면 어떻소? 원래 여인의 몸은 급하게 취하는 것이 더욱 즐겁다 했소! 내가 침착하기라도 바란다는 말이오?"

"아니에요, 특사님. 저를 그렇게 원하신다면 좋아요. 다만 이곳은 다른 사람들의 눈이 있으니 좀 더 한적한 곳으로 장소를 옮기시지요."

"음, 그게 좋겠군……. 그렇다면 당장 그리로 갑시다."

풍곡선은 서둘러 자리에서 일어났다. 가원은 망설이듯 천천히 일어나 풍곡선을 어느 방으로 안내했다.

그 방은 넓고 깨끗했으며 한쪽에는 휘장이 둘러쳐진 화려한 침실이 있었다. 풍곡선은 방에 들어서자마자 가원의 손을 움켜잡았다.

"어머! 부끄럽습니다."

가원은 요염한 미소를 지으며 가볍게 손을 뿌리쳤다. 그러나 풍곡선은 가원의 저항에도 아랑곳없이 이번에는 두 팔로 가원을 끌어안았다. 가원은 가볍게 밀치는 듯하면서도 풍곡선을 따라 침실로 갔다. 풍곡선이 가원의 옷을 벗기려 하자 가원이 다정하게 말했다.

"특사님, 제가 벗을게요. 특사님도 벗으세요."

"음……."

풍곡선은 순식간에 옷을 벗어 던졌다. 가원은 풍곡선을 애태우기라도 하듯 하나씩 천천히 벗었다. 이윽고 가원의 빛나는 육체가 모두 드러났다. 완벽한 아름다움, 자연계에 이보다 아름다운 모습은 없으리라! 풍곡선은 가원의 온 몸을 더듬으며 거칠게 눕혔다.

"아 ——"

가원은 가볍게 신음하며 눈을 감았다. 풍곡선은 가원을 향해 다급하게 파고들었다.

"음 —— 아."

가원의 신음 소리와 함께 두 육체는 하나로 결합되었고 풍곡선은 서서히 몸을 움직이기 시작했다.

"음 —— 아."

어느덧 가원은 신음을 하면서 양팔로 풍곡선의 목을 휘감았다. 풍곡선의 움직임은 더욱 격렬해졌고 가원도 쾌감의 강도를 더욱 높이기 위해 스스로 몸을 움직이기 시작했다. 이제 두 사람은 점점 더 깊은 쾌락의 늪으로 빠져들었다.

"음 —— 아."

"흠 ——"

두 사람의 신음 소리가 묘한 조화를 이룬 가운데 밖에서는 본유선이 이들의 모습을 몰래 살펴보고 있었다. 잠시 후 아직 자신이 행동할 때가 아닌 것 같자 본유선은 조용히 물러갔다.

풍곡선은 가원과의 육체 접촉을 통해 쾌감을 얻는 대신 엄청난 기운을 소모하고 있었다. 한편 가원은 자신의 몸에서 느껴지는 쾌감을 억제하려고 무척 애를 썼다. 그러나 풍곡선의 강렬한 동작은 때로 가원의 자제력을 무너뜨리고 있었다.

'안 돼! 참아야 해……. 음, 내가 빠져들겠어! 아니, 안 돼!'

가원은 풍곡선의 몸동작에 대응해 자신의 몸을 움직이면서도 마음은 평정을 유지하려 했다.

"음 —— 아."

"흠 ——"

가원과 풍곡선의 신음 소리는 서로를 더욱 자극하였다. 더구나 풍곡선의 강렬한 힘은 가원을 점점 더 어려움에 빠뜨렸다. 가원에게는 어떤 일이 있어도 특사의 기운을 탕진시켜 끝내는 죽음에 이르게 해야 하는 임무가 있다. 그러나 가원은 시간이 흐를수록 자신의 힘으로는 그 일이 불가능하다는 것을 깨달았다.

풍곡선의 몸동작은 그칠 줄 몰랐다. 풍곡선이 어느 정도의 쾌감을 느끼고 얼마만큼 기운을 탕진했는지 알 수 없으나 가원이 느끼는 쾌감 또한 점차 커져갔다. 가원은 이 쾌감을 잊으려고 얼굴을 찡그리며 이를 악무는 한편 특사의 몸을 어루만지면서 한 가닥 기운을 주입시켰다. 이 기운은 남성으로 하여금 색정에 빠지게 만드는 것으로, 몸과 영혼을 오로지 성적 쾌감에만 몰입시켜 이성적인 판단을 내릴 만한 틈을 주지 않는 것이다. 또한 쾌감의 뿌리를 건드려 자극을 높이고 기력의 탕진을 급속화시키는 작용이 있다.

풍곡선은 이미 미혼주를 마셔 색정이 극한 상태에 이른데다가 가원의 요기가 몸에 주입되자 움직임이 더욱 격렬해졌다. 그러고는 곧 절정을 느끼며 전신을 떨었다. 하지만 절정 후에도 동작은 멈춰지지 않고 계속해서 움직였다. 평범한 인간은 한번 절정감을 느낀 후 곧 지치게 되지만 공력이 높은 선인들은 그렇지 않다. 게다가 풍곡선의 몸에 주입된 요기는 생명이 다할 때까지 모든 기운을 쾌감에만 몰입시키는 것이다.

"흠 —— 아."

"음 —— 아."

풍곡선의 몸놀림이 더욱 강해지고 다양해지자 가원도 쾌감을 억제하는 것이 점점 힘들어졌다. 풍곡선은 자신의 생사에는 관심을 두지 않고 오로지 쾌감에 몰두할 뿐이었다.

풍곡선의 정신은 미혼주와 요기가 배합되어 욕정의 극한 상태에 있었다. 이제 상대해 주는 여인만 있으면 특사를 끊임없는 쾌락의 노예로 만들 수 있다.

끊임없는 쾌락! 이는 몸의 파괴로 이어지고 결국 죽음을 맞이하게 되는 것이다. 가원의 임무는 바로 이것이었다. 하지만 가원은 자신의 능력으로는 불가능하다는 것을 깨달았다.

결국 가원은 자신의 몸에서 일어나는 쾌감을 있는 힘을 다해 참아내다가 의식을 잃었다. 하지만 특사는 아무것도 깨닫지 못한 채 계속해서 몸을 움직였다. 이때 본유선이 소리 없이 들어왔다. 특사는 누군가가 침실로 들어온 것도 모른 채 오로지 쾌감을 느끼는 데만 몰입했다.

'정말 대단하군, 가원을 기절시킨 것을 보면……. 이제는 내가 나설 차례야…….'

본유선은 차가운 미소를 지으며 옷을 벗기 시작했다. 이슥고 옥보다 더 깨끗하고 세상 그 무엇보다도 아름다운 완벽한 육체가 애처롭게 드러났다. 본유선은 재빨리 특사에게 가까이 다가갔다.

"……."

본유선은 잠시 특사의 둔부를 바라본 뒤에 천천히 어루만졌다. 본유선은 특사의 몸을 밀어 자세를 바꾸어 놓았다. 그러나 특사는 여전히 가원의 둔부를 끌어안고 움직임을 계속했다. 본유선은 특사의 손을 슬그머니 뿌리치고 가원의 몸을 밀쳐낸 뒤 특사의 몸 위로 올라갔다.

특사는 여인이 바뀐 줄도 모르고 동작을 계속했다. 본유선은 교묘하게 하체를 움직여 특사를 자극하기 시작했다. 특사는 더욱더 쾌감에 몰두하면서 격렬하게 움직였다. 잠시 후 본유선은 특사의 몸을 끌어안고 한 바퀴 뒹굴어 자세를 바꿨다.

이제 특사는 더 적극적인 움직임을 펼칠 수 있게 되었다. 본유선이 자신이 느끼는 쾌감을 억제할 수 있다면 특사는 자신의 생명력이 다 소진할 때까지 오로지 성적 쾌락에만 몰두하게 되는 것이다.

본유선은 자신의 승리를 확신하고 있었다. 특사가 비록 공력이 제아무리 강하다고는 하나 이미 주령과 상대하여 기운을 소진하였고 곤륜산에 와서 미혼주를 마셨다. 게다가 또다시 가원과 상대하면서 요기까지 주입된 것이다. 상당한 기운을 소모했음에도 불구하고 특사는 극한적인 자극을 받으며 끊임없이 육체적인 쾌락에 몰두하였다.

두 사람의 운명은 어찌 될 것인가! 본유선은 특사가 가볍게 여길 만한 상대가 아니라는 것을 감지했다. 특사는 오랜 세월동안 본유선이 상대해 온 어떠한 남자보다 강했다. 물론 그렇다고 해서 본유선이 위축되는 것은 아니었다. 오히려 본유선은 그 신비한 하체를 움직여 더욱 특사의 쾌감을 자극시켰다.

평허선공, 옥황부로 진격하다

천지대란은 동화궁의 반란 외에도 여러 곳에서 발생하였다. 안심총의 염라부 파견소에서는 긴급 보고를 내보냈다.

—— 염라부에 비상사태 발생, 죄수들의 집단 탈출. 특히 이중에는 위험한 원시 악령도 포함되어 있음. 감옥은 평허선공에 의해 파괴됨.

이 다급한 보고는 염라부에서 직접 옥황부에 전달해 왔고 안심총과 입명총에 긴급 구원을 요청해 온 것이다. 염라부의 사태는 동화궁의 반란에 이어 온 우주에 혼란을 크게 가중시켰다. 그야말로 걷잡을 수 없는 상황, 모든 것이 정상에서 벗어난 혼돈 상태였다. 이는 화수미제(火水未濟:☲☵) 괘상으로 자연의 화합이 깨지고 있는 것이다.

지옥을 탈출한 죄수들은 제멋대로 행동하고 있었다. 이들은 단순히 염라부의 체포를 피해 도망하는가 하면 오히려 옥황부에 공격 행위를 일삼기도 했다.

염라부에서는 자체 비상 포획망을 동원하여 달아난 죄수들을 다시 잡아들이고 있었지만 대부분의 죄수들은 이미 염라지역을 탈출한 뒤였다. 이들은 곳곳으로 숨어들어 일부는 개별 또는 집단적으로 옥황부 공식 선관들을 공격하였다. 죄수들에 의해 피해가 속출하자 옥황부에서는 혼란한 지역에 입명총의 병력을 파견하였다. 또한 각 선부에 감찰관을 파견하여 혼란한 사태에 따른 민심의 동요를 막기 위해 최선을 다했다.

그러나 천하의 혼란은 여기서 그치지 않았다. 몇몇 선부는 현재 벌어지고 있는 우주 사태에 대한 옥황부의 무능력을 이유로 동화궁의 반란 행위를 공공연하게 두둔하고 나섰다. 이러한 각 지역의 혼란한 사태는 옥황부에 속속 보고되고 있었다. 이 와중에 또다시 극도의 혼란한 사태가 발생하였다. 바로 옥황부 특구 가까이서 일어난 사건으로 놀랍게도 평허선공이 그 사건의 장본인이었다.

이 사건은 평허선공이 경호 특별 지역인 옥황궁의 후면 지역에 나타나 십무간진을 공격한 것이다. 십무간진이란 옥황궁으로 통하는 취약 지구를 물샐틈없이 방어하는 극강의 진형이다. 이것은 고도의 공력을 갖춘 선인들이 필사적인 방어 태세를 구축한 것으로 비록 평허선공이라 할지라도 쉽사리 돌파할 수 없다.

십무간진은 수많은 선인들이 그들의 혼령을 감응시켜 초유기체를 형성하고 있는 상태를 말하는데 이러한 초유기체는 전체가 곧 하나이고, 한 사람의 기운이 곧 전체의 기운이다. 따라서 수많은 선인들의 힘이 한 곳으로 집중되었을 때는 평허선공의 힘도 능가할 수 있다.

평허선공은 옥황궁으로 침투하기 위해 십무간진에 접근을 시도했지만 끝내 그 방어를 뚫지는 못했다. 이 전투에서 옥황부의 선인들이 다수 부상을 입었고 한 선인이 절명했다. 이들은 온 힘을 다해 옥황궁에 침입하려는 평허선공에게 대항했던 것이다.

십무간진은 참으로 위대했다. 대단한 능력을 지닌 평허선공을 상대로 이토록 분투할 수 있었다니! 물론 십무간진은 옥황부의 공식 방어 수단 중에 하나였지만 상대가 평허선공인데도 위력을 발휘했다는 것은 실로 대단한 일이었다. 아무튼 평허선공이 옥황궁에 침투하려고 했다는 사실은 옥황부 전체를 경악시켰다.

평허선공이 그런 짓을 한 이유는 무엇일까? 혹시 옥황상제에 대해 무례한 짓을 저지르려 한 것은 아니었을까? 많은 가능성이 검토되었지만 결론은 모두 불길한 것뿐이었다. 만약 평허선공이 십무간진을 뚫는데 성공했다면 옥황상제의 신변에 불미스런 일이 발생할 뻔하지 않았는가!

옥황부는 이와 같은 위급한 사태에 직면하게 되자 옥황상제 경호 태세를 3급에서 2급으로 전환시키고 또 다른 공격에 대비해 만반의 준비를 갖추기 시작했다. 경호 태세가 2급으로 전환되면 옥황궁 내에도 경호군이 진입하고 심지어는 옥황상제 침소(寢所)에도 경호군이 근접하게 되는 등 번거로움은 이루 다 말할 수 없다.

더구나 2급 경호령이 발령되면 그 사유를 옥황상제에게 알려야 한다. 옥황상제가 평허선공의 옥황부 침입 기도와 동화궁의 반란, 그리고 염라부 지옥의 파괴 등 현재의 혼란한 사태에 대해 알게 되면 얼마나 심려가 클까? 이는 옥황상제께 황송하기 그지없는 일이다. 하지만 오늘날 곳곳에서 벌어지고 있는 우주의 사태를 언제까지나 옥황상제께 함구하고 있을 수만은 없었다.

이러한 암울한 현실 속에서 또다시 옥황부의 긴급 중앙집정회의가 열렸다. 의장인 상일선이 우울한 음성으로 개회를 선언하자 곧바로 측시선이 자리에서 일어났다. 지금과 같은 비상사태에 직면했을 때는 당연히 안심총 대선관인 측시선이 서두를 꺼내야 할 것이리라!

"현재 전 우주에는 몹시 유감스러운 사태가 벌어지고 있습니다. 간략하게 지금까지의 상황을 먼저 말씀 드리겠습니다. 우리 안심총에 접수된 보고에 의하면……."

"……."

"이 모든 혼란한 사태는 평허선공으로부터 비롯되었습니다. 마침내 평허선공이 평소 심중에 비밀히 감추어 두고 있던 계획을 실행에 옮기는 것 같습니다. 우리 안심총의 판단에 의하면 평허선공은 옥황부 전체를 파괴하는 데 뜻을 두고 있는 것 같습니다……."

"……."

"그 첫 번째로 동화궁주가 평허선공을 적극 추종하여 옥황부에 반기를 드는 군대를 일으켰습니다. 현재 그 반역군의 공격을 받고 있는 우리 남선부의 운명은 풍전등화와 같습니다. 남선부의 병력으로는 저들의 공격을 저지하지 못할 것입니다. 그리고……."

"……."

"염라부의 지옥 파괴 사태는 염라대왕이 직접 나서서 최대한 수습을 하고 있으나 그 피해가 너무 큽니다. 지옥을 탈출한 죄수들은 이미 곳곳에 흩어져 혼란을 야기하고 있을 뿐만 아니라 일부는 옥황부를 향해 오고 있습니다. 이들의 목표는 옥황부에 대한 복수입니다. 특히 영원히 죄수로 낙인찍힌 이들은 자신들에게 그런 벌을 내린 옥황부에 불만을 품고 이곳을 파괴하려는 것이지요……."

"……."

선인들 사이에는 더욱 무거운 침묵이 흘렀다.

"영원히 죄수로 낙인찍힌 이들은 아주 위험합니다. 이들의 실력은 막강하기 때문에 이에 따른 각별한 대응이 필요합니다. 물론 옥황부의 경비군과 입명총의 정규군이 감당해야 할 문제입니다만 우리 안심총에서도 탈출한 죄수들을 모두 잡아들이기 위해 특별 요원들을 파견했습니다. 특별 요원들에게는 주로 영원한 죄수를 체포하는 임무가 주어졌습니다. 그런데 가장 큰 문제는……."

"……."

"평허선공의 옥황부 침투 기도 사건입니다. 분명 평허선공은 옥황상제의 옥체를 손상시키기 위해 옥황궁에 침투하려 했을 것입니다. 이는 옥황상제께 매우 황송한 일입니다. 그리고 몹시 위험한 일이지요. 아무튼 평허선공은 또다시 옥황궁에 침투를 시도할 것입니다. 우리는 이를 철저히 방비해야 합니다. 그래서 저는 이 자리에서 평허선공의 체포를 제안하는 바입니다. 그리고 아울러 평허선공의 최대 추종자인 동화궁주를 암살하기 위해 밀선을 파견하는 일도 제안하겠습니다……."

"……."

측시선은 주위를 둘러보며 자리에 앉았다. 선인들은 각자 깊은 생각에 잠겼다. 측시선의 발언에는 특별한 내용이 없었다. 측시선이 제안한 평허선공의 체포는 당연한 일이었다. 누구든지 허락 없이 옥황궁에 침입하려 했다면 그것은 이유를 막론하고 중죄에 해당되기 때문이다. 그러나 동화궁주를 암살하는 문제는 그렇게 간단하지가 않다. 옥황부에 반기를 든 동화궁주의 죄는 크지만 어쨌든 정식 절차를 거쳐 그에 따른 처벌을 해야 하는 것이지 암살은 선인들의 세계에서는 불가능한 일이다.

잠시 후 광을선이 일어났다. 광을선은 입명총의 대선관으로 이런 위급한 상황에서는 가장 중요한 인물이 아닐 수 없다.

"제가 말씀 드리지요……."

광을선은 평소보다 침착한 태도로 서두를 꺼냈다.

"우리 입명총은 오늘날의 혼란한 사태에 대응할 만한 충분한 능력을 갖추고 있습니다. 현재 대규모의 정규군이 남선부를 향해 진격하고 있습니다만 그보다 먼저 떠난 신속 원정군이 남선부를 시기적절하게 구원할 수 있으리라고 봅니다."

"……."

"그리고 염라부의 사태도 마찬가지입니다. 우리는 도망간 죄수들을 다시 체포하기 위한 지원군을 염라부에 파견하는 한편 동화궁을 장악하기 위해 별도의 군대를 파병하였습니다. 여러분께 진심으로 말씀 드리지만 우리 입명총의 능력은 천하를 뒤덮을 만큼 막강합니다. 동화궁이 감히 옥황부에 도전하여 옥황상제께 황송한 일을 저지르는 것은 도저히 용서할 수 없는 일입니다. 여러 선인들께서는 너무 심려 마시기 바랍니다."

"……."

광을선은 의장인 상일선과 좌중을 향해 고개를 숙여 보인 후 당당한 자세로 앉았다. 그러자 대측선이 일어났다. 옥서각의 주인인 대측선은 옥황상제를 보좌하는 임무를 맡고 있는 지체 높은 선인이다.

"광을선의 말씀을 들으니 적이 안심이 됩니다. 아무쪼록 입명총의 분발을 기대합니다. 현재 옥황상제께서는 다행스럽게도 이번 불충한 사태에 대한 자세한 내용은 알지 못하십니다만……."

"……."

"제가 제일 걱정하는 것은 옥황부의 방비에 관한 것입니다. 이미 옥황부 일원에 평허선공이 출현한 바 있지만 이는 심히 유감스럽고 위험한 일입니다. 그래서……."

"……."

"측시선께 묻겠습니다. 과연 평허선공을 체포하는 일이 가능한 것인지요? 거기에 대한 특별한 대책이 있으십니까? 그리고 저는 동화궁주를 암살하기 위해 밀선을 파견하는 일은 반대합니다. 오히려 가능하다면 평허선공에게 그런 일을 해야 하는 것이 아닙니까! 아무튼 평허선공을 체포하든 암살하든 간에 우리에게 그만한 능력이 있는지 묻고 싶습니다."

"……."

대측선이 제기한 사안으로 분위기가 잠시 숙연해졌다. 그러자 측시선이 자리에서 일어나 약간 미소를 짓는 듯한 모습으로 서두를 꺼냈다.

"제가 대답하겠습니다. 좀 전에 제가 평허선공의 체포에 대해 말씀드렸습니다만……."

"……."

"방법이 전혀 없는 것은 아닙니다. 우선 우리 안심총의 비밀 기구 중에는 체포 전문 부대가 있습니다. 이 부대는 제아무리 뛰어난 평허선공이라 해도 체포할 수 있는 방법이 있습니다. 즉, 감위수(坎爲水:☵☵)의 진법을 구사하여 적을 빠져들게 하는 것입니다. 이는……."

"……."

"십무간진처럼 여러 명이 한 곳에 힘을 모아 하나의 거대한 힘을 발생시키는 것으로, 일단 평허선공이 이 진법에 빠져들면 헤어나기는 어렵습니다. 이때 습감막(習坎幕)을 더욱 증가 시키면 평허선공을 가

두어 놓을 수 있습니다. 이 습감막을 염라부로 이송시켜 특별 감옥인 저옥(低獄)에 넣어버리면 평허선공은 더 이상 반기를 들지 못할 것입니다. 그런데 문제는…….”

“…….”

“감위수의 진법 속에 평허선공을 빠져들게 하기 위해서는 은밀히 공격해야 한다는 것입니다. 이것은 즉, 평허선공을 유인하여 조용히 엄습한다는 뜻입니다. 그렇게만 되면 평허선공도 체포할 수 있습니다. 그리고…….”

“…….”

“유인이 어려울 경우에는 또 다른 방법을 쓸 수 있습니다. 그것은 바로 염라대왕으로 하여금 평허선공과 대결하게 하고 우리는 기회를 엿본 뒤에 감위수의 진법을 구사하는 것입니다. 사실 이 방법이라면 아주 손쉽게 평허선공을 체포할 수 있습니다. 어떻습니까? 세부 사항에 대해서는 생략하겠습니다만 우리 안심총 감위수 진법 기구는 훈련이 잘 되어 있다는 점을 자신 있게 말씀 드리겠습니다. 그리고 현재 이 기구는 모처에 잠복하여 평허선공이 걸려들기를 기다리고 있습니다.”

측시선은 미소를 지으며 앉았다. 그러자 상일선이 말했다.

“좋은 의견입니다. 다른 의견이 없으면 우리는 염라대왕께 평허선공의 체포를 공식 의뢰할 것입니다.”

“…….”

좌중은 침묵으로 상일선의 선언을 지지했다. 이로써 평허선공 체포는 공식화되었고 상일선은 다음 문제를 거론했다.

“다음은 동화궁주에 관한 문제입니다만 암살은 무리일 것 같습니다. 궁주는 마땅히 체포되어 정식 재판을 거쳐 처벌받아야 하지 않겠습니까?"

"……."

선인들은 역시 찬성하는 뜻으로 침묵을 지켰다. 상일선이 다시 말했다.

"이제부터는 현 사태에 대한 좋은 의견이 있으면 기탄없이 말씀해 주시기 바랍니다……."

"예, 제가 말씀 드리지요."

묵정선이 일어나 좌중을 향해 정중히 고개를 숙인 후 얘기를 시작했다.

"이번 사태에는 한 가지 의문점이 있습니다. 동화궁주는 평소 옥황부의 권위에 도전해 온 적이 있으나……."

"……."

"이번처럼 대규모 전쟁을 일으킬 만한 반역의 소지는 없었습니다. 이번의 사태는 평허선공의 명령에 의해 일어난 것입니다. 그런데 평허선공은 왜 갑자기 이런 짓을 저지른 것일까요? 저는 그것이 무척 궁금합니다. 평허선공은 동화궁주를 부추겨 어느 날 갑자기 전쟁을 일으켰고, 염라부의 죄수들을 풀어놓았을 뿐만 아니라 옥황궁을 공격했습니다."

"……."

"그 이유가 무엇일까요? 저는 먼저 그것에 대해 생각해 봤습니다……."

"……."

"평허선공은 이러한 혼란을 일으키기 전에 정마을을 방문한 바 있습니다. 혼란한 우주 사태에 대한 해결책을 찾기 위해 역성 정우를 만나러 간 것이지만 그 직후 평허선공은 여러 사건을 벌이고 있습니다. 과연 정마을에서 무슨 일이 있었을까요? 역성 정우에게 무슨 말을 들었을까요? 저는……."

"……."

"이 문제를 알아보기 위해 정마을에 밀사를 파견해야 된다고 봅니다. 즉, 역성 정우가 평허선공과 어떤 대화를 나누었는지를 알아보자는 뜻이지요. 또한……."

"……."

"정우에게 평허선공을 체포할 방법이 있는가를 묻고자 합니다."

"좋은 생각입니다."

묵정의 말에 찬성을 표하며 곡정선이 나섰다.

"제 의견을 말씀 드리지요. 현재 우주의 사태는 종잡을 수가 없습니다. 이러한 혼란에 대해 역성의 견해를 묻고자 합니다. 그리고 저는 밀사가 될 용의가 있습니다. 저를 속세로 파견시켜 주십시오."

"……."

좌중은 곡정선의 뜻밖의 제안에 잠시 술렁였다. 곡정선은 옥황부의 공식 역관으로 천하제일의 역학 도인, 즉 역존(易尊)인 셈이다. 이러한 역존이 역성인 정우를 만난다는 것은 실로 흥미로운 일이 아닐 수 없다.

역존과 역성! 서로가 위대한 의견을 교환한다면 혼란한 우주 사태에 대한 해결책을 마련할 수 있으리라! 다만 현재 속세로 통하는 인연의 늪이 동화궁에 장악되기 직전인 상황에서 곡정선이 어떻게 속세로 무사히 내려갈 수 있느냐가 가장 큰 문제이다. 상일선이 말했다.

"곡정선께서 밀사가 되겠다는 것은 대단히 환영할 만한 일입니다. 단지 위험을 무릅쓴다는 것이 마음에 걸리는데 무슨 방법이 있는지요?"

"예, 있습니다. 그것을 여기서 말씀 드릴 수는 없지만 저는 기필코 정마을에 도달해서 역성을 만나고 오겠습니다."

"……."

상일선은 고개를 끄덕이고 좌중을 돌아봤다. 선인들은 침묵으로 이를 승인했다. 회의는 잠시 후 끝났다.

이때 남선부에서는 동화궁의 병력이 진격해 오자 수적으로 불리함을 깨닫고 정면 대응을 피해 외곽으로 후퇴를 했다. 따라서 동화궁은 별다른 유혈 사태 없이 쉽게 남선부를 점령하기에 이르렀다. 이 직후 옥황부의 신속 원정군이 남선부 영역에 당도하여 후퇴하고 있던 남선부의 병력과 만났다. 이들은 전열을 가다듬으면서 남선부를 탈환하고 그 여세를 몰아 동화궁을 궤멸시킬 궁리를 하였다.

"단숨에 밀어붙입시다. 이 정도면 전력도 충분하지 않소?"

분일선이 강력히 제안했다. 그러나 신속 원정군 사령관은 다른 의견을 내놓았다.

"좀 더 기다려 봅시다. 남선부는 이미 빼앗겼으니 급히 서두를 필요가 뭐 있겠소. 정규군이 이곳에 도착하면 그때 한 번에 적을 섬멸하면 되지 않겠소."

"그건 아니 될 말이오. 동화궁 측은 현재 다른 선부의 역도들을 모집하고 있으니 시간이 지날수록 더욱 전력이 강화될 것이오. 게다가 동화궁에서도 제2군이 오고 있지 않소."

"글쎄요, 역도들을 모집하는 일은 아무래도 시간이 걸리는 법이오. 그리고 동화궁의 제2군이 도착하는 데도 시간이 걸릴 것이니 옥황군을 기다립시다."

의견이 분분했으나 신속 원정군 측에 실권이 있는 만큼 남선부 탈환 작전은 지연될 수밖에 없었다. 한편 동화궁 측에서는 오히려 공격을 서두르고 있었다. 시간이 지날수록 불리해진다는 것을 알고 있는 동화궁 측에서는 단숨에 몰아붙이려는 계획이었다. 이렇게 되면 다른 선부의 가담도 손쉽게 이끌어 낼 수 있게 된다. 동화궁이 옥황부를 밀어붙이고 있다고 하면 평소 옥황부에 반감을 갖고 있던 무리들도 쉽게 동화궁에 합세해 옥황부에 대응할 것이다.

이것이 바로 혁명의 논리이다. 실패하면 역적이 되고 성공하면 혁명이 되는 상황에서는 첫 승리가 그만큼 중요한 법이다. 동화궁 측에서는 각 선부에 격문을 보내 궐기를 호소하는 한편 동화궁의 남선부 장악을 선전하고 동화군에 밀려 옥황군이 후퇴하고 있다고 과장해서 소문을 퍼뜨렸다.

동화군의 진격 작전은 이미 완료되었다. 동화군은 세 방향으로 진격하여 적을 포위하고 철저히 섬멸할 것을 계획하였다. 현재의 병력수로 보면 동화궁 측이 다소 우세한 편이나 옥황부의 정규군이 당도하게 되면 상황은 크게 역전된다.

"당장 진격합시다. 적은 지금 막 행군해 와서 전력이 정비되지 않고 있습니다."

"그렇소, 지원군이 오기 전에 섬멸시켜 버립시다."

동화궁의 사령관들은 공격할 것을 결정하고 출동을 개시했다. 그런데 그 순간 평허선공이 남선부에 모습을 나타냈다. 이것은 동화궁 측에 크게 유리한 것으로 선인들의 사기는 더한층 고무되었다.

"어른께서 오셨다, 전군 정렬하라……!"

"행차하셨습니까? 삼가 인사드립니다."

동화궁주와 군사령관들이 일제히 무릎을 꿇고 정중히 인사를 올렸다. 이들의 모습은 위축됨이 없이 당당하기만 하였다. 평허선공은 만족한 미소를 띠며 인자한 음성으로 말했다.

"자네들, 수고하는군. 지금 진격을 하려는 중인가?"

"예, 그렇사옵니다."

"군의 사기는 어떤가?"

"하늘을 찌를 듯합니다. 더구나 이렇게 어른을 뵙게 되니 더더욱 용기가 솟는 듯합니다."

동화궁주는 밝은 미소를 지으며 씩씩하게 대답했다.

"……."

평허선공은 고개를 끄덕이고 잠시 생각에 잠겼다. 그러고는 천천히 말을 꺼냈다.

"자네들은……."

"……."

"잠깐 여기서 기다리게. 옥황군은 내가 물리쳐 보겠네."

"예? 어른께서 직접 나서시겠습니까?"

"음, 자네들은 출동 태세만 갖추고 있게. 금방 다녀오겠네."

"……."

평허선공은 그 자리에서 사라졌다. 잠시 후 평허선공은 옥황군의 사령부에 모습을 드러냈다.

"아니, 어르신께서……! 인사드리옵니다."

옥황부의 군사령관들은 적군의 사령관인 평허선공의 등장에 깜짝 놀라며 인사를 올렸다. 평허선공이 인자하게 말했다.

"일어나게."

"감사하옵니다."

"……."

사령관들은 절을 하고는 몸을 일으켰지만 여전히 고개를 숙이고 있었다. 옥황부에 반기를 든 평허선공에 대한 반항의 뜻이 담긴 외면일 것이다. 평허선공은 순간 미소를 짓다가 냉엄하게 말을 꺼냈다.

"자네들한테 할 얘기가 있네……."

"……."

"현재 우리는 공식적으로 전쟁 중이기는 하지만 잠시 내 말을 들어보게."

"예, 가르침을 주십시오."

신속 원정군 사령관은 다소 표정을 누그러뜨리며 대답했다.

"음, 우선 모든 지휘관들을 이곳으로 불러오게."

"예, 곧 시행하겠습니다."

잠시 후 옥황군의 모든 지휘관들이 사령부에 모였다. 이들은 남선부와 신속 원정군의 지휘관들로 평허선공을 보자 가볍게 고개를 숙인 뒤 정중히 자세를 갖추고 서 있었다. 평허선공이 말했다.

"모두들 앉게."

"예, 감사하옵니다."

지휘관들이 자리에 앉자 평허선공이 곧바로 서두를 꺼냈다.

"제군들, 나는 난진인의 이름으로 명령을 내리겠네. 이것을 알아보겠는가?"

평허선공은 난진인의 영패를 꺼내 보였다. 그러자 지휘관들은 의자에서 내려와 황급히 무릎을 꿇고 예를 갖췄다. 평허선공이 근엄하게 말을 이었다.

"나는 자네들에게 지금 이 시간부터 동화궁에 가담할 것을 명하겠네. 다만……."

"……."

"자네들은 지금 옥황상제의 명령에 따라 움직이는 중이므로 선택권을 주겠네……."

"……."

지휘관들은 저마다 깊은 생각에 잠겼다. 난진인을 따를 것인가, 아니면 옥황상제를 따를 것인가! 권위로 보자면 옥황상제가 온 우주에서 가장 존귀하다. 하지만 인격으로 볼 때는 난진인이 가장 존귀한 것이다. 즉, 권위를 앞세울 것인지, 아니면 인격을 앞세울 것인지는 각자의 선택에 맡겨진 셈이다.

단지 옥황상제의 권위란 현실의 법률에 해당되므로 인격에 비해 공식적인 의미를 가진다. 물론 선인들에게는 공식적인 의미 못지않게 인격도 소중하다. 그리고 평허선공이 들고 있는 난진인의 영패는 난진인의 명령과 같은 것이다.

잠시 망설인 끝에 몇몇 지휘관이 나섰다.

"저희는…… 어른의 명에 따를 수 없습니다. 저희는 옥황부에 따르겠습니다."

"음…… 선택은 자유일세. 다른 의견은 없는가?"

"예, 저도 옥황부의 명에 따르겠습니다. 다만……."

신속 원정군 사령관이 나서며 말했다.

"저는 제 개인적인 판단에 따라 옥황부를 선택했습니다. 따라서 제 휘하의 장군들에게 무조건 제 입장을 지지해 달라고 호소하지는 않겠습니다."

"알겠네, 그럼 다른 사람들의 의견은 어떤가?"

"예, 저희는……."

몇몇 지휘관이 나섰다.

"난진인의 명에 따르겠습니다."

"좋아, 또 다른 사람은……."

"예, 제가 말씀 드리겠습니다……."

이번에는 분일선이 말했다. 분일선은 남선부의 총사령관이라는 직책을 맡고 있는 선인이다.

"저는…… 저의 상관인 소지선을 먼저 만나보고 싶습니다. 저 개인적으로는 난진인을 따르고자 하나 현재 제가 남선부의 대선관 직책에 있으므로 먼저 직위를 반납하는 절차를 취하겠습니다. 넓은 마음으로 이해해 주십시오."

분일선은 자신의 선택이 부하들의 결정에 영향을 주지 않을까 염려되어 먼저 남선부의 대선관직을 반납하겠다는 것이다. 평허선공은 고개를 끄덕이며 인자하게 말했다.

"자네는 경위가 바르군. 그럼 대선관직을 반납하고 동화궁에 귀속하게."

"예, 지시를 받들겠습니다."

"음, 나머지 사람들은 아직 생각을 하는 중이겠지! ……나는 이만 돌아가겠네. 난진인을 따르고자 하는 사람들은 즉시 동화궁으로 귀속하게. 그리고……."

"……."

"옥황군은 당장 이곳에서 철수하게. 잠시 후 전투가 시작되면 나는 자네들을 완전히 궤멸시킬 것이야. 옥황군은 이미 전력을 상실했으니 동화궁에 대항한다는 것은 무리일세. 옥황부를 따르겠다는 병력과 함께 즉시 떠나게."

"예, 그럼 물러가겠습니다."

신속 원정군 사령관은 쓸쓸한 음성으로 말하고 조용히 물러갔다. 평허선공은 그 자리에서 사라졌다. 잠시 후 옥황군 내부에는 소란이 일었고 진형은 둘로 갈라졌다. 모든 선인들은 저마다의 입장에 따라 갈 길을 선택한 것이다. 대부분은 난진인의 영패에 따라 동화궁에 가담했지만 일부 병력은 옥황군에 남아 철수를 시작했다. 이로써 옥황군의 원정은 실패했고 첫 대결은 동화궁의 완전한 승리로 돌아갔다.

위대한 전야

상계에서는 우주의 혼란이 극도에 이르렀을 무렵 속세인 정마을에는 한가하고 평화로운 나날이 계속되었다. 특히 숙영이 어머니의 수도 생활은 아무런 장애 없이 순조롭게 진행되고 있었다. 숙영이 어머니에게 예정된 49일간의 수도 생활 중에 이미 40일이 지나갔다.

이즈음 옥황부에서는 소화공주의 젊음을 되찾아 주기 위해 몇몇 선인들을 정마을로 파견했다. 그런데 속세로 통하는 길목인 인연의 늪이 이미 옥황부의 관할에서 벗어나 반역군인 동화궁의 수중에 있었다.

옥황부에서는 이러한 문제점이 있는 데도 불구하고 숙영이 어머니의 젊음을 되찾게 해 줄 생명관(生命官)을 파견한 것이다. 옥황부의 생명관은 모두 세 명의 선녀들로 수인, 소근, 미연이다.

이들은 과거에 풍곡선과 인연이 있었기 때문에 이를 감안하여 이번 임무에 선발된 것이다. 물론 이들은 뛰어난 실력과 자격을 갖추고 있었다. 이 세 명의 생명선(生命仙)들이 남선부에 도착하자 동화궁 측에서는 이들을 곧장 연행하여 심문을 시작했다.

"어디서 오는 길이오?"

심문관은 위압적인 태도로 물었다. 그러나 생명선은 전혀 위축됨이 없이 당당하게 대답했다.

"옥황부에서 왔습니다."

"무슨 일로 왔소?"

"당신들한테는 용무가 없습니다. 우리는 속세로 가는 중입니다."

"속세? 속세에는 무슨 일 때문에 갑니까?"

"생명을 고치는 일입니다."

"누구의 생명을 고칩니까?"

"그것은 당신들이 알 필요가 없습니다. 우리는 옥황부에서 임명한 생명관입니다."

"그래요? 하지만 속세는 지금 동화궁에서 관할하고 있습니다. 옥황부의 일은 사적인 것일 뿐이오."

"그럼 통과시키지 않겠다는 뜻인가요?"

"그렇소, 체포를 하지 않은 것만으로도 다행으로 아시오. 어서 옥황부로 돌아가시오."

"그리할 수는 없습니다. 우리는 반드시 속세로 가야 합니다."

"허, 지금 우리는 전쟁 중이오. 더 이상 지체하면 적으로 간주하여 체포할 겁니다."

"우리는 군인이 아닙니다."

"마찬가지요. 어쩌면 특수 요원인지도 모르지 않소!"

심문관은 세 여인을 자세히 살피면서 말했다. 그러자 수인선이 나섰다.

"당신들은 우리를 속세로 보내줘야 할 겁니다. 지금 우리가 하는 일은 태상노군에 관한 일입니다."

"뭐요? 태상노군이라고 했습니까?"

심문관은 태상노군이라는 말에 깜짝 놀랐다.

"……."

수인선은 말없이 고개를 끄덕였다. 그러자 심문관이 정중하게 자세를 고치며 다시 물었다.

"무슨 일입니까? 자세히 얘기해 주시오."

"예, 우리는 속세에 있는 어떤 여인의 생명을 고치려고 합니다. 이 일은 서선 연행이 부탁한 것으로 연행선은 지금 천부의 명에 따라 《황정경》을 쓰고 있습니다……."

"……."

"연행선이 쓰는 《황정경》은 초신제에 쓸 성물(聖物)입니다. 우리는 태상노군을 친견하기 위해 우주 최고의 명필을 구한 겁니다……."

"……."

"연행선은 자신이 글을 쓰기 위한 조건으로 한 여인의 젊음을 원했습니다. 그래서 그 여인의 젊음을 되찾아주기 위해 우리가 파견된 것이지요."

"……."

심문관은 고개를 끄덕이며 잠시 생각에 잠겼다. 그러고는 한결 친절한 태도로 말했다.

"정말 중요한 일이로군요. 여기서 잠시 기다리시겠습니까? 곧 상부에 보고하고 통과증을 받아 드리지요……."

심문관은 이렇게 말하고는 황급히 사라졌다. 잠시 후 심문관은 직위가 높은 선관을 데리고 나타났다. 선관은 시원스럽게 말했다.

"우리가 큰 결례를 했소이다. 태상노군의 일이라니 마땅히 도와 드려야지요. 우리가 속세까지 호위를 해 주겠소."

"호위는 필요 없어요. 통과증만 주세요."

"그러시겠습니까? 통과증은 여기 있습니다만……."

"……."

수인선은 통과증을 받은 뒤 쌀쌀하게 말했다.

"우리는 이만 가겠어요."

"……."

심문관은 미소를 지으며 갑자기 변한 수인선의 태도에 고개를 갸우뚱했다. 수인선은 통과증을 얻는 데 성공하자 옥황부에 반기를 든 동화궁의 관리에 대해 적의를 표시한 것뿐이다. 아무튼 정마을로 향하던 생명선들은 무사히 남선부 영역을 통과했다.

이 무렵 속세인 정마을에서는 남씨와 수치선이 만나 글씨에 대해 이야기를 나누고 있었다.

"연행, 글은 잘 되어 가는가?"

수치선은 애처로운 표정을 지으며 물었다.

"글쎄…… 최선을 다하고 있기는 한데……."

"……."

"자, 이 글을 살펴보게."

"어디……. 아니! 이 글은 제대로 된 것이 아닌가?"

수치선은 얼굴색이 환해지며 반갑게 물었다. 그러자 남씨는 고개를 저으며 대답했다.

"아직 미숙한 글이야. 아무튼 나는 내일부터 《황정경》을 쓰려고 하네."

"음, 잘 될 거야. 내가 보기엔 완전히 예전의 글씨로 회복된 것 같군."

"고맙네. 그럼, 나중에 다시 오게."

"……."

수치선은 어두운 산 그림자 속으로 사라졌다. 남씨는 하늘의 별을 한동안 바라보다가 천천히 언덕을 내려와 건영이 집을 향해 걸어갔다. 건영이는 이때 자신의 저서인 《반고역》을 살펴보고 있다가 갑자기 책을 덮었다. 그러고는 산가지를 벌려 점을 치기 시작했다.

"……."

건영이는 마음을 어린아이처럼 순수하게 갖고 우주의 근원과 합일시켰다. 순간 점괘가 나타났다. 이때 문 밖에서 기척이 나고 남씨의 목소리가 들렸다.

"건영이! 자고 있니?"

"아니에요, 아저씨. 어서 들어오세요."

건영이는 밝은 표정으로 남씨를 맞이했다.

"내가 방해가 안 되었는지……."

남씨는 미소를 지으며 방 안으로 들어왔다. 건영이가 남씨의 기색을 살피며 물었다.

"아저씨, 무슨 걱정이 있어서 찾아왔나요?"

"음, 잠도 잘 안 오고해서……."

"무슨 일인데요? 저한테 말씀해 보세요."

건영이는 상냥하게 말했다. 남씨는 잠시 생각하고는 천천히 서두를 꺼냈다.

"앞으로 글을 써야 하는데 그것이 걱정돼서……. 잘될까?"

"《황정경》 말인가요?"

"음."

"그렇다면 아무 걱정 마세요."

"글쎄……."

"아저씨, 글씨를 풍곡대에서 쓰세요. 방금 제가 점을 쳐봤더니 아주 상서롭게 나왔어요."

"음? 나에 대해서?"

"예. 점괘는 태위택(兌爲澤:☱☱)이에요. 이는 평화롭고 한가한 운세이지요. 연못(☱)이 나란히 있다는 것은 결실입니다. 연못은 또한 학업을 뜻합니다. 그러니까 아저씨는 평화롭게 글씨를 쓰시면 됩니다."

건영이는 말을 마치고 남씨의 얼굴을 자세히 살폈다. 남씨는 조금 부끄러움을 타는 것처럼 보였다. 건영이가 미소를 지으며 확신에 찬 목소리로 말했다.

"지금 아저씨의 몸에는 상서로운 기운이 가득합니다. 《황정경》을 반드시 아름답게 완성할 수 있을 거예요. 내일이 길일이니까 목욕재계하고 글을 쓰기 시작하세요……."

"내일 아침부터?"

"예, 풍곡림에 햇빛이 들어오면 시작하세요. 제가 옆에서 지켜 드릴게요."

"음……."

남씨는 허공을 쳐다보고는 천천히 고개를 끄덕였다. 건영이가 다시 말했다.

"아저씨, 이제 집으로 돌아가셔서 푹 쉬세요. 그리고 내일 새벽 저와 함께 산으로 가요."

남씨는 고개를 끄덕이고는 자리에서 일어섰다. 밖으로 나오자 드넓은 하늘이 보였다. 하늘에는 남씨의 밝은 앞날을 예견해 주듯 수없이 많은 별들이 반짝이고 있었다.

본능을 넘어서

풍곡선이 달콤한 꿈에서 깨어나 눈을 떠보니 자신의 옆자리에는 알몸의 두 여인이 나란히 나뒹굴고 있었다. 그들은 바로 본유선과 가원이었다.

이 여인들은 특사인 풍곡선을 유혹하여 공력을 소진시키고 목숨마저 빼앗으려 했지만 결국은 실패하고 만 것이다. 그리고 오히려 풍곡선보다는 자신들의 기력을 크게 상실하여 위태로운 지경에 이르렀다.

"……."

풍곡선은 여인의 몸을 밀치고 일어나 옷을 입고는 혼수상태에 빠져 있는 두 여인들을 자세히 살펴보았다. 그녀들은 모두 입가에 피가 묻어 있었고 그 중에서도 특히 본유선의 얼굴이 매우 창백했다.

"이런! 위험하군……."

풍곡선은 본유선의 손목을 잡아보고는 걱정스레 혼잣말을 내뱉었다. 그녀는 너무 기력을 소모한 나머지 절명의 위기에 놓여 있었다. 그러나 이와는 달리 가원은 단순히 기절한 상태였으므로 조금만 더 수면을 취하면 회복이 가능했다.

풍곡선은 편안한 자세로 수면을 취할 수 있도록 가원을 잘 뉘어놓았다. 그러고는 본유선을 방바닥에 엎어놓고 기운을 주입하기 시작했다. 생명의 기운으로 육체의 근원을 소생시키기 위해서였다.

"……."

잠시 후 본유선은 한 덩어리의 피를 토해내고 기력을 회복하기 시작했다. 풍곡선은 본유선의 몸 곳곳을 만져 기의 흐름을 원만하게 해 주었다.

"……."

본유선은 원래 공력이 강하기 때문에 풍곡선의 간단한 조치만으로도 기력을 회복하였다.

"음 ——"

본유선은 가볍게 신음을 토하고는 천천히 눈을 떴다.

"어머……!"

본유선은 흐릿하게 자신을 내려다보고 있는 특사의 모습이 보이자 부끄러운 듯 가슴을 가리며 주위를 살폈다.

"자, 옷을 입으시오……."

풍곡선은 본유선에게 옷을 건네주고 침실 밖으로 나갔다.

"……."

본유선은 급히 옷을 챙겨 입고 밖으로 나와 풍곡선에게 예의를 갖추었다.

"특사님, 죄송합니다. 이토록 추한 모습을 보이게 되어……."

본유선은 정중히 무릎을 꿇고 고개를 깊이 숙였다. 풍곡선이 인자한 음성으로 말했다.

"자, 어서 일어나시오. 이제 모든 일이 끝나지 않았소. 나에게 또 남겨진 일이 있소?"

본유선은 자리에서 일어났으나 여전히 고개를 숙인 채 대답했다.

"아닙니다. 이제는 더 이상 특사님을 괴롭히지 않겠사옵니다. 그간의 무례를 용서해 주십시오……."

"무례라니 무슨 소리, 덕분에 많은 것을 얻었소."

"아니, 특사님도……. 부끄럽사옵니다. 하지만 그것은 본의가 아니었으니 너그럽게 이해해 주십시오……."

"알겠소. 이제 모든 관문을 거쳤으니 서왕모를 배견할 수 있는 것이오?"

"물론입니다. 여기서 잠시 쉬고 계십시오. 곧 절차를 갖추겠습니다……."

"음, 기다리겠소. 그러나 그 전에 목욕재계를 할 수 있도록 준비해 주면 고맙겠소."

"아, 예. 이미 후원 별채에 모든 것이 마련되어 있습니다."

"……."

풍곡선은 급히 별채로 들어갔다. 그곳에는 깨끗한 물이 샘솟는 현천(玄泉)이 있었다. 이 현천에서 목욕을 하면 힘을 얻고 난치병이 회복된다는 전설이 있다.

풍곡선은 천천히 옷을 벗고 현천에 몸을 담갔다. 그 사이 본유선은 가원을 안고 어디론가 사라졌다. 잠시 후 풍곡선은 현천에서 나와 별채에 미리 준비되어 있던 옷으로 갈아입고 조용히 명상에 잠겼다.

이즈음 옥황부에서는 혼란이 더욱 가중되고 있었다. 남선부를 구원하러 떠났던 신속 원정군은 도중에 평허선공을 만나 맥없이 와해되었다. 이로써 역천 사악군에 대한 옥황부의 응징은 실패로 끝나고 말았다.

아직 정규군이 남아 있었지만 정규군 역시 단 한 번의 싸움도 벌이지 않은 채 철수를 결정했다. 왜냐하면 평허선공이 난진인의 영패를 가지고 있는 한 옥황부에서 파견한 정규군이라해도 또다시 동화궁 측에 가담하는 선인이 나타날 수 있기 때문이다. 만약 이렇게 각자의 명분에 따라 뿔뿔이 흩어진다면 더 이상 동화궁에 대항해 전쟁을 치를 수 없게 된다.

그러므로 옥황부에서는 평허선공이 휘두르고 있는 난진인의 영패에 대한 대책을 시급히 수립해야 한다. 게다가 별 충돌 없이 남선부를 장악하고 옥황부의 신속 원정군까지 물리친 동화궁은 사기가 충천해 있었다.

동화궁은 각 선부에 난진인의 영패를 내세우며 동참을 호수했다. 이에 따라 여러 선부의 선인들이 대거 몰려들었다. 동화궁은 신속히 이들을 수용하여 전력을 증강시키는 한편 옥황부로 진격할 준비를 차근차근 진행하고 있었다.

이때 평허선공은 어디론가 다시 떠나갔다. 분명히 옥황부의 혼란을 야기시키기 위해 출동을 한 것이리라! 옥황부에서는 남선부에 파견했던 정규군이 철수하여 되돌아오자 동화궁 측의 진격에 대비한 대대적인 정비를 시작했다. 우선 평허선공이 또다시 난진인의 영패를 휘두른다 해도 이에 상관없이 오직 옥황부의 명령에만 따르도록 입명총을 비롯한 모든 부대에 충성령을 하달했다.

이 명령은 각 부대의 모든 선인으로 하여금 옥황상제에 대한 충성을 확인·맹세하는 것으로, 그 어떤 상황에서든 옥황상제를 배신하지 않겠다는 결의를 받아놓자는 의도에서 시작된 것이었다.

한심한 일이었다. 이러한 명령이 하달된 그 자체만으로도 옥황부의 권위는 크게 실추된 것이다. 그러나 평허선공이 휘두르는 난진인의 영패에 맞설 수 있는 것은 오직 이 방법밖에 없었다. 그렇지 않으면 군대를 끌고 나가 동화궁 측에 고스란히 넘겨주는 것밖에는 되지 않는다.

어쨌건 옥황부는 할 수 있는 모든 방법을 동원하여 안간힘을 써볼 뿐이었다. 일이 어떻게 이 지경에까지 이르렀을까? 여기에서 가장 중요한 문제는 평허선공이 가지고 있는 난진인의 영패였다. 만약 그 영패가 존재하지 않는다면 옥황부의 막강한 힘이 동화궁을 단숨에 쓸어버렸을 것이다. 아니면 난진인의 영패가 아무런 효력도 발휘할 수 없도록 평허선공을 체포할 수만 있다면 전세는 완전히 뒤바뀔 것이다. 옥황부에서는 이 문제에 대해 집중적으로 토의하기 위해 또다시 회의를 열었다.

평소 큰소리를 잘 치던 광을선이 옥황군이 밀리고 있는 현재에도 여전히 당당한 기세로 말했다.

"……저희 입명총에서는 전 부대에 충성령을 하달하였는데 거의 모든 병력이 맹세를 했습니다. 물론 이탈자도 있었으나 입명총에는 전혀 영향을 미치지 못합니다. 그리고……."

"……."

"맹세를 거부한 선인들은 체포하여 구금해 놓았습니다. 이는 매우 불행한 일이지만 비상 시기이기 때문에 어쩔 수 없습니다. 그들을 풀어주어 적의 전력을 증강시켜 줄 수는 없는 일이지요. 현재 우리의 옥황군은 남선부로 진격할 준비를 하고 있습니다. 이들은 평허선공이 휘두르는 난진인의 영패에 대해서도 크게 영향을 받지 않을 것입니다. 그러므로 옥황부의 권위는 흔들림 없이 앞으로 영원히 빛날 것입니다.”

광을선이 앞날을 희망적으로 표현하고 자리에 앉았다. 그러자 측시선이 일어났다.

“우리는 현재 경호총과 협의하여 평허선공을 체포하기 위해 은밀히 작전을 진행하고 있습니다. 그리고 또 염라대왕께 평허선공을 체포하라는 옥황부 공식 명령서를 보냈습니다. 염라대왕이 나서면 이 일은 훨씬 더 수월해질 것으로 봅니다. 현재 평허선공은 옥황부를 향해 다가오는 것으로 밝혀졌습니다. 분명히 지난번처럼 옥황상제께 불미스런 일을 저지르기 위해 또다시 우리의 방어망을 뚫으려고 할 것입니다. 만약 이 추측이 맞는다면 이번에는 우리의 체포망이 막강한 힘을 발휘할 것입니다…….”

측시선은 힘주어 말하고는 자리에 앉았다. 그러자 이번에는 묵정선이 일어났다.

“저는 좀 더 효과적인 평허선공의 체포 방법에 대해 말씀 드리고자 합니다…….”

묵정선이 회의에 참석한 선인들을 둘러보며 말하자 그들은 큰 기대를 갖고 묵정선에게 시선을 집중시켰다. 그러자 묵정선은 미소를 지으며 상일선을 향해 말했다.

“의장님, 허락하신다면 야선 한 분을 이 자리에 소개할까 합니다…….”

“야선이라니, 꼭 그렇게 할 필요가 있습니까?”

“예, 이분은 저에게 한 가지 제안을 했습니다. 제가 보기에는 매우 타당성이 있으므로 이 자리에 출석하여 직접 여러 선인에게 설명하도록 조치를 시켰습니다……."

"오, 그래요? 그럼 어서 소개를 하시지요!"

"예. 일어나시지요……."

묵정선은 자신의 뒤에 앉아 있던 한 선인을 일으켰다.

"잠시 소개하겠습니다. 이분은 풍곡선의 도반으로, 속세에서 오신 한곡이라고 합니다. 자, 직접 얘기를 들어보시지요……."

"……."

"예, 고맙습니다. 우선 이런 귀한 자리에 오게 된 것을 영광으로 생각합니다……."

한곡선은 먼저 자신을 소개해 준 묵정선에게 예를 표하고 여러 선인에게 정중히 고개를 숙여 보이며 말했다.

"……."

"그리고 외람되지만 평허선공을 체포할 수 있는 방법을 한 가지 제안하고자 합니다. 그것은 다름이 아니라 오늘날의 혼란한 사태를 역이용하자는 것입니다. 좀 더 자세히 말하면 염라부를 탈옥한 원시 악령들을 이 일에 끌어들여 그들의 막강한 힘을 이용하는 겁니다. 즉, 영원히 죄수로 낙인찍힌 이들로 하여금 평허선공을 체포케 하면 될 것입니다……."

"질문을 해도 되겠소?"

한 선인이 일어나며 어리둥절한 표정으로 말했다. 한곡선은 고개를 끄덕였다.

"그 영원한 죄수는 평허선공의 은혜로 지옥에서 풀려났는데다가 우리 옥황부에 증오심을 품고 있는데 과연 우리를 도와 평허선공을 공격하겠습니까?"

"아, 예, 물론 가능한 일입니다. 그들은 원래 배은망덕한 존재이니 충분히 설득할 수 있습니다."

"글쎄요…… 그들은 원래부터 무척 난폭하여 남의 말을 잘 듣지 않을 뿐만 아니라 설령 그렇다 해도 누가 나서서 설득한답니까?"

"제가 하겠습니다."

"예? 아니, 그들이 한곡선의 말을 잘 따를까요?"

"일단 저에게 맡겨주십시오. 다만……."

한곡선은 상일선을 향해 말했다.

"한 가지 조건이 있습니다……."

"조건이라니 무엇입니까?"

"영원한 죄수에게도 뭔가 보상을 해 줘야 이번 일에 참여할 것입니다……."

"무슨 말씀입니까?"

"만약 그들이 평허선공을 체포하는데 커다란 역할을 한다면 그에 상응하여 사면 조치를 내려주어야 합니다……."

"아니, 영원한 죄수를 어떻게 사면합니까?"

"영원토록 죄를 용서받지 못하는 사람은 있을 수 없습니다. 그들이 평허선공을 체포하여 이 혼란을 바로잡는 데 기여한다면 오히려 이 우주 자체에 은인이 아닙니까?"

"……."

상일선은 잠시 생각하고는 여러 선인들을 향해 말했다.

"제가 보기에는 한곡선의 말씀이 옳다고 생각합니다. 이견이 있으신 분은 얘기해 주십시오……."

"……."

그러나 모두들 침묵을 지킬 뿐 이견을 제시하는 선인은 단 한 명도 없었다. 상일선은 흐뭇한 미소를 짓고 다시 말했다.

"한곡선의 말씀대로 이 일이 무사히 성사된다면 영원한 죄수는 사면하기로 결정하겠습니다. 그럼 한곡선께서는 지금 즉시 출발해 주십시오……."

"예, 저는 이만 떠나겠습니다……."

한곡선은 묵정선과 함께 회의장을 떠났다.

옥황부에서 평허선공을 체포하기 위해 한창 회의가 열리고 있을 무렵 남선부를 장악하고 있던 역천 사악군의 진격이 시작되었다. 전력을 크게 보강한 동화궁 측이 옥황부를 점령하기 위해 드디어 행동을 개시한 것이다. 하지만 옥황부까지는 상당히 먼 거리였다. 그리고 이들의 행동은 여러 방면에서 낱낱이 관측되어 옥황부로 보고되고 있으므로 옥황부 내에서도 충분히 방비하고 있을 것이었다.

이즈음 남선부 인연의 늪에 한 선인이 나타났다.

"누구시오?"

경비선이 무뚝뚝하게 물었다.

"나는 곡정이라 하오. 속세에 중요한 일이 있어 가는 길이외다……."

"속세? 무슨 일로 속세를 가시오?"

"역성 정우를 만나러 가는 길입니다……."

"정우? 그건 또 누구요?"

"아니, 역성 정우를 모릅니까? 그분은 평허선공과도 절친한 사이입니다."

"예? 어른과 친하다고요?"

"그렇소. 나는 그분과 매우 중요한 학술적인 토론을 하기 위해 만나려는 것뿐이오."

"지금은 안 됩니다……."

"안 되다니요? 왜 안 된다는 겁니까?"

"지금은 전쟁 중이 아닙니까?"

"그것은 학술 활동과는 무관하오. 동화궁주께 탄원해 주시오. 내 이름을 대면 통과시켜 줄 것이오……."

"그래요? 그럼 좀 기다려 보시오……."

경비선은 곡정선이 동화궁주를 거론하자 몹시 놀라는 눈치였다. 경비선이 사라진 뒤 한참 만에 지위가 높아 보이는 선인과 함께 다시 나타났다. 그 선인은 곡정선을 보자마자 급히 예의를 갖추었다.

"아니, 역존께서 이곳에 웬일이십니까?"

"예, 속세에 있는 역성을 만나러 가는 길입니다……."

"아, 예, 무슨 일로 그러시는지요?"

"학술적인 일이오. 또한 오늘날 우주의 혼란한 사태에 대해 자문을 구할까 하오."

"그래요? 속세에는 혼자 가시겠습니까?"

"그렇소만……."

"그럼 다녀오십시오. 그런데 장차 천하는 어찌 될 것 같습니까?"

"그것은 사사로이 말할 수 없소이다."

"아, 예, 죄송합니다. 나중에 가르침을 받을 수 있게 되길 바랍니다."

"고맙소."

곡정선은 한 마디 말을 남기고는 급히 사라졌다.

옥황상제를 이용하라!

천계의 대혼란과는 반대로 속세인 정마을은 무척 평화로웠다. 건영이는 항상 그렇듯이 새벽에 일어났지만 오늘은 곧바로 풍곡대로 가지 않고 우물가로 향하였다. 오늘이 바로 남씨가 오랫동안 갈고 닦은 글씨를 쓰는 날로서 건영이는 이를 곁에서 지켜주기로 약속하였었다.

아직 여명은 밝아오지 않았지만 새벽 공기는 만물을 소생시키고 있었다. 건영이는 새벽별을 바라보며 상서로움을 느꼈다. 그 상서로운 기운은 고요히 마을을 감싸고 있었다.

건영이가 우물가에 도착하자 어떤 한 사람이 가만히 서 있었다. 그는 바로 남씨였는데 막 목욕을 마치고 옷을 입고 있었다.

"아저씨……."

"음, 건영이……! 공기가 무척 맑군……."

"예, 기분은 좀 어떠세요?"

"글쎄, 왠지 두려움이 느껴지는 것 같은데……."

남씨는 자신에게 맡겨진 중대한 사명감 때문에 긴장을 하고 있는 것이리라! 건영이가 남씨의 손을 잡으며 위로하듯 다정하게 말했다.

"아저씨, 마음을 편안하고 느긋하게 가지세요……."

"그래, 고맙군. 이제 천천히 올라가 볼까?"

"예, 그런데 지금 우리 정마을은 온통 상서로운 기운으로 가득 차 있어요."

"왜? 또 무슨 일이 생기려나?"

"아니에요, 다 아저씨 때문이에요. 이것을 보더라도 아저씨는 위대한 작품을 완성할 수 있을 거예요."

"글쎄……."

남씨는 걸음을 옮기며 자신이 없는 듯 고개를 갸우뚱했다. 건영이는 남씨의 마음을 헤아리며 말했다.

"모든 것은 자연에 맡기면 됩니다. 좋은 글씨를 써야 한다는 그 사명감조차 잊어버리세요."

"……."

두 사람은 개울을 건너 언덕을 올랐다. 마을은 아직 어둠 속에서 깨어나지 않고 있었다. 두 사람이 풍곡림을 향해 가자 어디선가 새 울음소리가 들려왔다.

"……."

두 사람은 새소리를 들으며 풍곡림으로 들어섰다. 남씨는 평소 건영이가 도장으로 사용하는 이곳에 처음 와보았다. 건영이가 손가락으로 한쪽을 가리키며 말했다.

"아저씨, 저곳으로 올라가세요. 저는 이 아래쪽에서 지켜보고 있을게요……."

"……."

남씨는 건영이가 시키는 대로 풍곡대에 올랐다. 건영이가 다시 한 번 당부했다.

"아저씨, 마음을 가다듬고 적당한 때에 시작하세요. 저는 산책을 할 테니 신경 쓰지 마시고요……."

"음, 이곳은 참으로 편안하군……."

"그럴 겁니다. 태상노군의 기운이 내려오는 곳이니 아저씨께도 도움이 될 거예요."

남씨는 고개를 끄덕이고는 조용히 눈을 감았다. 마음의 평정을 위해 명상에 들어가는 것이다.

"……."

건영이는 풍곡림 위쪽으로 올라갔다. 상서로움과 친근감을 온 몸으로 느끼며 산 위로 천천히 걸음을 옮겼다. 잠시 후 조용히 건영이를 부르는 마음의 소리가 들려왔다. 방문객이 찾아온 것이다.

"……."

건영이는 절벽가에 서서 숲 속을 바라봤다. 그러자 한 선인이 모습을 나타냈다.

"정우! 그동안 잘 있었나?"

"아, 곡정선이시군요."

"음, 우리가 이렇게 만나다니……."

"예, 뵌 지가 오래 되었군요."

"음, 멀고먼 옛날 일이지……. 지금도 나는 자네의 책을 보고 있다네."

"아, 예. 미비한 책입니다만 어여삐 봐주시니 고맙습니다."

"아닐세, 자네의 학문은 우주 최고일세."

"과찬의 말씀이십니다. 그런데 어인 일로 이 누추한 곳까지 오셨습니까?"

"누추하긴…… 석수산보다 훨씬 장엄하군!"

"예? 석수산이라니요……?"

곡정선이 미소 지으며 대답했다.

"내가 사는 산이지. 이곳보다도 자그마한……."

"아, 예. 그런데 이곳까지 내려오신 사연은 무엇이신지요?"

"사연? 아, 오늘날 혼란한 천계의 사태에 대한 자네의 의견을 듣고 싶어서 이렇게 찾아왔다네."

"그러십니까? 그럼 우선 저쪽에 앉으시지요."

"음, 이곳은 조용한가?"

"염려 마십시오. 속인이 올라오지는 않습니다……."

"……."

두 사람은 절벽가에 나란히 앉았다. 잠시 후 곡정선이 먼저 얘기를 꺼냈다.

"정우, 오늘날의 사태를 어떻게 보나?"

"혼돈 그 자체입니다……."

"혼돈? 그렇다면 이 혼돈을 바로잡을 방법은 없는가?"

"혼돈을 더욱 가증시키면 됩니다."

"오호, 바로 태극의 원리이구먼."

"예, 다만 혼돈이 더 길어질까 봐 걱정입니다……."

"어쩔 수 없는 일이지……. 그런데 이곳에 평허선공도 다녀가셨나?"

곡정선은 자연스럽게 물었다.

"예, 그 어른께서도 다녀가셨습니다."

"그래, 무슨 얘기를 나누었나?"

"많은 얘기를 나누었습니다."

"그 내용을 물어도 되겠나?"

"물론입니다."

"……."

"우선 중요한 것부터 말씀 드리지요. 저는 우주의 혼돈을 치료하기 위해 평허선공으로 하여금 또 다른 혼돈을 일으키도록 하였습니다……."

"방금 치료라고 말했나?"

"예, 그렇습니다. 현재 우주는 병들어 있습니다. 그래서 자연적으로 혼돈이 발생하고 있습니다만……."

"……."

"저는 그 자연적으로 발생한 혼돈을 인위적인 혼란을 통해 치료하려고 합니다."

"그래서 평허선공을 끌어들였나?"

"그렇습니다."

"그럼 평허선공에게 뭐라고 말했나?"

"지옥을 파괴하여 악령을 탈출시키고, 옥황부에 반기를 들어 천하를 혼란시키고, 우주에서 가장 지존하신 옥황상제를 공격하라고 했습니다."

"허, 대단하군……. 그러나 평허선공의 그 행동만으로 우주가 안정될까?"

"저도 잘 모르겠습니다. 단지 주역의 원리에 입각해서 시도해 볼 뿐입니다."

"음, 그것도 괜찮은 방법이군……. 그런데 연진인·난진인 등은 어떻게 되셨는지 알고 있나?"

"예, 하지만 아직 밝힐 단계가 아닙니다. 다만 그 어른들이 지금 위기에 처해 있다는 것만 말씀 드릴 수 있습니다."

"위기? 그토록 대단한 분들이 설마 위기를 당하다니?"

곡정선은 적이 놀랐다. 그러나 건영이가 다음에 내뱉은 말은 더욱 놀라웠다.

"분명히 그분들은 목숨이 위태로울 것입니다. 모두 우주를 구하기 위해 그런 일을 당하고 있는 것입니다."

"호, 그럼 그 어른들이 우주를 구할 수 있겠나?"

"글쎄요, 그러한 노력도 모두 허사가 될 것 같습니다."

"그렇다면 앞으로는 어떻게 되나?"

"예, 그 어른들은 오로지 최선을 다할 뿐입니다……. 물론 목숨까지 초개같이 버리겠지만 역부족일 것입니다."

"음, 매우 난감한 일이군……. 또 하나 물을 일이 있는데 소지선의 행방에 관한 것이라네. 그는 지금 어디에 있나?"

"남선부에 있습니다."

"남선부? 허허, 등잔 밑이 어둡다더니!"

건영이도 미소를 지었다. 곡정선은 잠시 생각에 잠겼다가 다시 말을 이었다.

"태상노군이 계신 곳을 알고 있나?"

"예."

"어디 계신지 알려줄 수도 있나?"

"아니오, 말할 수 없습니다."

"그럼 연진인과 난진인 두 분 다 함께 계신가?"
"그렇습니다."
"처음에 머물렀던 그 자리에 계속 계신가?"
곡정선은 소지선의 경우와 비교하면서 다시 물은 것이다. 소지선은 영원히 찾지 못할 어디론가 잠적한 것으로 생각했었는데 실은 자신이 처음부터 근신하던 곳에 있었던 것이 아닌가……! 만일 태상노군을 비롯한 우주의 어른들이 가까운 곳에 있으면 얼마나 좋을까……?
그러나 건영이는 단호히 고개를 저으며 부정했다.
"아닙니다, 그 어른들은 그렇게 한가하지 않습니다."
"음, 그렇다면 더 이상 묻지 않겠네. 다만……."
"……."
"지금 옥황부는 대단한 혼란에 휩싸여 있다네……."
"어느 정도입니까?"
"어쩌면 옥황부가 궤멸될 지도 모를 지경이라네."
"아니, 옥황부가 그토록 약하다는 말씀입니까?"
"옥황부는 이 우주를 수억조 년 동안 지배해 왔으니 그렇게 쉽게 무너지지는 않을 게야. 다만 난진인의 영패가 문제일 뿐이지……."
"……."
"평허선공은 난진인의 영패를 마구 휘두르고 있다네."
"염려 마십시오. 그건 오히려 잘된 일입니다."
"음? 잘된 일이라니, 지금의 혼란을 더욱 가중시키기 때문인가?"
"그렇습니다."
"호, 대단한 생각이군. 그렇다면 장차 우주는 어찌 되겠나?"
"모르겠습니다."

"역성인 자네가 모르다니 도대체 무슨 말인가?"
"제가 그것을 안다면 지금의 혼란은 진정한 혼란이라고 할 수 없습니다."
"그렇군. 하지만 아무런 대책도 강구하지 않은 채 언제까지나 이 혼란한 상태를 두고 볼 수는 없지 않겠나?"
"그렇습니다."
"그래서 말인데…… 평허선공을 체포해야겠네."
"좋은 생각입니다. 하지만 그게 가능한 일일까요?"
"지금으로서는 난감할 뿐이네. 그래서 사실은 자네에게 도움을 청하러 이렇게 찾아왔다네."
"제게요? 저라고 무슨 뾰족한 수가 있겠습니까?"
"……."
"잠깐, 한 가지 방법이 있습니다만……."
"그게 도대체 뭔가?"
곡정선은 크게 관심을 나타냈다.
"혼마를 이용하는 방법입니다."
"혼마라고?"
"예, 현재 우주에는 혼마가 많이 있지 않습니까?"
"그렇지, 옥황부에도 많이 잡혀 와 있지."
"그걸 이용하는 겁니다."
"어떻게 말인가?"
"혼마에게는 난진인의 영패가 통하지 않습니다. 그리고 영혼이 없기 때문에 심정 세계의 공격도 통하지 않습니다."
"그렇지!"

"그러니까 혼마들로 하여금 평허선공과 육탄전을 벌이도록 하십시오. 그리고……."

"……."

"그 사이에 옥황부 특별 부대가 평허선공을 포위하여 공격하면 모든 것은 저절로 해결될 것입니다."

건영이의 천진스러운 얼굴에는 잠시 엄숙한 빛이 어렸다. 곡정선이 미소를 지으며 말했다.

"자네는 창과 방패를 함께 주는군……!"

여기에서 창이란 평허선공으로 하여금 혼란을 일으키게 한 것을 뜻한다. 그리고 방패는 평허선공의 체포 방법을 얘기한 것이다. 이로써 곡정선은 건영이의 모순된 행동의 양면성을 꼬집은 것이다.

건영이는 새로운 의문을 제기함으로써 곡정선의 말에 쐐기를 박았다.

"모순은 태극의 원리입니다. 모순이 아니면 무엇으로 현재의 난국을 타개하겠습니까?"

"그렇군, 그런데 신족을 운행하여 상당히 빠르게 움직이는 평허선공을 혼마가 놓치지 않고 따라잡을 수 있겠나?"

"그러니까 유인을 해야 됩니다."

"어떻게 유인을 한단 말인가?"

"옥황상제를 이용하십시오."

"저런! 그토록 황송한 일을 하다니!"

"어쩔 수 없는 일입니다. 다만 옥황상제께는 알리지 말고 행동하십시오."

"……."

"현재의 상황을 아신다면 옥황상제께서도 이해를 하실 겁니다. 우선 옥황상제께 오늘날의 혼란한 사태를 알리고 온 우주의 선인들에게 격려의 조칙을 내리게 합니다. 평허선공은 아마도 이때를 노렸다가 공격을 할 것 같습니다……."

"글쎄……."

"그런데 여기서 한 가지 주의하셔야 할 것은 옥황상제께서 조칙을 내릴 때 반드시 옥황부 특구 밖에 계셔야 합니다. 이것은 오늘날 혼란한 우주를 치료하는 데 많은 도움이 될 것입니다."

"……."

곡정선은 옥황상제를 위험에 빠뜨리는 것 같아 선뜻 판단을 내리지 모하고 대답을 미루었다. 그러자 건영이가 다시 한 번 강조하듯 말했다.

"곡정선님, 오늘날 사태를 보십시오. 누가 제자리에 있습니까? 연진인·난진인 등이 본궁을 떠났고 심지어는 태상노군마저 자리에 없습니다. 이러한 상황에서 옥황상제가 들판에 나와 우주를 향해 격려문을 읽는다 해도 이는 결코 불미스러운 일이 아닙니다. 오히려 권장할 일이지요. 그러니 곡정선께서 옥황상제께 직접 말씀 올리십시오……."

"음, 알겠네. 그 다음에는 어떻게 해야 되는가?"

곡정선은 결심을 굳힌 듯 단호한 표정으로 물었다. 건영이가 대답했다.

"평허선공은 의심이 많기 때문에 경비가 허술한 곳으로는 절대 침입하지 않을 것입니다. 오히려 완벽하게 경비를 하고 있는 구역을 돌파하려고 시도할 것입니다. 그러니……."

"……."

"완벽하게 경계를 하고 있는 지역에 평허선공 체포조를 매복시켜 놓고 유인하면 됩니다."

"그 후에는?"

"예, 평허선공이 나타나면 우선 혼마가 결사적으로 달려들어 공격을 퍼붓도록 하십시오. 그리고 평허선공이 잠시 방심하는 틈에 체포조가 포위망을 좁히면 평허선공도 거칠게 반항하지는 못할 것입니다."

"그렇군! 가르침을 주어 고맙네."

"성공을 빌겠습니다. 그런데 저도 한 가지 부탁드릴 게 있습니다."

"음?"

"지상에도 두 명의 혼마가 있는데 이들을 천계로 데려가 주십시오."

"아니, 지상에도 혼마가 있나?"

"예, 지상에 있던 혼마가 갑자기 천상으로 올라가게 되면 힘이 강화될 것입니다. 그러나 그 힘만으로는 평허선공과 대적할 수 없으니 지옥의 음녀(淫女)를 이용하십시오."

"음녀는 또 무엇에 사용되는가?"

"혼마는 색정에 의해 힘이 강화됩니다. 그러므로 먼저 지옥의 음녀를 통해 혼마의 힘을 강화시킨 다음 평허선공을 공격하도록 하면 됩니다."

"좋은 방법이군, 그 혼마들은 지금 어디 있나?"

"저는 잘 알 수 없지만 치악산의 능인과 덕유산의 좌설이라면 능히 그 혼마를 찾을 수 있을 겁니다."

"그런데 능인과 좌설은 누군가?"

"그들은 속인이 아닙니다. 좌설은 풍곡선의 제자이고 능인은 한곡선의 제자입니다."

"호, 유명한 분들의 제자이군. 알겠네, 나는 그럼 이 길로 그들을 찾아야겠네."

"예, 속세에는 사람이 많으니 살펴 가십시오."

"음, 여러 모로 고맙네……. 후에 넓은 곳에서 다시 만나세."

"……."

곡정선은 인자한 미소를 짓고는 한순간 허공으로 사라졌다. 하늘의 별들은 어느새 하나둘씩 사라져 서서히 여명이 밝아오고 있었다.

건영이가 곡정선을 만나고 언덕길을 내려왔을 때는 인규와 박씨가 강변에서 무술 수련을 하고 강노인 내외도 잠자리에서 일어났을 시간이었다. 건영이는 마을 위에 펼쳐져 있는 하늘을 보면서 희망과 평화를 느꼈다. 풍곡림은 새벽의 신선한 공기를 내뿜으면 서서히 그 모습을 드러내기 시작했다.

남씨는 방금 전 명상에서 깨어나 한가한 마음으로 주변을 둘러보고 있었다. 이때 건영이가 천진한 미소를 지으며 풍곡대에 앉아 있는 남씨에게로 다가왔다.

"아저씨!"

"……."

"편안히 쉬셨어요?"

"음, 이곳에 있으니 이상하게 정신이 맑아지는구나."

"마음은 좀 진정되셨어요?"

"음, 이제 자신이 생기는 것 같아."

"다행이군요. 곧 날이 밝을 테니 천천히 준비하세요. 저는 근처에 있을게요."

남씨는 말없이 미소를 지었다.

"……."

건영이는 남씨에게 자신감을 불어넣어 주고 풍곡대를 떠나갔다. 또 다시 혼자 남겨진 남씨에게 풍곡림은 한없이 고요한 느낌을 주었다. 남씨는 풍곡림을 적막한 낙원에 비유해 보았다. 화려하고 풍부한 것만이 낙원은 아니리라……! 이때 나무로 둘러싸인 풍곡림 밖의 훤히 트인 공간에는 아침이 찾아와 밝은 햇살이 비추고 있었다.

남씨는 급히 《황정경》을 뒤적이기 시작했다. 이 책은 예전에 풍곡 촌장이 남겨준 것으로 그 당시에는 그 책을 남겨준 뜻을 몰랐었다. 당시 촌장은 책과 함께 붓도 하나 남겨주었는데 그것은 지금 남씨의 곁에 소중히 놓여 있었다. 남씨는 지필묵을 가지런히 챙겼다.

이 모든 것은 속세의 물품들로 오늘을 위하여 남씨가 여러 날에 걸쳐 준비해 두었던 것이다. 남씨는 여전히 편안한 자세로 눈앞에 펼쳐져 있는 풍경을 주시했다. 그 사이 태양은 점점 높게 떠올라 풍곡림의 나무들 사이로 햇빛이 찬란하게 스며들었다. 이제 남씨가 앉아 있는 풍곡림 안쪽도 현저히 밝아졌다.

남씨는 잠시 미소를 짓다가 갑자기 정색을 하고 일어나 하늘을 향해 큰절을 올렸다. 이때 어디선가 향을 태우는 냄새가 피어올랐다. 건영이가 준비한 것이리라……! 때마침 새 울음소리도 더욱 청아하게 들려왔다.

드디어 남씨는 붓을 들어 《황정경》의 첫 글자를 쓰기 시작했다. 이 순간 불어오던 바람도 한순간 숨을 멈춘 듯했고 하늘의 구름조차도 풍곡림을 피해 멀리로 달아났다. 그러나 남씨는 주변에서 일어나는 이 모든 사실을 깨닫지 못했다. 그는 자기 자신도 잊었고 자신의 현재와 과거, 그 모든 것을 잊었다. 그러나 손과 몸, 그리고 마음만은 천지와 감응하여 자연스럽게 움직였다. 남씨의 앞에 놓인 한지에는 인간 세상의 글씨라고는 할 수 없는, 더할 수 없이 아름다운 글들이 차례로 나타났다.

"……."

시간은 계속 흐르고 있었으나 남씨는 전혀 느끼지 못했다. 남씨는 자신이 앉아 있는 풍곡대라는 하나의 공간조차 느끼지 못하는 것이다. 그는 온 세상과 감응하며 영원과 하나가 되어 있었다.

남씨의 손은 기묘하고 아름답게 율동하였다. 그때마다 흰 종이에는 우주의 어느 누구도 흉내 낼 수 없는 절묘하고 아름다운 글들이 차례로 새겨졌다.

"……."

건영이는 현재 남씨가 앉아 있는 풍곡대에서 좀 떨어진 곳에 있었다. 건영이의 마음에는 고요와 환희가 자리 잡고 있었다. 풍곡림도 여전히 고요했다. 새들의 즐거운 지저귐, 풍곡대를 피해 부는 바람, 밝음을 유지시켜 주는 태양 등 모두 기쁨을 느끼고 있는 것 같았다.

시간은 계속 흘러갔다. 건영이가 멀리 천상 세계와 자연의 위대한 섭리를 생각하고 있을 즈음 남씨의 손은 여전히 춤을 추듯 부드럽게 움직였다. 해는 이제 중천에 떠올라 나무 위쪽에서 환한 빛을 뿌리고 있었다.

남씨의 글은 《황정경》의 마지막 장에 이르렀다. 이 부분은 전생에 미처 다 쓰지 못한 부분으로 거기에는 슬픈 사연이 서려 있었다. 남씨는 전생인 서선 연행 시절, 《황정경》의 마지막 장을 남겨놓고 절명했던 것이다. 그 이후 연행선은 인간 세계에서 남씨라는 이름으로 명필이 되었지만 천상의 글씨는 회복하지 못했다. 그러나 지금은 수치선의 도움으로 모든 능력이 회복한 상태였지만 예전의 한이 서려 있는 부분을 쓰다가 혹시라도 충격을 받을까 봐 몹시 우려되는 순간이다.

그러나 어떠한 동요도 일지 않았다. 아니, 남씨는 자신이 《황정경》의 어느 부분을 쓰고 있는지조차 깨닫지 못했다. 남씨의 손은 몸과 영혼, 그리고 천지의 힘에 의해 움직일 뿐 자신의 생각으로 써지는 것이 아니었기 때문이다. 남씨의 눈은 천진하게 반짝였다.

이제 글쓰기는 거의 끝나가고 있었다. 그런데 이때 마무리를 방해라도 하듯이 풍곡대 가까이에서 갑자기 큰 소리가 들려왔다.

'퍼드덕 ——'

남씨는 깜짝 놀라 소리가 들려온 쪽으로 고개를 돌렸다.

"……."

그곳에는 지상의 새라고 하기에는 너무도 거대한 한 마리의 새가 하늘 높이 비상하고 있었다. 남씨는 미소를 지으며 고개를 돌리다가 자신의 손에 들려 있는 붓을 보고는 기겁을 했다. 그 붓에서 먹물이 뚝뚝 떨어지고 있었던 것이다. 이제까지의 모든 노력이 허사가 되지 않았을까 남씨는 걱정스러운 눈길로 자신의 글씨가 빽빽이 들어찬 흰 종이를 구석구석 자세히 살펴보았다. 그러나 그 어디에도 먹물 자국은 없었다. 먹물은 종이에서 살짝 벗어나 바위에 떨어져 있었다.

저만치 건영이가 걸어오는 모습이 보였다. 드디어 우주 최고의 작품이 완성된 것이다. 이때 그동안 풍곡대를 비켜가던 구름이 남씨가 작품을 완성했다는 소식이라도 들었는지 때맞춰 잠시 햇빛을 가려서 풍곡림은 약간 어두워졌다.

"아저씨……!"

건영이가 매우 기쁜 음성으로 남씨를 부르고는 곧바로 풍곡대에 올라와 남씨와 나란히 앉았다. 남씨가 온 정성을 기울여 완성한《황정경》이 옆에 놓여 있었지만 건영이는 굳이 그것을 보려 하지 않았다.

"아저씨, 축하합니다."

"음, 모든 게 끝났어!"

"예, 저는 아저씨가 해내리라는 것을 처음부터 확신하고 있었어요."

"고마워, 이제 큰 짐을 덜어서 마음이 가벼워!"

전생에서부터 현생에 이르기까지 자신에게 무거운 짐으로 남겨졌던 큰 과업을 마친 남씨는 건영이와 함께 풍곡림 아래쪽을 바라보며 한가하게 담소를 나누었다.

사라진 서왕모가 남긴 편지

풍곡선은 목욕재계를 한 다음 옷을 갈아입고 서왕모를 배견할 자세를 단단히 갖추었다. 그리고 얼마 동안 명상에 잠긴 후 본유선을 다시 만났다. 본유선은 예전의 특사를 유혹하던 요염한 모습과는 전혀 다른 모습으로 나타났다. 그녀는 여전히 아름다웠지만 사악한 표정을 그 어디에서도 전혀 찾아볼 수 없었다. 복장도 단정궁의 공식복을 단정히 차려입고 있어 심신이 정중하고 청량한 느낌을 주었다.

"특사님, 단정궁의 총관이 정식으로 인사 올리겠사옵니다."

본유선은 미소를 머금고 가볍게 무릎을 꿇었다. 풍곡선이 매우 흡족한 표정으로 고개를 끄덕이며 말했다.

"일어나시오, 모습이 많이 달라졌구려."

"감사합니다, 관복을 입었을 뿐이온데……."

"보기 좋소. 그런데 지금 서왕모를 배견할 수 있겠소?"

"예, 이미 기별하여 허락을 얻어놓았습니다. 자, 가시지요."

"오, 그렇소……! 갑시다."

풍곡선은 서왕모를 배견할 수 있다는 말에 매우 기뻐했다. 본유선도 미소를 지으며 상냥하게 말했다.

"여기서 멀지 않은 곳에 서왕모께서 기다리고 계십니다."

"……."

풍곡선은 마음을 경건하게 비우고 본유선을 따라 영빈소를 나왔다. 건물 밖으로 나오자 붉은 복장을 한 몇 명의 여인들이 풍곡선을 기다리고 있었다. 그들은 서왕모가 머물고 있는 단정궁 본궁의 궁녀들이었다.

"……."

궁녀들은 말없이 고개를 숙여 보이고 앞장섰다. 풍곡선은 본유선과 나란히 궁녀들의 안내를 받으며 뒤따라 걸었다. 길은 곤륜산으로 이어지는 것 같았다. 풍곡선의 옆에서 걷고 있는 본유선이 말했다.

"본궁으로 가려면 곤륜산을 넘어야 된답니다. 곤륜산은 아주 경치가 좋아요……."

드디어 곤륜산으로 접어들자 전망이 탁 트인 넓은 벌판이 나타났다. 지하 세계에 이런 벌판이 있다니 실로 놀라운 일이었다. 그것은 평범한 벌판이 아니었다.

자그마한 연못들이 여기저기 자리 잡고 그 곁에는 기묘한 바위들이 무수히 전개되고 있었다. 그리고 곳곳에 아름다운 꽃들이 신비로운 자태로 곱게 피어 있었다. 꽃과 연못, 그리고 바위들은 모두 고요를 머금고 있었다. 게다가 또 하나 놀라운 것은 지하 세계에 태양이 존재한다는 사실이었다.

"저 태양은 지하에 있는 것입니다. 드넓은 옥황부에도 이처럼 아름다운 곳은 없지요……."

"음…… 그런 것 같소. 이 세계는 얼마나 넓소?"

풍곡선은 감동 어린 목소리로 물었다.

"예, 이곳은 속세보다 넓습니다. 옥황부에 비하면 턱없이 작지만……."

"……."

아름다운 꽃밭은 연못과 어우러져 묘한 조화를 이루고 있었다. 풍곡선은 꽃들을 바라보며 천천히 걸었다. 그러자 본유선이 꽃들을 가리키며 말했다.

"저 꽃들은 우주에서 가장 귀한 약초들입니다."

"음……? 저 꽃들이?"

"예, 정확히 말하면 저 꽃들의 뿌리가 약초로 사용되지요."

"허, 대단한 일이오……. 그럼 저 연못들은 어디에 쓰이오?"

"호호, 특사님, 연못이란 땅의 창문입니다. 저 연못들은 하늘의 기운을 모으고 있습니다……."

"음, 택지췌(澤地萃:☱☷)란 뜻이군!"

"그렇습니다, 다만 단정궁의 연못은 상징적일 뿐만 아니라 실제로 기운을 모으는 곳이랍니다."

"그렇소? 저곳은 진정한 의미의 낙원이군."

"그렇습니다, 단정궁의 여인들이 모두 젊음을 유지할 수 있는 것은 다 저 연못 때문입니다. 우리는 자주 저 연못을 통과하는데 그 때문에 늙지 않지요."

"대단하군……."

"특사님도 이곳에서 살면 어떻겠습니까?"

"또다시 유혹하는 것이오?"

"아니, 농담입니다. 죄송해요."

본유선은 정색을 하고 고개를 숙였다. 그러자 풍곡선이 인자한 표정을 지으며 말했다.

"허허, 나도 농담이오. 아무 걱정 말고 이곳 얘기를 더 들려주시오."

"예, 감사하옵니다."

본유선은 다시 밝은 미소를 지었다. 길은 다시 내리막길로 어느새 곤륜산을 넘고 있었다. 곤륜산이 이렇게 작다니……! 몇 걸음 더 걷자 몇 명의 궁녀가 다시 나타났다. 이들은 풍곡선 앞에 멈추어 서서 말없이 고개를 숙여 보이고 다른 궁녀들과 합류했다.

길은 다시 살짝 꺾여 곤륜산을 벗어났다. 곧이어 절벽이 나타났다. 그 절벽은 안개에 덮여 있어서 흡사 안개의 호수처럼 보였다.

"이곳은 그 유명한 무저애(無低崖)라고 불리는 곳이지요."

"무저애? 처음 듣는 이름인데……."

"그렇습니까? 이곳은 죽음의 절벽으로 우주의 어른이신 연진인·난진인·서왕모 같은 분들조차도 일단 저곳에 뛰어들면 견디지 못합니다. 단지 평범한 선인들보다 절명의 순간이 더딜 뿐이지요. 그리고 모든 우주의 기운은 이곳까지 흘러와서 종말을 맞게 된답니다……."

"오, 정말 대단하군요. 이 세계에 저런 곳이 있다니!"

풍곡선이 깊은 관심을 나타내자 본유선이 더 자세히 설명하였다.

"저곳은 세상을 거두어들이는 곳이라고 할 수 있습니다. 무저애라고는 하지만 그리 깊지는 않다고 합니다. 그러나 일단 저곳에 들어가면 모든 것이 끝장입니다."

"호, 저곳에는 불멸이 없단 말이오?"

"그렇습니다. 저곳은 모든 것의 끝, 즉 멸망소(滅亡所)라고 할 수 있습니다."

"그럼 영혼까지도 파괴됩니까?"
풍곡선은 어두운 얼굴로 물었다.
"물론입니다, 저곳은 영혼이든 물질이든 무로 돌아가게 합니다……."
"지옥보다 더 무서운 곳이군요."
"예, 하지만 염두에 둘 필요가 없지요."
"음, 그렇군……. 본궁은 아직 멀었소?"
풍곡선은 화제를 바꾸어 물었다. 이때 마침 시원한 바람이 불기 시작했다.
"특사님, 본궁에 거의 다 왔습니다. 그런데 이 바람을 아시나요?"
"글쎄, 내가 느끼기에는 그저 시원한 바람일 뿐인데……."
풍곡선은 의아스러운 표정을 지었다. 본유선이 자랑스러운 표정을 지으며 대답했다.
"이 바람은 온 우주에서 가장 시원한 바람이랍니다."
"……."
"바로 내풍(內風)이라고 하는데 몸과 마음에 맺힌 곳을 풀어주고 기운의 흐름을 원활하게 해 주지요. 또 이 바람은 온 세상에 상서로운 기운을 공급합니다."
"호, 단정궁에는 기묘한 것도 많소! 나도 이 바람을 쏘였으니 맺힌 한이 사라지겠구려!"
"아니, 특사님도 무슨 한이 있사옵니까?"
"물론이오, 나 역시 번뇌가 많은 일개 도인일 뿐인데 왜 한이 없겠소."
"그러세요? 그럼, 특사님의 번뇌를 여쭈어도 결례가 안 되겠는지요?"
본유선은 귀여운 표정을 지으며 물었지만 풍곡선은 먼 곳으로 시선을 돌렸다.

"요즘 나의 번뇌는 어리석음에 관한 것이오. 모르는 것이 너무 많기 때문이지."

"무엇을 알고 싶으신지요?"

"난진인·연진인의 행방과 나아가서는 태상노군의 행방도 알고 싶소."

"어머! 그 문제는 너무 어렵네요. 이 바람이 그런 문제까지 풀어줄 수 있을지는 저도 잘 모르겠어요."

본유선은 단정궁의 바람으로 충분히 풍곡선의 번뇌를 해결할 수 있으리라 생각했다가 뜻밖의 어려운 문제에 부딪치자 얼굴을 붉히며 말했다.

'이토록 청순하다니! 한때는 음란한 여자로서 특사를 죽이려 했건만…….'

여인들은 원래 그토록 알 수 없는 존재가 아닌가……! 본유선이 풍곡선의 생각을 중지시키려는 듯 말했다.

"특사님, 본궁에 거의 다 왔습니다. 저는 이곳까지만 모시게 되어 있어서 이제 돌아가야 합니다."

"오, 그렇소? 무척 아쉽구려……. 후에 곡차라도 한잔 나눕시다."

"예, 고맙사옵니다……. 부디 성취하시길 바랍니다."

"무엇을 말이오?"

"서왕모님을 뵙는 일 말입니다. 특사님 앞에는 아직 난관이 남아 있답니다……."

"음, 알려주어서 고맙소. 그럼 여기서 돌아가시겠소?"

"예, 잠시 후에……."

이때 안개 속에서 수많은 궁녀가 나타났다. 그 중에 한 여인이 풍곡선을 향해 먼저 인사를 올리고 본유선에게 말했다.
"총관님, 특사님은 이제부터 우리가 모시겠습니다. 여기서부터는 내궁의 영역입니다."
"알고 있어요, 잘 모시고 가세요."
"……."
본유선은 풍곡선에게 상냥한 미소를 짓고는 오던 길로 떠나갔다. 본유선의 뒷모습을 바라보고 있던 풍곡선에게 한 궁녀가 다가와서 말했다.
"특사님, 저는 서왕모님을 받들고 있는 봉행(奉行)이라고 합니다……. 특사님을 모시러 왔습니다."
"고맙군요, 서왕모께서는 평안하십니까?"
"예, 서왕모께서는 특사님을 기다리고 계십니다."
"저런! 그토록 영광스러울 데가……."
풍곡선은 봉행을 따라 길을 걸었다. 길은 안개에 덮여 잘 보이지 않았지만 얼마 가지 않아 안개는 걷히고 넓은 들판이 나타났다. 그 들판 옆으로 제법 큼직한 산이 보였다. 풍곡선이 그 산으로 눈길을 돌리자 보행이 말했다.
"특사님, 저 산이 바로 단정산입니다. 단정의 내궁은 저 산 지하에 있지요."
"아, 예……."
단정산은 그리 크지 않았으나 곤륜산보다는 상당히 커 보였다. 산의 앞쪽으로는 키 작은 나무숲과 풀밭이 펼쳐져 있었다.
"……."
경치는 아름다웠지만 그동안 지나온 지역보다는 왠지 허전한 느낌을 주었다. 하지만 산 아래쪽에 내궁이 있다니 더욱 궁금증을 불러 일으켰다.

'지하에 또 지하가 있다면 과연 어떤 세계일까?'

풍곡선은 기대감이 부풀어 올랐다.

"특사님, 여기가 관문입니다. 내궁은 아주 넓습니다."

"……."

그러나 봉행이 말한 관문은 그리 크지 않았다. 다만 관문 둘레가 온갖 보석들로 장식되어 있어서 아름다움과 함께 안정감을 줄 뿐이었다. 안내하던 궁녀들이 관문 앞에 차례로 선 가운데 봉행과 풍곡선은 관문 안으로 들어섰다.

"……."

관문 안쪽에는 돌로 장식된 바닥과 벽이 앞쪽으로 곧장 연결되어 있었다. 얼마 걷지 않아 둥근 모양의 넓은 광장이 나타났다. 둘레에는 거대한 기둥이 높은 천장까지 세워져 있어서 장엄하고 아름답기 그지없었다.

그 기둥은 모두 여덟 개로 팔괘를 나타내는 듯 보였다. 아닌 게 아니라 기둥 하나에는 그림이 조각되어 있었으며 아래쪽에는 손괘(巽卦:☴)가 조각되어 있었다.

봉행과 풍곡선은 기둥 앞으로 걸어갔다. 그러자 오른쪽에 지하로 통하는 넓은 계단이 나타났다.

"……."

두 사람은 잠시 동안 말없이 계단을 내려갔다. 이윽고 계단의 끝에 도착하자 또다시 넓은 광장이 나타났다. 그러나 그곳에는 기둥 대신 여덟 개의 입구가 있었는데 그 입구에서 궁녀들이 차례로 줄지어 나왔다.

잠시 후 궁녀들의 움직임이 끝나자 어디선가 아름다운 음악이 들려왔다. 풍곡선은 봉행의 안내에 따라 제자리에 서서 잠시 기다렸다. 궁녀들은 모두가 붉은 색의 아름다운 옷을 입고 있었는데 특사에게 인사를 보내지 않은 채 제자리에 단정히 서 있었다.

"특사님, 곧 서왕모님을 뵐 수 있을 겁니다. 이제부터는 대봉행이 안내를 할 거예요."

"……."

풍곡선이 고개를 끄덕이자 모퉁이에서 한 여인이 걸어 나왔다. 이 여인은 서왕모를 곁에서 모시고 있는 높은 직책의 대봉행이었다. 대봉행이 다가오자 양 옆으로 줄지어 서 있던 궁녀들이 앞으로 나와 간격을 좁혔다. 대봉행은 그 사이로 다가와 풍곡선에게 가볍게 고개를 숙이며 상냥하게 말을 건넸다.

"특사님, 먼 길에 노고가 많으셨습니다. 서왕모께서 입실을 허락하셨습니다."

"고맙습니다, 서왕모께서는 평안하시온지요?"

"예, 안으로 드시지요."

대봉행은 미소를 지으며 앞장섰다. 풍곡선은 봉행과 함께 대봉행의 뒤를 따라 걸었지만 궁녀들은 제자리에 서 있었다. 일행은 여덟 개의 문 중 하나에 들어섰는데 복도가 길게 이어져 있었다.

"……."

복도는 좀 전에 지나온 넓은 광장처럼 여전히 돌로 장식되어 있었는데 벽에는 뜻 모를 그림들이 가득 그려져 있었다. 신비감과 함께 가슴에 묘한 감동을 주는 음악 소리는 복도에 들어서서도 계속 들려왔다. 이윽고 복도가 끝나고 자그마한 광장이 나타났다. 대봉행이 정중하게 말했다.

"특사님, 이제 다 왔습니다. 저쪽 문으로 들어서면 서왕모가 계십니다. 저희는 다른 문으로 가야 하니 다음에 뵙겠습니다."

"아, 예, 고맙습니다."

풍곡선은 이곳까지 안내해 준 대봉행에게 간단히 인사를 하고 옷깃을 여몄다. 드디어 우주의 대덕(大德)인 서왕모를 배견하게 되는 것이다. 풍곡선은 경건한 마음으로 대봉행이 가리켰던 문 안으로 들어섰다.

풍곡선이 들어선 곳은 성좌(聖座)가 있는 곳이다. 풍곡선은 다시 한 번 옷깃을 여미고 한 걸음 나섰다. 그러자 멀리 한 여인이 앉아 있는 것이 보였다. 풍곡선은 그 자리에서 허리를 굽혀 보이고 가까이 걸어갔다.

좌우에는 많은 선녀들이 서 있었다. 풍곡선은 감동을 억제하면서 성좌 앞으로 다가갔다.

"……."

이윽고 성좌의 바로 앞에서 풍곡선은 무릎을 꿇고 인사를 올리려고 손을 맞잡았다. 영광의 순간이었다. 그런데 이때 이변이 발생했다. 풍곡선이 인사를 올리다 말고 제자리에 우뚝 선 것이다. 그리고 경악한 표정으로 엄숙히 말했다.

"당신은 누구시오?"

"……."

"당신이 누구인지 빨리 밝히시오!"

"……."

그러나 성좌에 앉아 있는 여인은 여전히 침묵을 지켰다. 풍곡선은 한 걸음 더 다가서면서 음성을 높였다.

"빨리 대답하시오, 당신은 서왕모가 아니오. 더 이상 서툰 짓을 하면 용서하지 않겠소."

풍곡선은 곧 공격을 퍼부을 것 같은 자세를 취하며 여인을 노려봤다. 그러자 여인이 침착하게 말했다.

"나는 서왕모가 아니오. 그런데 당신은 그것을 어찌 알았나요?"

풍곡선이 냉정하게 대답했다.

"당신에게는 서왕모 같은 인격이 없소. 그저 평범한 여인일 뿐이오."

"맞아요, 저는 미천한 존재일 뿐입니다. 당신은 참 대단한 분이시군요."

"긴 얘기할 필요 없소, 어서 당신의 정체를 밝히시오."

"예, 저는 서왕모님의 특별 경호를 맡고 있는 호법입니다."

"호법? 그렇더라도 무엇 때문에 서왕모의 흉내를 내는 것이오?"

풍곡선은 의심이 가득한 눈으로 물었다. 여인은 쓸쓸한 미소를 지으며 대답했다.

"서왕모의 뜻이랍니다, 그리고……."

"……."

"당신을 시험하기 위해서였어요. 만일 특사님이 제게 절을 했다면 모든 게 끝날 뻔했어요."

"끝나다니 무슨 말이오?"

"지금까지 모든 고난을 겪고 여기까지 왔지만 아무런 소득도 없이 쫓겨난다는 뜻이지요. 하지만 특사님은 슬기롭게 이 시험에 합격을 했어요."

"다행이구려. 그렇다면 이 모든 단계를 거쳤으니 이젠 정말 서왕모를 뵐 수 있겠소?"

"아니오, 서왕모는 지금 이곳에 안 계십니다."

"뭐요? 서왕모가 안 계시다니?"

"예, 서왕모께서는 이미 300년 전에 자취를 감추었답니다."

"……."

풍곡선은 크게 낙심해서 고개를 떨구었다. 그토록 먼 길을 찾아오면서 온갖 고초를 다 겪었는데 정작 이곳에 서왕모가 안 계시다니……! 여인은 풍곡선의 낙심하는 모습에 걱정스런 눈빛을 보내며 말했다.

"무척 실망하셨군요, 하지만……."

"……."

"여기 서왕모님의 전갈이 있습니다."

"아니, 내게 남겨진 전갈이 있단 말입니까?"

"글쎄요, 옥황부의 특사에게 주라고 하셨으니 당신이 아닌가요. 단 정궁의 외곽에까지 온 특사는 있었지만 이곳 내궁까지 발을 들여놓은 특사는 없었어요."

"그럼 나 말고도 다른 특사가 있었단 말이오?"

"예, 하지만 그들은 모두 죽었어요. 죽은 특사가 무슨 소용이 있겠어요!"

"뭐요? 당신네들이 죽인 것 아니오?"

"아니에요, 그들은 자신의 인격대로 그렇게 된 것 뿐이에요. 그보다는……."

"……."

"서왕모의 전갈을 읽어보지 않겠어요?"

"음? 그것을 내게 주시오!"

풍곡선은 다급히 얘기했다. 그러자 여인은 미소 지으며 상자 하나를 내놓았다.

"자, 여기 있어요."

"……."

풍곡선은 무릎을 꿇고 두 손으로 정중히 상자를 받았다.

"특사님, 저희는 이만 물러갑니다. 당신은 이곳에서 그 상자를 열어보고 다시 돌려줘야 해요."

"……."

풍곡선은 고개를 끄덕였다. 그러자 호법이라는 여인과 궁녀들이 물러갔다. 궁전이 순식간에 텅 비자 풍곡선의 마음에 허전함이 몰려왔다.

'서왕모도 안 계시고…… 모두들 떠나가는구나!'

풍곡선은 고개를 저으며 마음을 가다듬었다. 그러고는 상자를 든 채 한 귀퉁이로 자리를 옮겼다.

"……."

상자는 붉은 색이었고 뚜껑에는 정교한 그림이 새겨져 있었다. 그리고 상자의 옆면에도 신령한 동물인 백호가 그려져 있었다. 풍곡선은 조심스럽게 뚜껑을 열었다.

"……."

상자 속에는 편지 한 통만이 덩그러니 놓여 있었다. 풍곡선은 떨리는 손으로 즉시 편지 봉투를 뜯어보았다. 그러자 거기에는 다음과 같은 글이 적혀 있었다.

풍곡, 자네가 올 줄 알았네. 현재 우주는 극도로 혼란하여 암담할 뿐이지만 곧 질서를 되찾을 것이네. 자네는 이 단정궁으로 오는 동안 모든 고난을 이겨냈으므로 이미 선공(仙公)이 되었다네. 그러나 자만하지 말고 앞으로 이곳에서 쉬며 더욱 열심히 우주의 혼란을 연구·정진하게. 훗날 자네를 만날 수 있을지는 기약할 수 없으나 우주에 평화가 깃들기를 바라겠네.

—— 서왕모

글은 서명과 함께 끝나 있었다.

천복(天福)

숙영이 어머니는 목욕재계 수도 기간인 49일 중 그 마지막 밤을 맞이하고 있었다. 그동안 숙영이 어머니의 수도 생활은 추호도 동요됨 없이 온갖 정성을 들여 자신이 저지른 과거의 잘못을 반성하고 끊임 없이 떠오르는 잡념을 없애기 위해 부단히 노력해 온 시간이었다.

그동안 알게 모르게 정들었던 마을 사람들과 떨어져 혼자 생활한 49일이라는 세월은 참으로 길었다. 인간은 어딘가에 소속되어 있을 때 오히려 안정되고 세월의 흐름 또한 빠르게 느껴지는 법이다. 숙영이 어머니는 49일 동안 실로 많은 생각을 일으켰다.

자신의 과거와 앞으로 펼쳐질 운명, 천상에 대한 상상, 정마을의 추억들, 그리고 남씨에 대한 존경심과 그리움, 숙영이 문제 등 수많은 생각들로 밤을 지새우기도 했다.

숙영이 어머니는 하루에 일곱 차례씩 목욕을 하면서 몸을 깨끗이 하는 한편 마음을 선하게 가짐으로써 영혼을 깨끗이 했다. 그러므로 지금은 마음뿐만 아니라 생각도 깊고 고요해졌다. 얼굴의 표정도 온화하고 고귀하게 변해 갔고 눈은 오랜 시련을 겪은 사람처럼 이해심과 겸허함을 간직하고 있었다. 그 외에 인간에 대한 자애로움과 생에 대한 사랑을 느꼈으며 자연의 아름다움을 새삼 동경하게 되었다.

이제 하룻밤만 지나면 자유롭게 생활할 수 있지만 그동안의 수도 생활이 고통스럽거나 지루한 것은 결코 아니었다. 또 다시 49일을 이곳에서 보내라고 하더라도 흔쾌히 받아들일 것 같은 기분이었다.

숙영이 어머니는 자신의 과거와 지난 49일간의 수도 생활을 비교하면서 하늘의 별을 바라보았다. 하늘의 별은 영원한 희망을 뿌려주는 듯 보였다. 숙영이 어머니는 혼자 천진한 미소를 지었다. 모든 것이 다행스럽고 고맙기 때문이었다.

'오, 천지신명이시여. 앞으로 더욱 선하게 살며 평생 죄를 짓지 않겠사옵니다…….'

숙영이 어머니는 문득 이런 생각을 하며 물가로 내려섰다. 다시 한 번 목욕을 하기 위해서였다. 그런데 이때 인기척이 났다.

"어머! 숙영이니?"

"……."

숙영이 어머니는 약간의 두려움을 느꼈다. 그러자 갑자기 다정한 목소리가 들려왔다.

"놀라지 마세요, 우리는 당신의 친구랍니다……."

그 목소리는 무척 청량하고 신비한 느낌을 주었다. 그리고 그 목소리를 듣는 순간부터 안도감을 느껴 경계를 풀도록 만들었다.

'친구라니 설마 이 밤중에 임씨 부인이 찾아온 것은 아닐 테고…….'

숙영이 어머니의 생각을 알아채기라도 했는지 다정한 목소리가 다시 들려왔다.

"괜찮아요, 우리는 속세의 인간이 아닙니다……."

"예?"

숙영이 어머니는 깜짝 놀라고 말았다. 잠시 후 세 여인이 모습을 나타냈다.

"아, 선녀이시군요!"

숙영이 어머니는 세 여인들의 모습을 보는 즉시 그들이 선녀임을 느낄 수 있었다.

"맞아요, 우리는 당신을 도와주러 왔어요."

"어머! 인사드리겠어요."

숙영이 어머니는 정중하게 무릎을 꿇었다. 그러자 선녀가 다정한 미소를 지으며 말했다.

"자, 그만 일어나세요."

"……."

숙영이 어머니는 다시 한 번 고개 숙여 인사를 올렸다. 그러자 한 선녀가 살며시 어깨를 어루만지며 말했다.

"우리는 당신의 몸을 고쳐주려고 이곳에 왔어요……."

"예…… 저의 몸을……."

"……."

선녀들은 어느새 동작을 펼치고 있었다. 순간 숙영이 어머니는 등에 가벼운 통증을 느꼈다. 선녀는 악수를 하듯 한 손을 잡고 가슴 위쪽 부위를 강하게 집었다.

"편안히 앉으세요, 눈감고……."

선녀들은 자세를 지시하며 머리 위에 손을 얹었다. 그러고는 기운을 주입하기 시작했다. 숙영이 어머니가 상쾌함을 느끼자마자 뜨거운 기운이 등을 타고 올라왔다.

이 순간 저절로 기침이 나왔는데 선녀는 등을 세차게 두들겼다. 이어 전신이 떨리며 졸음이 몰려왔다. 숙영이 어머니는 졸음을 참으려고 애를 썼지만 순식간에 잠이 들어버렸다. 선녀들은 숙영이 어머니의 몸을 땅을 향해 엎어놓고 목과 등줄기, 허리 등을 주무르기 시작했다.

"……."

잠시 후 선녀들은 숙영이 어머니를 제자리에 똑바로 뉘어놓으며 말했다.

"잘됐는지 모르겠군."

"음, 기대했던 것 이상이야. 하지만 우리가 새로이 주입한 기운을 제대로 사용해 모두 회복하려면 적어도 삼 년은 걸릴 거야……."

"그럴 테지. 분명히 20년 정도의 옛날로 돌려놨겠지?"

"그럼, 원래부터 건강한 몸이니 그 정도로는 돌아가겠지!"

"잘됐어. 이제 돌아갈까?"

"아니, 잠깐! 목욕이나 하고 가지!"

"뭐? 이런 곳에서?"

"아무렴 어때! 물이 이렇게 맑은데……."

"글쎄…… 사람이 보면 어쩌려고……."

"걱정 마! 이 근처에 사람은 없어……. 그리고 우리 천계에서 전해지는 전설도 모르니?"

"음?"

"속세에서 목욕을 하면 모든 액운이 사라진대……."

"오, 그래? 그럼 빨리 하고 올라가자."

"너부터……!"

"아니, 너부터, 호호……."

선녀들은 옷을 벗고 과감하게 물속으로 들어섰다. 숙영이 어머니는 세상모르고 자고 있었다.

"……."

시간은 소리 없이 흘러 어느덧 새벽이 찾아왔다.

"엄마…… 저예요……."

숙영이 어머니는 숙영이가 부르는 소리에 놀라 잠을 깼다.

"어머, 숙영이구나!"

숙영이 어머니는 맨손으로 급히 몸을 가렸다. 숙영이는 일부러 어머니의 새로워진 몸을 자세히 살펴보며 미소를 지었다. 때마침 청량한 바람이 불어오고 있었다.

슬픈 운명

천계의 혼란은 더욱 확대되어 갔다. 역천 사악군이 옥황부를 정복하기 위해 진격을 계속하였고 많은 선부가 그 반역의 무리에 속속 가담하였다. 이에 옥황상제는 곡정선의 권유대로 조칙을 내려 천하에 고했다.

"짐의 부덕함이 크도다. 온 천하의 선인들은 일어나 짐을 책망하라. 그러나 현재의 혼란을 바로잡기를 바라노라……."

옥황상제는 이러한 조칙을 내려놓고 거처를 바꾸었다. 옥황상제의 새로운 거처는 옥황부 특구 밖에 있는 황야였는데 천하의 혼란이 잠재워질 때까지 이곳에 머물겠다고 해서 대신들을 크게 놀라게 했다. 그러나 옥황상제는 뜻을 굽히지 않았다. 옥황상제가 자신의 부덕함을 논하며 들판에서 누추하게 지내겠다니……!

천하는 뜻하지 않은 옥황상제의 행동에 몹시 경악했다. 하지만 우주의 운명은 어쩔 수 없었다. 지금으로서는 그보다 역천 사악군을 막는 일이 더 시급하였으므로 옥황부에서는 서둘러 대군을 전쟁터로 출전시켰다. 그리고 뒤늦게 옥황상제의 신변을 보호하기 위해 1급 비상경호령을 발령했다. 이에 따라 황야에는 전쟁터로 떠난 병력을 제외하고 현재 옥황부에 남아있는 경호군과 입명총의 방비군, 옥황부 특별 경호대 등의 선인들이 몰려들었다.

그런데 원래 1급 비상경호령이 발령되면 옥황상제는 보다 안전한 밀처로 피신하고 입명총 등 옥황부의 모든 병력은 경호총의 지휘를 받도록 조치가 내려진다.

하지만 지금은 오히려 옥황상제가 위험한 곳으로 자진해 나섰으며 입명총의 병력은 전쟁에 동원되고 있는 형편이었다. 단지 옥황부의 특별 경호대는 결사적으로 옥황상제를 호위할 태세를 갖췄다. 천하의 혼란은 시시각각 옥황부를 향해 몰려들고 있었다.

상계에서는 이처럼 선인들 간의 전쟁이 한창일 무렵 하계의 정마을에서는 모든 것이 평안했다. 한동안 마을을 떠나 고초를 겪었던 임씨는 이제 마음의 안정을 되찾아 행복한 생활에 정착했으며, 정신병에 걸렸던 괴인도 본래의 정신을 회복하였다. 그리고 얼마 전까지 정마을을 위협했던 서울의 땅벌파도 완전히 궤멸했다. 특히 숙영이 어머니는 천복을 받아 젊음을 되찾았고 남씨는 필생의 위업인《황정경》을 쓰는 데 성공했다. 이는 정마을의 최대 경사였다. 그리고 박씨와 인규의 공부 또한 나날이 발전되어 갔다.

모든 일이 순조롭게 진행되는 가운데 정섭이가 정마을을 떠나게 되었다. 정섭이는 건영이의 제안에 따라 서울의 중학교를 다니게 되었는데 이는 조합장이 힘을 써준 덕택에 가능했다. 그리고 조합장은 직접 정마을까지 찾아와서 정섭이를 서울로 데리고 가기까지 했다.

한편 곡정선이 정마을을 다녀간 이후 혼마 강리와 그 분신의 모습은 어디에서도 찾아볼 수 없었다. 조합장이 서울과 인천을 오가며 지내고 있는 무덕으로부터 알아낸 바에 의하면 어느 날 갑자기 그 둘이 자취를 감췄다고 한다. 이것으로 미루어 보아 분명 건영이의 부탁을 받은 곡정선이 그 혼마들을 천계로 잡아갔으리라!

상계와는 달리 하계의 시간은 매우 빠르게 흘러 정마을에는 어느덧 한여름이 찾아왔다. 마을에는 언제나 생기가 가득하고 평화로운 기운이 감돌았다. 그러던 어느 날 건영이가 숙영이의 집을 찾아갔다.

"어머! 어서 와요……."

마침 밖에 나와 있던 숙영이 어머니가 건영이를 반갑게 맞이했다. 숙영이 어머니는 요즘 들어 혈색이 나날이 좋아지고 있었다. 이것은 당연한 일이리라. 하늘로부터 복을 받음으로써 세월이 흐를수록 늙어가는 것이 아니라 오히려 젊어지고 있으니 그 얼마나 신기한 일인가?

"안녕하세요, 숙영이 있나요?"

"예, 들어가 봐요. 숙영아……!"

"……."

방에서 나온 숙영이는 건영이를 보자 무척 반갑게 말했다.

"어머, 오빠 왔어요! 어서 들어와요!"

"아니, 오늘은 함께 산책을 하고 싶은데……."

"그래요? 그럼 잠깐만 기다려요……."

숙영이는 상냥한 웃음을 지어 보이고 잠시 방에 들어갔다가 나왔다. 건영이는 숙영이 어머니에게 인사를 한 뒤 숙영이와 집을 나서 언덕 쪽을 향해 천천히 걸어갔다.

"……."

언덕을 올라가는 동안 두 사람은 다정하게 손을 잡고 아무 말 없이 가끔 미소를 지어 보였다. 이윽고 두 사람은 절벽에 다다르자 나란히 자리에 앉았다.

"오빠, 나한테 무슨 할 얘기 있어요?"

"그래, 숙영아. ……우리가 이렇게 함께 있는 것도 상당히 오랜만이지?"

"예, 오빠……. 하지만 항상 같은 마을에 있는데요, 뭐!"

"그렇군. 그런데 숙영이, 아주 어려운 얘기가 있어……."

"예? 우리의 운명에 관한 얘기인가요?"

숙영이는 건영이의 마음을 다 알고 있는 것처럼 말했다. 건영이는 천천히 고개를 끄덕이고는 숙영이의 손을 꼭 잡았다. 그러고는 무거운 목소리로 대답했다.

"그래, 우리의 운명에 관한 거야. 숙영이도 뭔가 짐작 가는 게 있는 모양이군?"

"예……."

숙영이는 나지막하게 대답을 하고는 갑자기 주르륵 눈물을 흘렸다.

"……."

건영이는 아무 말 없이 숙영이의 손을 꼭 잡은 채 허공만 바라봤다.

"……."

두 사람은 한동안 침묵을 지켰다. 이윽고 건영이가 침울한 목소리로 말했다.

"숙영아, 너무 슬퍼하지 마. 우리는 반드시 다시 만나게 될 거야……."

"저도 알고 있어요……. 하지만 나중에 다시 만난다 해도 지금은 헤어져야 한다는 사실이 너무 슬플 뿐이에요, 흑흑……."

숙영이는 얼굴을 감싸고 흐느끼기 시작했다. 건영이도 어느새 눈물을 흘리고 있었다. 무슨 일이 있는 것일까? 건영이는 눈을 감고 숙영이를 부드럽게 감싸 안았다. 시간이 꽤 흐르자 마침내 숙영이는 눈물을 거두고 조용하게 말했다.

"오빠, 우리 강변에 가요……."

"그래, 거기 가서 돌탑을 쌓을까?"

"예, 오빠와 마지막으로 돌탑을 쌓고 싶어요……."

"……."

두 사람은 손을 잡고 천천히 언덕을 내려왔다.

옥황부에 체포된 평허선공

옥황 천계에서 가장 멀리 떨어져 있는 선시 정산은 천하의 혼란에 말려들지 않고 있었다. 물론 이곳에서도 옥황부의 비상사태를 알고 있었으나 여기까지 그 영향이 미치지는 않았다. 이곳에는 옥황부의 동원령도 하달되지 않은 상태였다. 그 이유는 정산시가 워낙 자그마한 때문이기도 하지만 한편으로는 멀리 떨어져 있는 곳을 들추어내는 자체가 또 다른 혼란을 야기시키기 때문이다. 따라서 선시 정산의 선인들은 어떠한 행동도 하지 못한 채 오로지 근심의 나날을 보내고 있었다.

한편 이곳에 머물고 있던 지일선은 어느 날 명상 중에 묘한 꿈을 꾸었다. 수면 중이 아니었기 때문에 정확하게 꿈이라고는 할 수 없으나 정신에 환산이 나타났기 때문에 꿈이 아니라고도 할 수 없다.

아무튼 꿈속에 보인 천지에는 처음에 아무것도 없었다. 그런데 갑자기 거대한 태양이 나타나 끝없는 허공을 비추었다. 이때 지일선은 꿈을 깨고 명상을 풀었다. 해몽은 곧바로 이루어졌다.

'화천대유(火天大有:☲☰)로군……! 앞으로 무슨 일이 일어날까?'

화천대유는 하늘 위에 태양이 있다는 뜻으로 거대한 일이 이루어진다는 징조이다. 순간 지일선에게 한 가지 생각이 떠올랐다.

"혹시 어른께서 오시는 것이 아닐까? 그렇지!"

지일선은 혼자 고개를 끄덕이고는 급히 자리에서 일어났다. 그러고는 산꼭대기로 날아갔다. 그곳에는 지일선이 지어놓은 작은 정자가 하나 있는데 지일선은 그곳에서 목욕재계를 하며 귀인을 맞이할 준비를 하였다.

그런데 지일선이 목욕재계를 하고, 새 옷으로 갈아입고, 정자에는 향을 피워놓는 행동을 유심히 지켜보는 선인이 있었다. 이 선인은 안심총의 명령에 따라 정자 근처에 숨어서 지일선의 행동을 감시하는 임무를 띠고 있었다.

'아니, 무슨 일이 일어나려는가 보군…….'

선인은 이런 생각이 들자 급히 안심총의 비밀 가옥이 있는 곳으로 떠났다. 비밀 가옥 안에는 안심총에서 파견한 몇 명의 선인들이 자리해 있었다.

"무슨 일인가? 안색이 밝아 보이는데……."

지일선을 감시하고 있던 선인이 황급히 들어오자 안심총의 지휘 선관이 물었다.

"경사가 있을 것 같습니다……."

"경사? 왜 무슨 일이 포착되었나?"

"예, 지일선이 목욕재계를 하고 향을 피웠습니다……."

"음? 드디어 연진인께서 나타나시려나 보군!"

"글쎄요……. 아무튼 지일선의 행동이 심상치 않은 것만은 틀림없습니다……."

"알겠네, 연진인을 배견할 사절들을 비상 대기시키도록 하게. 그리고……."

"……."

"안심총 본부에도 염파를 띄우게……."

"……."

보고를 한 선인이 물러가자 지휘 선관은 연진인을 배견하게 될지 모른다는 기대에 미소를 지었다.

이때 옥황부 외곽의 제일 관문인 옥평관 영역에는 역천 사악군이 속속 도착하고 있었다. 이러한 상황은 이미 입명총에 보고되었으며, 옥황부의 대군은 진형을 갖추고 사악군의 공격에 대비하였다. 이제 우주 최대 최강의 전투가 벌어지기 직전으로 일촉즉발의 전운이 감돌았다.

양측 지휘부는 많은 선인들이 살상되더라도 필사적으로 정면 출동을 감행해서 승패를 단번에 가름할 생각이었다. 이번 전쟁은 서로가 오래 끌 성질이 못 되었기 때문이다. 그러므로 모든 것은 운명에 맡기고 일단 맞붙어 싸우는 수밖에 없었다.

현재 사악군은 적극적으로 공격을 펼치는 입장이고, 옥황군은 그 공격으로부터 옥황부를 지키기 위해 최선을 다해 수비하는 입장이었다. 병력면에 있어서는 옥황군 측이 다소 우세하지만 사기면에 있어서는 단연 사악군 측이 앞섰다. 평허선공의 독려, 난진인의 영패, 첫 전투에서의 승리, 각 선부에서 계속 모여드는 동참군, 이 모든 것이 사악군의 승리를 확신시키고 있었다.

옥황군은 이곳 옥평관을 사악군에게 빼앗기게 되면 바로 옥황부 특구까지 후퇴할 수밖에 없는 상황이었다. 따라서 모두들 죽음을 각

오하고 싸움에 임했다.

"기필코 역도들을 물리치리라!"

"옥황부가 바로 눈앞에 있다. 우리는 옥황군을 쳐부수고 반드시 승리할 것이다!"

사악군과 옥황군은 서로 대치하고 있는 상황에서 군의 사기를 올리기 위해 독려하기 시작했다. 시간은 더디게 흘렀다. 마침내 사악군이 먼저 행동을 개시했다. 사악군의 일부 진형이 돌격을 감행하자 옥황부의 선봉 부대도 이에 맞서 공격해 나아갔다.

드디어 우주 최대의 전투는 막이 오른 것이다. 승패는 아무도 알 수 없다. 전투에 임해서는 승패를 미리 점쳐서도 안 되는 것이다. 부득이한 전투라면 그저 최선을 다할 뿐이다.

사악군의 돌격대와 옥황군의 선봉대는 순식간에 맞붙었다. 육탄전으로 시작된 전투는 한 치의 앞도 내다볼 수 없었다. 동화궁주가 다시 뒤에 남아 있던 진형에 명령을 내렸다.

"돌격하라! 적을 섬멸하라!"

옥황군도 즉각 대응했다.

"전군은 진격하라! 역도를 물리쳐라!"

양군이 모두 출진한 가운데 치열한 접전이 벌어졌다. 하늘에서는 어느덧 비가 쏟아지고 있었다. 사방에서는 태풍이 몰아쳤다. 이것은 군우(軍雨)와 군풍(軍風)으로 영혼을 약화시키고 태산이라도 날려버릴 듯한 힘을 가진 극렬한 기운이다.

그러나 이 자연의 기운보다는 선인들이 각자 자신의 몸에 함유하고 있는 기운이 가장 강한 것으로 실제적인 살상력을 갖고 있다. 다만 수많은 선인들이 하나의 진형을 이루어 정신을 감응시키고 기운을 한 곳으로 모아 우주에 내재하고 있는 근본적인 기운을 끌어내게 되면 이 기운은 선인들이 직접 발산하는 기운을 훨씬 능가한다.

이는 평허선공이 잘 쓰는 공격법일 뿐만 아니라 옥황군도 이러한 기운을 끌어낼 충분한 능력을 갖추고 있었다. 그러나 이 기운은 아군과 적군이 맞붙어 싸울 때는 사용할 수가 없다. 양쪽 다 상당한 피해를 입기 때문이다.

그러나 지금에 있어서는 양측 모두 아군과 적군을 구분하지 않은 채 무턱대고 이 기운을 발산하였다. 허공은 수시로 열리며 거대한 섬광을 쏟아냈다. 이 기운에 노출된 선인들은 무력하게 죽어갔다. 양군의 전투는 드넓은 벌판에서 잔인하게 전개되고 있는 것이다.

그런데 이 전투에 앞서 옥황부 근접 지역에서도 또 다른 전투가 벌어지고 있었다. 바로 옥황상제가 머물고 있는 황야에서 평허선공의 침투가 시작된 것이다. 평허선공은 첫 번째 침입에서 실패를 경험한 까닭인지 이번에는 더욱더 과감하고 용의주도한 공격을 펼쳤다.

평허선공은 먼저 옥황상제의 신변을 위협하여 옥황군을 커다란 저항 없이 후퇴시킬 생각이었다. 아울러 옥황군 사령부에 일격을 가해서 옥황군의 사기를 떨어뜨리는 동시에 혼란을 야기시킴으로써 전장에 나가 있는 병력을 철수시키고자 했다. 이렇게 되면 동화군은 승리의 여세를 몰아 순식간에 옥황부를 함락시킬 수 있다.

'번쩍 ——'

한순간 허공이 열리며 한 차례의 기운이 황야에 작렬했다. 평허선공이 위험한 기운을 사용해 공격한 것이다. 하지만 옥황부 측도 만만치 않았다. 수많은 선인들이 공감을 일으켜 기운을 동시에 발출시켰다. 이는 실로 막강한 기운으로 평허선공이라 해도 한번 이 기운에 스치면 커다란 피해를 입게 된다.

따라서 평허선공은 옥황부의 수비 진형에 좀처럼 접근하지 않은 채 허점만을 노려 공격했다. 정밀하고 강력한 평허선공의 전투력은 아무리 미세한 틈새라도 순식간에 파고든다. 물론 옥황상제의 주변에는 천 겹 만 겹으로 방어망이 구성되어 있었다.

그런데 이상하게도 평허선공은 옥황부 진형의 약한 곳보다는 오히려 강한 곳으로만 공격을 시도하였다. 강한 곳에 더 큰 약점이라도 있단 말인가! 평허선공은 천리 밖에 숨어 있다가 갑자기 진형의 강한 곳을 향해 공격해 왔다. 그러고는 순식간에 사라졌다.

평허선공이 숨은 곳을 알 수만 있다면……! 옥황부 측의 염원은 바로 이것이었다. 만일 평허선공이 숨어 있는 곳을 발견하게 되면 그곳으로 대규모 살상막(殺傷幕)을 펼쳐 보낼 수 있을 것이다.

살상막이란 물질계와 아공간에 동시에 파괴력을 미치는 것으로 연약한 비누막처럼 보인다. 하지만 일단 살상막 속에 갇히게 되면 제아무리 막강한 평허선공이라도 쉽사리 빠져 나올 수 없을뿐더러 공력이 약한 선인은 몸에 스치기만 해도 그 자리에서 목숨을 잃는다.

그런데 지금 옥황군과 사악군이 맞붙어 있는 옥평관의 전투에서는 이 살상막이 벌판을 가득 메우고 있다. 이 살상막은 어느 정도 거리를 두고 양군이 분리되어 있을 때만이 방출할 수 있는 무기이다. 그런데 옥평관 전투에서는 아군과 적군이 뒤섞여 있는 상황에서 적군이 다소 많기만 하면 무조건 이 막을 방출하고 있는 것이다.

그러므로 단지 적군이 조금 더 많이 죽을 뿐, 아군도 이들과 함께 절명하는 것이다. 사실 옥평관의 전투는 이념의 싸움이 아니라 완전히 감정의 싸움이었다. 즉, 적에게 분노를 품고 있으므로 일으킨 싸움이기에 이처럼 엄청난 살상을 저지르는 것이다.

현재까지 양측의 승패는 전혀 알 수가 없었다. 다만 양측 모두 상당한 피해를 입은 것만은 사실이다. 이에 비해 평허선공이 벌이고 있는 황야 쪽의 전투는 현저히 다른 양상을 보였다. 이곳에서는 오직 옥황부 측만 피해를 입고 있었다.

평허선공은 갑자기 나타나 공격 내지 돌파를 시도하다가 어디론가 사라졌다. 옥황군 쪽에서도 사력을 다해 공격을 시도했지만 평허선공은 위험한 살상 공간에 나타나는 법이 전혀 없었다. 평허선공은 언제나 밀집 지역에 나타남으로 옥황부의 살상막이나 대량 감응 무망력 공격을 무력화시키곤 했다.

대량 감응 무망력이란 여러 선인의 육체를 하나로 감응시켜 모든 기운을 한 곳에 집중하는 것으로 그 힘은 엄청나다. 다만 감응 무망력을 방출하기까지는 시간이 걸린다는 것과 아군과 적군이 섞여 있을 때는 공격이 쉽지 않다는 약점이 있다.

만일 평허선공이 드넓은 벌판에 혼자 앉아 있어서 옥황부 측에 충분한 시간이 주어진다면 이 기운을 사용할 수가 있을 것이다. 하지만 오랜 시간이 걸려서 겨우 찰나 동안 유지할 수 있는 이 기운으로 단번에 평허선공을 맞추기란 거의 불가능한 일이다.

"……."

평허선공이 언제 어디서 나타날지 알 수 없는 숨 막히는 긴장 속에 시간은 더디게 흘러갔다. 한편 옥평관의 전장에서는 이미 긴장은 사라진 채 전투는 소모전의 양상으로 바뀌었다.

황야에서는 적막과 함께 팽팽한 기다림의 긴장 속에 평허선공이 한 번 나타날 때마다 진형이 흩어지고 우왕좌왕 어쩔 줄 몰라 하고 있었다. 그럴 때마다 수많은 선인이 절명하였다.

옥황부 일대가 이처럼 아수라장일 즈음 저 멀리 선시 정산에서는 경건함과 함께 긴장이 고조되고 있었다. 지일선은 머지않아 귀인이 도착할 것을 깨달았다.

영광의 순간이 가까이 다가오자 지일선은 다시 한 번 상서롭지 못한 물건이 놓여 있지 않나 정자 주변을 자세히 살펴보았다. 그러나 정자 주변에는 풀꽃들이 곱게 피어 있을 뿐이었다.

지일선은 정자 아래에서 경건한 마음으로 두 손을 맞잡고 조용히 귀인을 기다렸다. 잠시 후 정자 주변에는 안온한 기운이 감돌기 시작했다. 이와 함께 정자 안쪽에는 상서로운 무지개가 서렸다.

"……."

드디어 귀인이 도착한 것이다. 순간 정자 위에는 나이든 한 선인이 모습을 드러냈다. 지일선은 황급히 무릎을 꿇고 정중하게 인사를 올렸다.

"삼가 어른을 뵈옵니다……."

"음, 자넨 누군가?"

"예, 저는 지일이라고 합니다."

"음, 일어나게!"

"감사하옵니다."

지일선은 정자 아래에 서서 고개를 가볍게 숙이고 잠시 기다렸다. 그러자 귀인의 인지한 음성이 들려왔다.

"자네가 나를 불렀는가?"

"아닙니다, 감히 제가 어떻게 어른을 청하겠습니까……."

"그렇다면 이 정자는 뭔가?"

"예, 저는 연진인의 분부를 받잡고 이 정자를 지었을 뿐입니다……."
"호, 그래! 연진인에게 정자의 설계도를 받았나?"
"아닙니다, 직접 가르침을 받았습니다……."
"음, 아무튼 좋네. 앞으로 두 번 다시는 이런 정자를 짓지 말게."
"예, 분부에 따르겠습니다."
지일선이 고개를 숙여 대답을 하는 사이에 정자는 불길에 휩싸였다. 귀인은 그 자리에 앉아서 불붙은 정자를 바라보았다. 잠시 후 정자는 흔적도 없이 사라졌다. 그러자 귀인이 다시 말했다.
"평허는 어디 있나?"
"예? 아, 예, 자세히는 모릅니다. 다만 옥황부에 있다는 소문을 들었을 뿐입니다……."
"알겠네, 자네는 그만 가 보게. 음……?"
귀인이 갑자기 얼굴을 찡그렸다. 그러자 한 무리의 선인들이 나타났다. 이들은 귀인을 보자마자 황급히 무릎을 꿇고 예의를 갖췄다.
"삼가 어른께 인사 올립니다……."
"자네들은 누군가?"
"예, 저희는 옥황부 사절입니다."
"사절? 일어나게."
"감사하옵니다."
"자네들은 무엇 때문에 이곳에 숨어 있었나?"
"예, 저희는 옥황부의 공식 사절로 어른께 정식으로 인사를 드리고자 이곳에서 실례를 무릅쓰고 기다렸습니다……."
"알겠네, 인사는 받았으니 그만 물러가게."
"예, 분부 받들겠습니다. 다만 물러가기 전에 한 가지 가르침을 내려주십시오…….”

“허, 귀찮게 구는군. 아무래도 내가 먼저 떠나야겠어…….”

“죄송합니다…….”

“…….”

귀인은 홀연히 사라졌다. 그러자 지일선이 노기를 띠며 큰소리로 질책했다.

“아니, 이 무슨 무례한 짓이오?”

“미안하외다, 우리는 단지 연진인의 가르침을 받고자 기다렸을 뿐이오…….”

“뭐요? 누가 연진인이 여기에 오신다고 했소?”

“자, 그만 노여움을 푸십시오. 우리는 오직 옥황 천하를 위해서 한 행동일 뿐이오…….”

“…….”

“아무튼 고맙소. 지일선 덕분에 와진인(渦眞人)을 뵐 수 있었으니!”

“어서 돌아들 가시오…….”

“지일선께서는 앞으로 어떡하시겠소?”

“내 걱정은 하지 말고 돌아가시오. 그리고 제발 숨어서 염탐하지 마시오…….”

“염탐이라니요?”

“당신들은 안심총 직원이 아닙니까? 나는 이미 관직을 떠났으니 당신들과 가까이 할 생각이 없소…….”

“알겠소이다, 단지 한 가지만 묻겠소. 옥황부를 위해 대답해 주시오…….”

“무엇이오?”

"와진인께서 무슨 가르침이 계셨습니까?"
"평허선공의 행방을 물으셨소……."
"이유는?"
"아니, 그 무슨 실례의 말이오? 어른께서는 단지 제자의 행방을 물으신 것뿐이오……."
"오, 그렇겠군요. 아무튼 고맙소……."
"……."
안심총 선관과 옥황부 사절은 조용히 사라졌다.
옥황부에서 멀리 떨어져 있는 선시 정산에서 와진인이 모습을 감출 무렵 그의 제자인 평허선공은 또다시 전투 지역에 모습을 드러냈다. 이번에 나타난 곳은 성막(聖幕), 즉 옥황상제가 임시 거처로 사용하고 있는 가궁(假宮) 근방이었다.
이곳은 옥황부 내에서 가장 경비가 삼엄한 곳으로 호법 등 수많은 선인들이 필사적으로 방비하는 곳이다. 그런데 평허선공은 이곳을 돌파하려고 나타난 것이다. 실로 과감하고 엉뚱한 행동이었다.
"엽 ——"
평허선공의 기합 소리는 고요한 듯하면서도 막강한 힘이 내재되어 있었다. 공력이 약한 선인들이라면 기합 소리만 듣고도 절명하곤 한다. 그러나 지금 성막을 방비하는 선인들은 모두 뛰어난 공력을 지닌 옥황부 특별 경호대였으므로 끄떡없이 다음 공격에 대비했다. 평허선공은 기합 소리와 함께 강력한 공격을 퍼부었다.
"악 ——"
"억 ——"
일순간에 두 명의 선인이 절명했다. 그러자 많은 선인들이 결사적으로 평허선공을 향해 돌진했다. 이들은 육탄 공격으로 평허선공의 행동을 제지시키려는 것이다. 평허선공은 가까이 달려든 선인들을 귀찮아하듯 얼굴을 찌푸리며 몸으로 직접 밀어붙였다.

선인들이 무수히 쓰러져 갔다. 평허선공은 계속되는 선인들의 공격에도 불구하고 앞으로 전진을 시도했다. 이번에는 기필코 성막에 침투하겠다는 뜻이리라. 그러나 몇 걸음 가지 않아 이변이 발생했다.

어디선가 갑자기 거대한 살상막이 굴러온 것이다. 이것으로 우군이 살상된다 해도 전혀 아랑곳하지 않고 무작정 평허선공을 향해 펼쳐진 것이다. 살상막은 찰나 동안 이루어졌으나 그 과정에서 이미 수많은 경호선들이 절명하였다.

'펑 —— 악.'

'펑 —— 억.'

'펑 —— 펑 ——'

'윽 —— 어억.'

거대한 살상막은 무자비하게 우군을 죽인 뒤 끝내는 평허선공을 덮쳤다.

"음……?"

평허선공은 무척 놀랐다. 저토록 거대한 살상막이 무자비하게 자기편을 죽이면서까지 굴러 오리라고는 전혀 생각하지 못했다. 그러나 이미 착각으로 인한 실수는 저질러졌고 평허선공은 그 속에 꼼짝없이 갇히고 말았다.

게다가 경호총 대감막(大坎幕)이 살상막을 에워싸기 시작했다. 이와 동시에 평허선공의 전신이 붉어져 갔다. 이상한 현상이다. 무슨 일일까? 이제 살상막은 서서히 진동하기 시작했다.

"아니, 저것은!"

평허선공을 지켜보고 있던 호법선이 깜짝 놀라며 소리쳤다. 평허선공은 우주의 강한 힘을 살상막과 대감막 안으로 불러들인 것이다. 이는 막을 터뜨리는 효과는 있겠지만 그만큼 강한 기운이 밀집되어 있으므로 평허선공 자신도 위험할 수도 있다. 분명 살상막이 부서지기 전에 평허선공이 먼저 궤멸할 것이다.

'꽝 ——'

마침내 살상막이 큰 소리를 내며 터졌다. 평허선공은 어찌 되었을까……?

"……."

한 찰나 동안 선인들은 평허선공의 절멸을 기대하면서 공격을 주춤했다. 그러나 이게 웬일인가! 평허선공은 궤멸하지 않고 오히려 성막을 향해 질주하고 있지 않은가! 순간적인 방심을 틈타 질주하는 평허선공을 선인들은 미처 막을 사이가 없었다. 마침내 평허선공은 더 이상의 방해 없이 성막 안으로 침투했다.

"……."

평허선공은 재빨리 상황을 살폈다. 그러자 바로 앞쪽에 옥황상제의 모습이 보였다. 평허선공은 옥황상제를 향해 급히 다가갔다. 옥황상제를 포로로 하겠다는 뜻일까? 옥황상제는 모든 것을 체념한 듯 편안한 모습을 하고 있었다.

평허선공은 냉엄한 표정을 지으며 거침없이 다가섰다. 이제 옥황상제의 운명은 풍전등화와 같이 위급한 상황이었다. 뒤미처 경호선들이 평허선공을 막기 위해 성막 안으로 들어왔으나 이미 때는 늦었다.

평허선공은 손을 뻗어 공력을 방출하였다. 그러자 옥황상제는 옥좌와 함께 평허선공 앞으로 끌려오기 시작했다. 위기일발의 순간, 그런데 이때 또 다른 이변이 일어났다. 갑자기 누군가 나타난 것이다. 그림자선이었다. 그림자선은 일말의 망설임 없이 평허선공을 향해 강력한 무망의 기운을 발출시켰다.

"엽——"

기합 소리와 함께 더할 수 없이 강한 무망의 기운이 곧바로 다가오자 평허선공은 다급히 피했다. 순간 그림자선이 전신을 나타냈다.

"염라대왕……!"

평허선공은 무의식적으로 내뱉었다. 염라대왕이 나지막하게 말했다.

"평허공, 나와 한번 겨루겠소?"

"……."

평허선공은 쓴웃음을 지으며 성막 밖으로 뛰쳐나갔다. 그러나 성막 밖에서는 어디서 나타났는지 몇몇 지옥의 악령들이 일제히 평허선공에게 달려들었다. 이들은 영원히 죄수로 낙인찍힌 악령들이고 또한 불멸이라고 일컬어질 만큼 극강의 힘을 지닌 존재이다.

"왑——"

악령들이 먼저 일제히 공격을 시작했다. 평허선공은 즉시 명행보를 운행하여 모습을 감췄다. 그러나 악령들 또한 명행보를 운행하여 재빨리 평허선공의 뒤를 쫓았다.

"……."

평허선공은 계속해서 도망갔고 악령들도 추적을 늦추지 않았다. 그리고 악령들의 뒤에는 경호총과 안심총의 특별 부대가 바짝 뒤쫓고 있었다. 평허선공은 일단 황야를 벗어나 동화군과 옥황군이 전투를 벌이고 있는 옥평관 쪽으로 방향을 잡았다.

옥황부의 추적대는 종종 평허선공의 흔적을 놓쳤다. 하지만 악령들은 끈질기게 평허선공에게 붙어 다니면서 추적대를 안내하였다. 이윽고 옥평관 근방에 이르렀을 즈음 평허선공은 끝내 악령들에게 포위되었다. 악령들은 평허선공의 공격을 재빨리 피하면서 결사적으로 달려들어 점점 포위망을 좁혀 갔다.

'음, 이거 위험한데……'

평허선공이 이런 생각을 하며 고전을 겪을 무렵 이 소식이 동화궁주에게 보고되었다.

"뭐? 저런……! 여봐라, 어서 평허선공을 구하라. 전군, 앞으로 나아가라!"

동화궁주는 명령을 내린 뒤에 급히 평허선공이 있는 곳으로 출발했다. 그 사이 평허선공은 악령들의 약점을 발견했다. 이들은 바로 정신력에 한계가 있었다. 평허선공은 염파 속에 살기를 실어 은밀한 공격을 시도했다.

"억 ——"

악령 하나가 순식간에 공간에서 사라졌다.

'음…… 이놈들도 별게 아니군.'

평허선공이 속으로 쾌재를 부르며 계속해서 공격을 시도하려 할 때 이상한 일이 발생했다. 묘한 존재들이 나타난 것이다. 이들의 능력은 별로 강하게 보이지는 않았지만 왠지 산만한 느낌이 들었다. 놀랐다고나 할까……!

이들에게는 악령에게 가했던 영혼의 공격이 통하지 않았다. 게다가 더욱 놀라운 것은 몸이 산산이 부서지면 그 즉시 다시 생겨나는 것이다. 더구나 그 숫자는 배로 늘어났다.

'아니, 없애면 없앨수록 그 수가 늘어나다니!'

평허선공은 새로 나타난 이상한 존재에 대해 도무지 종잡을 수가 없었다. 그럴 것이다. 이들은 바로 혼마로서 강자에겐 더욱더 강한 존재인 것이다. 이들은 타 지역의 존재가 죽이면 오히려 숫자가 늘어나고 힘도 강해지는 것이다. 이들은 지금 평허선공에 의해 여러 차례 죽임을 당했지만 그때마다 숫자가 배로 늘어나고 힘도 더 강해졌다.

평허선공은 이들을 보면서 잠시 평정을 잃었다. 그 틈을 놓치지 않고 경호총의 십무간진이 순식간에 펼쳐졌다. 그리고 동시에 안심총의 습감막이 그 주위를 에워쌌다.

평허선공은 순간의 방심으로 또 한 번 갇히고 말았다. 평허선공은 포위망을 뚫으려고 무던히 애를 썼다. 그러나 이미 하나의 막에 갇힌 데다가 또 다른 기운이 막아서고 있었으므로 쉽게 탈출할 수가 없었다.

"풍력(豊力)을 발출하라!"

이번에는 옥황부의 정규군이 한 곳으로 풍력을 발출하여 십무간진과 습감막을 완전히 감싸버렸다. 이제 탈출한다는 것은 불가능했다. 평허선공은 체념을 하고 조용히 눈을 감았다. 드디어 천계를 혼란케 한 평허선공이 체포된 것이다.

"압송하라!"

경호총의 대선관이 명령했다. 평허선공은 염라부 특별 감옥인 저옥으로 압송될 예정이었다. 이는 중앙집정회의에서 결의된 사항으로 평허선공도 이곳에 가면 모든 것이 끝장이다.

"출발!"

평허선공은 거대한 풍력에 감싸여 움직이기 시작했다. 그러나 또 한 번 이변이 발생하였다.

"정지!"

"전군은 전투를 중지하라!"

갑자기 옥황군의 진영에서 휴전 명령이 떨어졌다. 경호총의 대선관이 옥황군을 살펴보았는데 뜻밖의 일이 발생하고 있었다. 모든 선인들이 무릎을 꿇고 있지 않은가! 와진인이 나타난 것이다. 경호총 대선관도 상황을 깨닫고 급히 무릎을 꿇고 인사를 올렸다.

"삼가 어른을 뵈옵니다……."

와진인이 인자한 음성으로 말했다.

"자넨 경호총감이 아닌가? 안지(安止)라고 했던가?"

"예, 그렇사옵니다……."

"업무를 수행 중인가 보군. 그만 일어나게!"

"감사하옵니다."

안지선은 일어나 정중히 서 있었다. 와진인이 여러 개의 막에 갇혀 있는 평허선공을 가리키며 다시 말했다.

"저기 잡혀 있는 포로는 내 제자인 것 같은데?"

"아, 예, 황송합니다……."

"어서 풀어주게……."

"예……."

"……."

와진인의 명령이 떨어지자 평허선공을 에워싸고 있던 풍력과 습감막, 그리고 십무간진이 일시에 풀어졌다. 그러자 평허선공이 무릎을 꿇고 와진인에게 인사를 올렸다.

"스승님을 뵈옵니다, 그간 평안하시었습니까?"

"그래, 너는 여기 웬일이냐?"

"예, 저는 일을 좀 보느라고……."

"무슨 문제를 일으켰느냐?"

"아닙니다, 스승님께서 아실 일이 아닙니다……."

평허선공은 와진인의 기색을 살피면서 부드럽게 변명했다. 그러자 와진인이 엄한 표정으로 꾸짖었다.

"아니, 무슨 문제를 일으켰느냐고 물었지 내가 알 일이냐고 물었느냐?"

"예, 저…… 별 사고는 아닙니다……."

평허선공은 무릎을 꿇은 채로 열심히 변명했다. 그러자 옆에 있던 경호총의 대선관인 안지선이 나섰다.

"어른께 삼가 아뢸 말씀이 있습니다……."

"음? 말해 보게."

"예, 어른의 제자께서는 옥황부의 율법을 어겼습니다……."

"아니, 그런 일이 있었단 말인가? 그렇다면 당연히 벌을 받아야지……."

"황송합니다. 그런데 애로 사항이 있습니다……."

"무엇인가?"

"예, 제자께서는 난진인의 영패를 가지고 있습니다. 그 때문에 저희는 어려움을 겪고 있습니다……."

"뭐? 난진인의 영패……? 평허야, 그 말이 사실이냐?"

"예, 저…… 아니, 그게……."

평허선공이 주춤거리며 말을 잇지 못하자 와진인이 다시 부드럽게 말했다.

"이리 내놓거라……."

"……."

"어서 내놓지 못하겠느냐!"

평허선공이 계속 머뭇거리자 와진인은 호통을 치며 손을 내밀었다. 그러자 평허선공의 몸에 있던 난진인의 영패는 와진인의 손으로 저절로 날아갔다. 난진인의 영패를 손에 쥔 채 와진인이 근엄하게 물었다.

"영패를 훔쳤느냐?"

"예? 그건 절대 아닙니다……."

"그럼 이 위험한 물건을 왜 네가 갖고 있느냐?"

"난진인께서 제게 주셨습니다……."

"뭐? 허 참, 난진인이 너무 하는군. 그렇다고 영패를 제멋대로 이용한 네놈이 더욱 잘못이야!"

"……."

"안 되겠어, 네놈은 내가 벌을 줘야지. 가만 있자, 어떡하면 좋을까……? 옳지, 아주 엄한 벌을 내려야겠어."

와진인의 얼굴이 순간 아주 무섭게 변했다. 그러자 평허선공이 다급하게 소리쳤다.

"아니, 잠깐만, 스승님. 제게도 말할 기회를 주십시오."

"좋아, 말해 보아라."

"……."

평허선공은 재빨리 생각했다.

'큰일 났군, 스승님은 분명히 내게 큰 벌을 내리실 거야. 차라리 염라부로 끌려가는 게 나은데……. 스승님께 용서를 빌고 사정을 해도 소용없겠지? ……옳지!'

평허선공은 번뜩 묘안이 떠올랐다. 바로 난진인의 서찰이 있었던 것이다. 난진인은 평허선공에게 영패를 맡기면서 위기의 순간에 꺼내 보라고 서찰을 주었었다. 평허선공은 이제 당당하게 말했다.

"스승님, 저에게는 그만한 사연이 있습니다. 사연을 들으시면 이해하실 겁니다……."

"어서 얘기를 해 보라니까……."

"예, 이겁니다……."

평허선공은 난진인에게 받은 서찰을 와진인에게 공손히 건네주었다.

"……."

와진인은 서찰을 뜯어보았다. 거기에는 다음과 같은 글이 씌어 있었다.

와진인 보게나.

우리 이게 얼마만인가……! 애들을 너무 탓하지 말게. 내가 자네를 보고 싶어서 이 모든 일을 꾸민 것일세. 자네가 이 편지를 볼 때면 나는 아마 무저애(無低崖)에 몸을 던졌을 것이네. 그리고 자네의 목숨도 필요해서 이 서찰을 남겼지. 어서 와서 자네의 목숨도 빌려주게나. 연진인과 서왕모도 이미 이곳에 와 있다네. 그러나 애들에게 우리의 사연은 알릴 필요가 없겠지.

—— 난진인

글은 난진인의 서명과 함께 끝나 있었다. 와진인은 눈을 가늘게 뜨고 잠시 생각했다.

'난진인이 나를 무척 기다리겠군. 나도 어서 무저애로 가야겠어……'

와진인의 얼굴에는 일순간 미소가 떠올랐다. 그러나 다시 냉엄한 표정을 지으면서 평허선공에게 말했다.

"얘, 평허야……."

"……."

"아무래도 너의 벌은 옥황부에 맡겨야겠구나……."

"예, 감사합니다."

평허선공은 기쁜 얼굴로 급히 머리를 조아렸다.

"안지, 평허를 다시 묶게. 내가 없으면 분명히 도망갈 테니 단단히 묶도록 하게……."

와진인이 안지선을 바라보며 말했다.

"예, 명을 받들겠습니다……."

안지선은 부하들에게 눈짓을 했다. 그러자 또다시 십무간진과 습감막, 그리고 풍력이 평허선공을 차례로 에워싸기 시작했다. 이를 바라보던 와진인이 조용히 떠나갔다. 잠시 후 안지선도 부하들에게 명령을 내렸다.

"출발! 곧장 염라부로 간다……."

"……."

안지선은 우주 최대의 죄수를 무사히 염라부에 압송하게 되자 크게 안도감을 느꼈다.

대혼란 속의 작은 희망

천계에서 일어났던 대반란은 평허선공이 옥황부에 체포됨으로써 완전히 전의를 상실한 동화궁 측의 항복으로 조용히 끝났다. 이 사건은 평허선공이 난진인의 영패를 내세워 동화궁 측을 부추김으로써 시작되었었다. 그러나 현재는 와진인이 그 영패를 회수해 감으로써 모든 명분이 없어졌기 때문에 전쟁을 끝낼 수밖에 없었다. 더군다나 자신들이 그토록 믿고 따랐던 평허선공이 체포된 후에는 더 이상 전쟁을 계속할 의욕도 생기지 않았다. 동화궁주는 모든 군대를 철수시키고 스스로 옥황부로 찾아와 포박되었다.

이로써 옥황부의 위기도 완전히 사라졌다. 옥황 천계의 인위적인 혼란은 차츰 정상적으로 회복되었다. 그러나 자연계의 혼란, 즉 우주의 혼돈은 여전히 사라지지 않은 채 끊임없이 계속되었다. 하지만 어느 누구도 이 혼란을 바로잡을 대책이 없었다.

그러던 어느 날 염라대왕이 특별 감옥인 저옥을 찾아왔다. 그곳에는 이번 반란을 주도한 평허선공이 재판을 기다리고 있었다.

"......"

평허선공은 염라대왕을 보자 살며시 미소를 지었다. 염라대왕도 애처로운 표정으로 그를 바라보며 말했다.

"지내기가 좀 어떻소?"

"아주 편안하오……."

"그래요? 그거 큰일이군."

"뭐요? 그게 무슨 소리요?"

평허선공은 의아스러운 표정을 지으며 물었다. 염라대왕이 정색을 하고 대답했다.

"평허공, 나는 당신을 구해 주러 왔소……."

"음? 무엇 때문에 나를 구해 준단 말이오?"

"글쎄…… 나도 평허공처럼 소란을 피우고 싶어서 그런지도 모르겠소……."

"왜 그런 생각을 하시었소?"

"천지를 위해서요. 아직도 우주가 혼돈스러우니 다시 한 번 혼란을 일으켜 재정리해 봐야겠지요……."

"흠…… 글쎄, 마음대로 해 보시오……."

평허선공이 흥미를 나타내자 염라대왕이 은근히 말했다.

"평허공, 우리 함께 도망갑시다……."

"도망? 어디로 간단 말이오?"

"글쎄, 아무 곳으로나 가 봅시다. 그것은 우선 정우를 만나 본 다음에 정해도 늦지 않을 겁니다……."

"음, 나도 정우를 만나고 싶었는데……."

"그래요? 그럼 지금 당장 떠나도록 합시다……."

"좋소, 갑시다……."

"……."

두 위인은 감옥을 걸어 나와 홀연히 사라졌다. 이들은 명행보를 운행하여 곧장 속세인 정마을로 향했다.

정마을은 시간이 빨리 흘러서 어느덧 가을의 문턱에 있었다. 마을 사람들은 여전히 한가롭고 여유로이 생활했다. 평허선공과 염라대왕은 풍곡림 위쪽 산에 도착해서 밤이 되기를 기다렸다. 이윽고 밤이 찾아오자 염라대왕은 조용히 건영이에게 염파를 보냈다.

'이보게, 정우. 내가 왔다네…….'

건영이는 이 염파를 받는 즉시 기쁜 얼굴로 단숨에 풍곡림으로 달려갔다. 평허선공은 건영이를 안아 올려 절벽 위쪽에 사뿐히 내려놓았다.

"두 분께서 함께 오셨군요. 인사드리겠습니다……."

건영이는 정중하게 큰절을 올렸다. 그러자 염라대왕이 친근감 있게 말을 건넸다.

"정우, 그동안 잘 지냈나? 공부도 잘하고 있겠지?"

"예, 어르신께서는 어떻게 지내셨습니까?"

"음…… 나는 고생이 많다네……."

"예? 무슨 일로 그러시는지요?"

"인위적인 혼란은 끝났지만 자연계의 혼란은 여전하다네."

"그럼 선인들이 일으켰던 혼란은 어떻게 끝났나요? 옥황부에 패하셨어요?"

"음……."

"평허선공께서는 체포되었었겠군요?"

건영이는 평허선공을 애처로운 눈길로 바라보며 물었다. 평허선공은 자신에게 맡겨졌던 임무를 끝까지 완수하지 못한 책임을 통감하며 고개를 끄덕였다.

"그렇게 되었네. 이상한 존재가 끼어드는 바람에 처음에 계획했던 것에 차질이 생겼네……."

"이상한 존재라면 혼마를 말씀하시는 건가요?"

"혼마? 그래, 바로 그놈들 때문이지……. 그런데 자네가 그것을 어떻게 알았나?"

"제가 시켰습니다."

"뭐? 자네가? 허허, 혼마를 이용해 나를 체포하라고 시켰단 말인가?"

"예……."

"아니, 나에게는 혼란을 일으키라고 말한 사람이 바로 정우 자네가 아닌가? 그런데 나를 체포하라고……. 정말 이해가 안 되는군."

"현재 일어나고 있는 모든 혼란을 바로잡기 위해서는 거기에 대응하는 모순을 일으켜야만 합니다."

"오, 그렇게 깊은 뜻이……. 그래, 옥황부를 정복한다는 것은 어차피 우리 스승님의 등장으로 실현이 매우 불가능한 일이었어……."

"예? 와진인을 만나셨습니까?"

"그렇다네……."

"큰일 났군요, 평허선공께서 스승님을 만나셨다면 와진인은 지금쯤 매우 위험하실 겁니다……."

"뭐? 위험하다니?"

평허선공은 적이 놀랐다. 염라대왕도 매우 놀란 표정으로 건영이를 바라보았다.

"예, 자세히 말씀 드리겠습니다. 난진인·연진인·서왕모는 자살을 시도했습니다. 지금은 와진인께서도 가담하셨지만……."

"자살이라니 좀 더 자세히 얘기해 보게……."

"예. 어른들께서는 오늘날 우주의 법칙이 파괴되는 것을 막기 위해 그 일을 시도했던 것입니다……."

"자연의 파괴와 어른들의 자살이 무슨 관계가 있단 말인가?"

"그분들은 존재 자체만으로도 고도의 질서를 나타냅니다. 즉, 자연에서 탄생하여 극도의 질서를 이루어낸 것이지요……."

"……."

"생명이란 고도의 조직, 즉 질서를 말합니다. 태극의 이치를 살펴보면, 질서와 혼돈은 반드시 함께 존재함을 알 수 있습니다. 그래서 그 어른들은 자신들의 생명인 질서를 자연계에 반납하려고 합니다……."

"반납?"

"예, 반납이라고 해야겠지요. 그분들의 생명 자체를 자연계에 돌려주는 겁니다……. 그렇게 해서 자연계의 질서를 회복시키려는 것이지요."

"음? 그게 과연 가능한 일일까?"

"가능합니다. 그분들은 온 우주와 대등한 힘을 가지고 있습니다. 그래서 그분들이 생명을 버리면 우주는 다시 살아날 것입니다……."

"허, 스승님이 목숨을 던진단 말이야?"

"그렇습니다……."

"그렇다면 자연의 파괴를 막는 동시에 그분들을 구할 방법은 없는가?"

"그 문제는 이미 해결되었으니 가서 어른들을 구해 오시기만 하면 됩니다."

"아니, 해결되다니? 내가 보기엔 아직까지 혼란은 끝나지 않은 것 같던데……."

"아닙니다, 시간이 좀 걸릴 뿐 자연은 이제 서서히 질서를 찾아갈 것입니다……."

"그렇다면 어른들을 구해와도 자연은 또다시 혼란해지지 않는단 말이지?"

"예, 그렇습니다."

"저런! 그럼 빨리 가서 스승님을 구해야겠군. 그런데 그분들은 지금 어디 계신가?"

"온 우주에 그분들이 몸을 던질 수 있는 곳은 단 한 곳밖에 없습니다."

"음, 무저애인가?"

"그렇습니다. 어서 빨리 가서 구하십시오."

"그 어른들이 이미 무저애에 뛰어들었다면 구할 방법은 없지 않은가?"

"아닙니다. 공력이 약한 선인들은 무저애에 뛰어드는 즉시 사라지지만 연진인이나 난진인·서왕모·와진인 같은 분들은 시간이 흐름에 따라 서서히 생명을 잃게 됩니다. 그러므로 한시라도 빨리 구하셔서 기운을 주입하고 정신을 일깨워 주셔야 합니다."

"과연 우리 힘으로 그분들을 살릴 수 있을까?"

"그곳에는 풍곡선도 계시니 함께 힘을 합하시면 가능할 것입니다."

"음…… 그럼 빨리 가서 구해야겠군."

평허선공이 염라대왕에게 동의를 구하자 염라대왕도 고개를 끄덕이고는 다시 건영이에게 말했다.

"자연계의 질서는 정말 회복될 수 있는 건가?"

"사실은 아주 작은 희망만이 보일 뿐입니다. 하지만 옥황부의 태도에 따라 완전히 회복될 수도 있으니 앞으로 끊임없이 지켜봐야 합니다."

"옥황부? 옥황부가 무슨 일을 해야만 이 우주가 회복될까?"

"아직은 거기까지 말할 단계가 아닙니다. 하지만 두고 보십시오. 반드시 잘 풀릴 것입니다……."

"음, 알겠네. 마지막으로 한 가지만 더 묻겠네. 태상노군께서는 어찌 되셨나?"

"피하셨습니다."

"왜?"

"우주를 구하기 위해서입니다. 그분이 한 곳에 머물러 계신다면 모든 선인들이 현재의 사태에 대해 묻기 위해 몰려들 것이 아닙니까?"

"그럴 테지……."

"바로 그겁니다. 번거로운 질문을 피하기 위해서 세상을 스스로에게 맡기고 떠나신 겁니다. 질서는 혼돈이 있어서 생기는 것입니다. 그러므로 태상노군이 이 혼란에 관여해서는 안 되는 것이지요……."

"음, 그렇군. 그러면 태상노군은 죽지 않으실까?"

"태상노군께서는 무저애에 들어가셔도 죽지 못하는 불사신입니다."

"불사신……!"

"예. 연진인이나 난진인처럼 세상을 구하기 위해 죽지도 못하니 더욱 괴로우신 겁니다."

"그럼 이 혼란이 끝난 후에는 다시 나타나실까?"

"예, 우주의 질서가 회복되면 곧 나타나실 겁니다."

"그래, 다행이군, 우린 이만 가 봐야겠군."

"예, 부디 우주의 어른들을 구하길 바라겠습니다. 그것은 매우 중요한 일이니 꼭 성취하셔야 합니다."